LES
TESTAMENTS TRAHIS

被背叛的遺囑

MILAN KUNDERA

米蘭·昆德拉

翁尚均——譯

目錄

第一部

帕紐朱不再令人發笑的時候

幽默的發軔

大喉嚨夫人身懷六甲，嗜吃牛羊下水，因為過度飽食，不得不服用一帖收斂劑。這收斂劑的藥效過強，引發胎盤鬆弛，結果胎兒高康大（Gargantua）脫落下來，順著血管上溯，最後從他母親的耳朵裡誕生出來。從一開始這幾個句子裡，我們就清楚了解這本書的路線：這裡所敘述的並不是正經八百的東西。作者並不打算給讀者確定什麼真理（科學的或者神話的）；不打算描述真實世界中發生的事件。

拉伯雷（Rabelais）的幸福時代：小說的彩蝶披著蛹殼的皮翩然起飛。龐大固埃（Pantagruel）的巨人形象仍舊屬於過去那個離奇故事的年代，然而帕紐朱（Panurge）形象嶄新，是小說藝術前所未見的。一種劃時代的新藝術產生了。這個了不起的際會給予拉伯雷的創作不可思議的豐饒。裡面什麼都不缺乏：似真性和荒誕怪異、寓言和諷刺、巨人和常人、軼聞趣事、沉思冥想、真實的和幻想的旅行、博學的辯論，只為展現壯麗的詞藻的東拉西扯。今天的小說家師承十九世紀的風格，心裡一定豔羨最早期的那些同行：因為他們創造炫人眼目的大雜燴世界，並且快樂地悠遊在其中。

拉伯雷在小說開頭的幾頁裡面，讓高康大從他母親的耳裡呱呱墜地。同樣出人意表，塞爾曼·魯西迪在他的《魔鬼詩篇》中，兩位主角竟在自己的飛機半空爆炸解體，然後向下墜落的過程中，不是閒扯就是唱歌，而且舉止滑稽，令人直覺不

MILAN KUNDERA

可思議。與此同時，「在上方，在後方，在下方，在空中」浮盪著一張張可調整靠背角度的扶手椅、紙杯、氧氣罩以及其他旅客。其中一主角名叫吉百列（Gibreel Farishta），他「在空中泳動，有時像游蝶式，有時像游蛙式，有時又將身軀蜷縮成個肉球，有時再把手臂腿部伸直出去，而那天空則像黎明曙色，幾乎沒有邊際」。另外一個主角名喚薩拉丁（Saladin Chamcha）則像是「一抹纖巧黑影，頭下腳上墜落，身著灰色西服，釦子一個也沒鬆脫，頭戴著瓜皮帽，兩掌緊貼著左右大腿」。他的小說就像是以這種局面開場的。魯西迪和拉伯雷一樣清楚，小說家和讀者間的契約在作品一開始就要確立。才一起頭便打開天窗說亮話：即便接下來要陳述的事令人驚駭，但是故事本身並非嚴肅莊重。

這既恐怖又輕鬆。就舉《第四冊》（Quart Livre）裡的一個場景為例：龐大固埃的船在外海巧遇一艘載有數名販羊商人的船。其中一位看見帕紐朱穿褲子前面沒開襠，無邊軟帽上面別了一副眼鏡，就瞧不起他，不但一副趾高氣揚的模樣，還譏笑他老婆專偷漢子。帕紐朱立刻採取報復行動：他先向那商人買來一頭綿羊，然後將那牲畜扔進海裡。因為羊性盲從，看見第一頭羊落海，其他的羊也就噗通噗通，一隻一隻跳進水裡。眾商人見狀都慌了手腳，紛紛前來攔阻，有的抓住羊毛，有的扯住羊角，可是不但無效，而且最後全被拖進海裡。而站在船上的帕紐朱則把船槳握在手裡，不是為了救人，而是阻止他們爬回船上。在此同時，他還不忘對這群人誇誇其談，說是今生今世也不過一場苦難，幸福良善只得往那冥府裡頭去尋，並且斷言，死人要比活人愜意。最後他說，如果諸位仁兄覺得與人為伍不致太過討厭，那麼不妨學學《聖經》裡的約拿，住到鯨魚肚裡面去。等到眾商人都淹死以後，那位偕行的好修士尚（Jean）趕忙向他道賀，不過對於他亂花錢買羊難免數落幾句。可是帕紐朱答道：「老天，這場遊戲本來要花五萬法郎才辦得到！」

這個場景是虛幻的，不可能發生的；裡頭是否包藏什麼教訓？拉伯雷是不是要譴責商人的狹隘氣度，只有看他們出糗我們才能稱快？還是作者呈現帕紐朱的殘酷，全為激發我們的憤慨？還是他站在反教會的立場，揶揄帕紐朱口中那些陳腔濫調的愚蠢教義？讀者慢慢猜吧！

歐塔維歐．帕茲（Octavio Paz）說過：「荷馬和魏吉爾[1]都不懂得幽默；亞里奧斯德[2]似乎懵懂意識到了，可是一直要等到塞萬提斯（Cervantes）出現，幽默才具體成形（……）。」接著，帕茲又補充道：「幽默是現代主義精神最偉大的發明。」這段話的核心重點：幽默並不是人類自年湮代遠以來便具備的。它的出現和小說藝術的濫觴是密不可分的。幽默不是發笑，不是嘲弄，不是諷刺，而是一種特殊形式的詼諧。按照帕茲說法（這是了解幽默的關鍵），「幽默可讓所及之事曖昧起來。」讀者要是無法津津有味品賞帕紐朱眼睜睜放任販羊商人淹死，還要讚嘆來世如何美好的這段插曲，那麼就永遠無法理解小說這門藝術。

道德評斷暫停的領域

如果有人要問，在我和讀者的誤解當中，最常見的原因是什麼，那我會毫不遲疑回答：幽默。記得當時我來法國沒有多久，有一位醫學界鼎鼎大名的教授希望見我一面，因為據說他相當欣賞拙作《再見的華爾滋》（La Valse aux adieux）。這點讓我十分得意。根據他的看法，我的小說具備一種預言特質；書中有位名喚史克雷塔（Skreta）的醫生，他在一處溫泉療養勝地專門治療一些看來是患了不孕症的婦女，可是卻暗中利用一個特殊注射器，將自己的精液注入她們的體內。由於這個情節，他認定我的作品觸及了未來的一個重要課題，並且邀請我出席一個主題有關人工受精的研討會。這位學者從口袋中摸出一張紙，然後將他論文的草稿唸給我聽。精液捐贈必須是匿名的，無償的，而且（說到這裡，他認真地盯著我的雙眼）必須基於三層愛心：第一層，對於一顆陌生卵子，一顆渴望克盡天職的卵子的愛；第二層，捐贈者對自我的愛，因為經由捐精，這個「自我」得以傳遞下去；第三層，對於某對不孕夫妻的愛，這種夫妻因為膝下無嗣而感失落。說到這裡，他又再度凝視我的眼睛；儘管他的學術威望高人一等，他還是輕率說出他的批評：我沒能夠大力強調精子捐贈這行為中所蘊含的道德美。我辯解道：小說的

1. Virgile，古羅馬詩人，公元前七〇～一九年。
2. Arioste，義大利詩人，一四七四～一五三三年。

本質是滑稽！我筆下的司克雷塔醫師是個異想天開的古怪人物！這本小說的內容大可不必全部都用正經八百的態度看待！聽到這話，那位學者一臉狐疑問道：「這麼說來，你的所有小說都不必用嚴肅的態度看待？」這句話把我問糊塗了。不過，才轉瞬間，我會意過來了：讓人了解幽默簡直要比登天還難。

在拉伯雷的《第四冊》裡有段海上颳起暴風雨的場景。船上所有的人都竭盡全力搶救，以免船覆人亡。在這緊要關頭，只有帕紐朱嚇到癱瘓，獨自在一旁呻吟著。而這哀嘆足足耗去好幾頁的篇幅。最後，天氣恢復平靜，他也重拾鎮定，這時，他卻開始數落同儕，說他們個個是懶鬼。耐人尋味的是這點：這個懦夫、游手好閒、愛說謊話又愛譁眾取寵的人，不僅沒有激起義憤，反而讓讀者們欣賞他的吹噓。拉伯雷的作品走筆至此，已經全面地、根本地達成小說藝術最終極的境界，那就是：**暫停所有道德評斷**。

暫停所有道德評斷並不表示小說就不道德。這個前提正是它的道德。遽下結論，妄做判斷，這是人類根深柢固的老毛病，而這道德正是反對這種做法，挑戰人類未理解就先仲裁的積習。以小說藝術智慧的觀點來看，這種愛下斷語的急切天性，正是最可惜的蠢行，最危險的罪惡。倒不是說小說家走極端，要懷疑道德判斷的正當性，而是將它放在小說領域的外面。走出小說，如果你願意，不妨大罵巴爾努治懦弱。罵不夠的話還有艾瑪．包法利（Emma Bovary）、哈斯提尼亞克[3]可供譴責。不過那是你的閒事，小說家可就管不著了。

小說創造出一個想像的場域，在這其中，道德判斷暫時終止，這可是一個影響深遠的功勞。唯有在這種情況下，小說人物才能充分發展成長。這些筆下造出來的人物不是根據既存的真理而成形的，不是「善」與「惡」的典型，也不代表彼此相對立的客觀律法，而是根據自己本身的道德而塑造出的自由個性。西方社會已經習慣將自己和講人權的社會等同起來。可是在「人」獲得「權」以前，他還得先具備自我意識，在自己和別人的心目中形成既定形象。如果不是因為歐洲有源遠流長的藝術及小說傳統，特別是那些教導讀者對旁人好奇，對異於自身真理標準認真理解的小說，哪裡可能產生重人權的社會？以這角度來看，西奧杭[4]說得真好，歐洲社會即是「小說社會」，歐洲人則是「小說之子」。

去神聖化

世界的去神聖化（德文作Entg tterung）是定義「現代」的一個重要特徵。「去神聖化」並不是「無神論」，只是點出一個狀態：自我，思考的自我取代了神祇，成為一切的基石。人們大可依舊保有信仰，在教堂裡跪地行禮，或者睡前誠心禱

3. Rastignac，巴爾札克筆下的人物。

4. Émile Michel Cioran，羅馬尼亞作家，一九一一～一九九五年。

告，但是他的宗教虔敬從此以後只屬於個人的主觀領域。海德格在指出這種情況之後又下結論道：「因為這樣，眾神只好走為上策。祂們所遺留的空白則被神話的歷史學和心理學探索所填補。」

從歷史學和心理學兩個切入點來探索神話，探索神聖的文本，這意味著：將之賦與世俗意義，將之去神聖化。「世俗」（profane）一詞源自拉丁文profanum，意即神殿前的空間，神殿外的場所。去神聖化因此就是把神聖事物移出神殿之外，離開宗教的範疇。一本小說裡面，如果好笑的成分稀薄分散，幾近不可見，那麼去神聖化就發揮最大作用了。因為去神聖化和幽默是無法互容的兩件事。

托瑪斯．曼於一九二六年至一九四二年間寫成的四聯創作《約瑟夫和他的兄弟們》[5]即是對神聖文本所進行的最精采的「歷史學和心理學探索」。作品裡的語氣是托瑪斯．曼特有的歡愉以及壯闊的沉悶，其中嗅不到一絲神聖的味道：在《聖經》原典中那個自亙古以來便存在的上帝，到了托瑪斯．曼的筆下卻成為人類的一項發明，是亞伯拉罕的創造。亞伯拉罕將祂從混亂的多神信仰中抬舉出來，先是讓祂神威冠於諸神，最後將祂定於尊一。上帝明白是誰創造祂的，於是驚呼說道：「真是不可思議，卑微人類對我居然瞭若指掌。從一開始，連我的名字都是他給的。但事實上，我卻要去替他塗敷聖油。」值得一提的是：托瑪斯．曼特別強調，這是一本幽默小說。什麼？《聖經》可以拿來嬉笑？還有約瑟夫和普蒂法兒的那一段也是；普蒂法兒瘋狂地愛上約瑟夫，舌頭弄傷之後只能像小孩一般口齒不清地把「陪我睡吧！」這種挑逗話就走音唸成「陪我sé吧！」的滑稽調。在那三年當中，秉性純潔的約瑟夫不厭其煩地一再告訴那個喜歡發出／s／、／z／音的女人，自己是不可能與她燕好的。最後到了那要命的日子，他們兩個人湊巧孤男寡女守在屋裡，那個女的重新展開攻勢，陪我sé吧，陪我sé，而我們那品德極高的男主角又捺住性子，像師長訓誨弟子般的口氣告訴她，不能與她苟合。不過在義正辭嚴說教的時候，他褲襠間的東西卻不聽使喚，一再脹大脹大，好結實的一大球。結果被普蒂法兒瞧見，一時之間失去理智，伸手扯掉約瑟夫的上衣。約瑟夫見狀，顧不得褲襠間那物事依舊興致勃勃，只能拔腿就跑。而普蒂法兒一樣失了方寸，亂了陣腳，情急之下只好扯起嗓子大喊救命，並且誣指約瑟夫對她意圖不軌。

托瑪斯．曼的這本小說普獲各界好評；這證明了，去神聖化並不被視為對宗教的冒犯，因為這種態度業已成為風俗習慣的一部分了。在「現代」這個歷史時代裡，不信宗教的人不若以往那樣滿腹懷疑、那樣故意挑釁，但是另一方面，信仰宗教的人也失去了昔日那種傳教士般地自信以及排他態度。在這個轉變當中，史達林主義的衝擊起了非常重要的影響：史達林一方面堅持抹滅所有基督教文明的記憶，他卻同時也清楚而且專斷地宣稱，不管我們信不信神，不管我們篤信上帝或者瀆言毀教，我們每

5. 德文原文書名《Joseph und seine Bruder》。

一個人都隸屬於同一個植基於基督教歷史的文明。沒有這個文明，我們都將是沒有實體的幽魂，缺乏語彙的推理者，心靈上的無國籍者。

我自己從小接受無神論的教育，而且覺得十分慶幸。可是在共產黨統治最陰沉的那幾年裡，我見識到了那些飽受侮辱刁難的基督徒。突然之間，我青少年時期最早的那個愛好挑釁的狂熱無神論階段戛然中止，而且回頭去看，不過就是乳臭未乾的愚蠢行為。我開始能夠理解那些信教的朋友；有時基於感動以及支持他人的立場，我也會陪他們去做彌撒。不過即使如此，我的內心深處還是無法相信有神，更別說相信這神能左右我們的命運。可是，我到底真能確定什麼？而他們又到底知道什麼？他們真能確信自己所信為真？我坐在教堂裡，心中有種奇特又快樂的感覺，我的不信和他們的堅信居然這樣接近。

歷史之井

個體是什麼？他的自我認同何在？所有的小說作品都在尋求上述問題的答案。換個角度，所謂的「我」如何定義呢？經由他所做的，他的行為？可是行為卻不受施行者的控制，而且幾乎一定會回到他的身上。還是另有定義，靠他的內心世界，他的思想，他那些不為人知的情感？還有，一個人難道真的了解他自己？他那些不為人知的思想可是塑造他自我認同的關鍵？人的定義會不會要靠他對世界的觀點，也就是德文字的Weltanschauung呢？這也是杜斯妥也夫斯基的美學基礎：他筆下的人物都具有鮮明的個人意識形態，而且由於這種意識形態，支撐他們行動的就是一套不可妥協的邏輯。而托爾斯泰正好相反，所謂個人的意識形態絕對不是固定不變的，不是個體自我認同賴以建立的礎石：「史代凡·阿卡迪維奇（Stephane Arcadievitch）從不選擇他的態度或是立場，因為態度或是立場自動會來就他。就像平常他也沒習慣選擇禮帽或是禮服，只是但有便穿。」（《安娜·卡列妮娜》）可是，如果個人的思想並不是個體自我認同的基礎（要是它的重要性不超過一頂帽子），那麼這個基礎又在哪裡呢？

對於這個撲朔迷離的問題，托瑪斯·曼倒是做出了相當可觀的貢獻：我們認為自己在行動，認為自己在思考，實際上是另一個人或者另一些人在我們心中行動或者思考；一些起源甚早，出處不可追尋的習俗，一些原型，全披上了神話的外衣，從上一代傳到下一代，包藏其強烈的誘惑力，從（托瑪斯·曼所說的）「歷史之井」的深處遙控我們。

根據托瑪斯·曼：「人的自我是否包藏在極有限的範疇裡，而且密實地鎖閉在他那短暫的，屬肉的軀殼裡？組成他個體的好幾種成分不都屬於外在於它，先前於他的宇宙？（……）普遍的心靈和個人的心靈之間的差別在昔日並不比在今日來得明顯……」他還說道：「我們所面對的或許是一種大家很想稱之為模仿或延續的現象，根據這種生命觀點，每一個人擔任的角色正是重現祖先所建構的某些既定的形式，某些神話綱要，讓它們得以依附新的肉體並且再生。」

《聖經》裡面，雅各和他的哥哥以掃之間的衝突不過就是昔日亞伯和他的哥哥該隱間對立關係的翻版，是上帝的寵兒與他人，這個被忽略的，妒意滿盈的他人之間的抗衡。這種衝突，這個「祖先所建構的神化綱要」又在雅各的兒子約瑟夫這個上帝的寵兒身上再度淋漓體現出來。雅各因為受到一股起源甚早、出處不可追尋、上帝的寵兒的罪惡感驅使，因此遣他下來去和他那些善妒的兄弟和解（這招真是下下之策，因為他的兄弟會將他扔進井裡）。

甚至受苦受難的亦復如此，這種看似無法控制的反應其實追根究柢依然是「模仿以延續」：小說中當我們看到雅各為約瑟夫的死搥胸頓足而哀傷悲吟之際，托瑪斯．曼就下評語論道：「這並不是雅各慣常的說話方式（……）挪亞在面對大洪水而感到威脅時，也曾經使用相同或近似的語言，而雅各的一番哀嘆只是他祖先那些話的翻版。他的絕望透過多少是熟詞奮語的話傾吐出來（……）不過不能因為這點就懷疑他是否言不由衷。」這裡，我們要注意到：模仿並不代表缺乏真心，因為個體無法不去模仿已經發生過的。就算他再坦白，所說的話不過是種再生；就算他的心志如何誠摯，所說的話其實只是從那歷史之井湧上來的命令以及建議。

小說中不同歷史時代的並存

我想到以前寫作《玩笑》一書時的情況：從一開始，我自然而然地知道，透過賈侯斯拉夫（Jaroslav）這個人物，這本小說勢必要將目光投向歷史的深淵（通俗藝術的歷史傳統），而我筆下那個人物的「我」透過這個回顧，而且在這回顧的過程中，才真正被顯露出來。

還有，小說裡四位要角所代表則是四種共產黨的源頭，各自和歐洲過去的四段歷史接續起來：盧德維克（Ludvik）：類似伏爾泰尖刻批判的共產精神；賈侯斯拉夫：意圖重新建構往日純樸父族社會的共產精神，也就是存在於民間傳說裡的那種社會；寇斯特卡（Kostka）：嫁接於《福音書》上的共產烏托邦；艾倫（Hélène）：做為「情感人」（homo sentimentalis）熱情來源的共產精神。這四種個人的內心世界都在崩解之際被加以描述，代表四種共產主義衰變的類型；這也意味：四種歐洲古老命運的墮失。

在《玩笑》一書當中，歷史僅僅是角色人物心靈的一個小面或是離題評論；可是接著，我就想要將它推上舞台，成為主角。

在《生活在他方》一書中，我將當代一位年輕詩人的一生擺放在歐洲詩歌完整的歷史面前，以便讓他的腳印和韓波[6]、濟慈、萊蒙托夫[7]等偉大詩人的腳印混同起來。後來在《不朽》一書裡，不同歷史時代的對照比較又更加透徹了。

從前我年紀還輕，人在布拉格寫作時，就已經特別討厭「世代」（génération）一詞，因為它似乎發散一股人群麇集的腥臊汗臭，等到我去了法國，讀了卡洛斯·富安蒂斯[8]的作品《吾土》（Terra Nostra）之後，我才第一次有了與他人休戚與共的感覺。怎麼可能？這位居住在另外一片大陸，文化背景以及生命軌跡全部都與我們大相逕庭的人，居然和我同樣著迷於同樣的美學經驗，試圖要讓不同的歷史時代並存於一本小說裡。在此之前，我還天真以為，有這種想法的，全天下就只有我一人。

如果我們不俯身去看歷史的井，根本無法理解《吾土》，那片墨西哥的吾土，究竟有何深義。但是方法和史學家的不同，不是以歲月推演軸線來看事件，而是在心裡面問道：對一個人來講，墨西哥吾土的精義究竟為何？富安蒂斯真正掌握了它的精義。在他那本如夢般的小說裡面，許多的歷史時代彼此滲透混雜，共同形成一種如詩似夢的「元歷史學」（métahistoire）。他因此創造了一種難以描述、在文學史上前所未見的東西。

小說的歷史向簡單化的歷史報復

歷史。我們還能仗恃這過時的威權嗎？下面我要說的純粹是個人的心得：身為小說作者，我一直都認為自己身處歷史當中，好像走在道路中央，和前人甚至或許和來者（機會比較少）對話。我指的當然不是別的，而是小說的歷史，而且是完全根據我們的觀察理解照實敘述：這種歷史和黑格爾的超人理智絲毫無涉；這種歷史既不是預先決定的，也不等同於進步的概念；它完全是人的向度，被人所創，被幾個人所創，因此，和一個藝術家獨自的創作過程可以比擬：起初才思平庸，繼而出乎意料神來一筆，有時天分橫溢，有時不得一點靈感。

現在，我正高喊口號，準備贊同小說歷史，可是我所有的小說卻透露著對歷史的厭惡，因為這簡單化的歷史是股敵意濃厚且不人道的力量。它不請自來同時不受歡迎，從外部侵入我們的生活，摧毀我們的生活。不過，在這種雙重態度裡並沒有什麼矛盾的地方，因為「人類歷史」以及「小說歷史」本來就是截然不同的東西。如果說第一種歷史並不屬於人類，而是一股強加在他身上，讓他無從掌握的奇怪力量，那麼第二種歷史（除了小說歷史，繪畫歷史，音樂歷史也都一樣），則是誕生自人類自由，誕生自他們的選擇，他們那全然屬於個人的創作。某種藝術形式的歷史和簡單化的人類歷史是南轅北轍的。藝術的歷史因為具有個人特色，所以是人類用來抵抗簡化性歷史非人性取向的復仇工具。

6. Arthur Rimbaud，法國詩人，一八五四～一八九一年。
7. Mikhail Lermontov，俄國詩人、小說家，一八一四～一八四一年。
8. Carlos Fuentes，墨西哥小說家，生於一九二八年。

可是，「藝術的歷史具有個人特色」到底什麼涵義？千百年來，為了構成一個這種個人特色，難道它不必統合在一個共通的，恆常的意義下？可是這樣，不就難以避免超越個人的範疇嗎？不會。我認為這種共通的意義永遠都是個人的，人道的，因為在歷史推進的過程中，對於某一種特定藝術的觀念（小說是什麼？）以及如何看待它的演進（小說從何而來，要往何處而去？）總是不斷被每位藝術家，被每件新作品加以定義或加以重新定義。小說歷史的目的就在追尋這種意義，沒有止境的創新以及再創新，始終都以回顧的態度看待小說的過去。拉伯雷一定從來沒把《巨人的故事：高康大與龐大固埃》稱為小說。這種作品在那時代並非小說，只是後世的小說家（斯騰恩[9]，狄德羅，巴爾札克，福婁拜，凡庫拉[10]，龔布洛維次[11]，魯西迪，濟斯[12]，夏穆瓦索[13]）不斷從中汲取靈感，不斷宣稱師承自彼，因此才將此書納入小說的範疇，並且將它視為這部歷史的第一塊奠基石。

這樣看來，所謂的歷史終結一詞從不曾在我心裡引發什麼焦慮或不快。我在《生活在他方》一書裡面提到：「歷史耗盡我們生命的津液，將它用在毫無意義的工作上，能遺忘它，何等甘美，能遺忘它，何等暢快！」假如歷史非得結束不可（儘管我實在無法具體想像這種哲學家們熱中談論的事），那麼但願末日趕快來臨！可是，這個相同語句「歷史終結」如果用在藝術上面，那我心裡可就不好受了。這個「終結」其實不要太費力氣就可以想像到，因為今天大部分的小說創作許多都是與小說歷史不相干的作品：寫成小說體裁的自白，寫成小說體裁的報導，寫成小說體裁的自傳，寫成小說體裁的流言八卦，寫成小說體裁的控訴揭發，寫成小說體裁的政治教訓，另外丈夫的極度苦悶，父親的極度苦悶，母親的極度苦悶，喪失貞操，懷孕生子全都可以編成小說，多到數不清的小說，要到世界末日才會休止。這些所謂的小說沒有陳述新的物事，沒有任何美學上的創新，對於小說的形式以及我們對人類的理解完全沒有裨益。這種作品彼此極為相似，早上買來一讀，晚上將它扔掉也不足惜。

依我看來，偉大的作品只能誕生於它所隸屬的那門藝術的歷史流裡，而且還要參與這個歷史。只有回歸到這歷史流裡，我們才能分辨，什麼是新穎的，什麼則是重複的，什麼是創見，什麼只是仿效，換句話說，只有放在歷史的情境中，一個作品的價值才能為人所識，為人所欣賞。對我而言，跌落歷史外的藝術作品是最可怖的，因為那就等於栽進美學價值無法再被觀察的混沌世界。

9. Laurence Sterne，英國作家，一七一三～一七六八年。
10. Vladislav Vancura，捷克作家，一八九一～一九四二年。
11. Witold Gombrowicz，波蘭籍作家，一九〇四～一九六九年。
12. Daniolo Kis，塞爾維亞作家，一九三五～一九八九年。
13. Partrick Chamoiseau，法國作家，生於一九五三年。

即興創作以及書寫

拉伯雷、塞萬提斯、狄德羅，斯騰恩的作品之所以令我們著迷，其實是因為那與即興創作密切相關的自由。小說書寫一直要到十九世紀上半葉才開始變得複雜嚴謹，而且非得如此不可。那時出現的小說形式，情節壓縮在很短暫的時間裡，幾條脈絡裡的許多人物好像都在這個時間的十字路口上不期而遇，因此極需要精心替行為和場景營造一個架構；尚未提筆寫作之前，小說作家就得先一再安排作品綱要，並且一再計算，一再勾勒，這是舊時小說家壓根沒見識過的。只要翻閱杜斯妥也夫斯基為《魔鬼》（Les Démons）一書所寫的筆記便可分曉。這些筆記共有七本，在「七星文庫」的版本裡就佔去四百多頁的篇幅（該小說全部篇幅七百五十頁），有時候是現成主題需要合適的角色，有時反過來，現成人物尋覓合適的主題。再不然是人物你一言，我一語，爭辯是誰配當主角；司塔佛金（Stavroguine）得要結婚，可是「跟誰？」這是杜斯妥也夫斯基筆記裡的疑問，接著他嘗試將這角色先後與三個女子配對（表面看來也許矛盾，實則不然：情節經緯越是精心編造，筆下人物必定更加真實，更加自然。有種偏見認為，用於構築小說作品的理智不但不具有藝術特性，而且會將人物的生動活潑毀掉。提出這種看法的人其實完全不懂藝術，只表現感情用事的幼稚）。

本世紀的小說作家對於古代小說大師孺慕情深，但卻不能將這傳統的線從斷處重新連結起來。他們無法跳過十九世紀所累積起來的豐厚經驗。如果他們想要接續拉伯雷或斯騰恩那種無拘無束的自由，那麼就得先讓它和文本構成的嚴格要求進行妥協方才可以。

我還記得第一次閱讀《宿命論者雅克和他的主人》（Jacques le Fataliste）時的經驗；這本非常豐富的作品大膽將各種累積成分收在一起，嚴肅沉思竟與軼聞趣事並陳，小故事套在大故事裡面，這點令我見獵心喜。它的結構極其灑脫，完全無視於情節的統一定律。我那時候心裡尋思：這種雄偉壯闊的拉雜紛陳到底是令人讚嘆，精心琢磨的巨構，抑或只是即興創作的成果？毫無疑問，一定是急就章的體現。接著，很自然地，我所提的疑問最後讓我了解：在酣暢橫溢的即興才情裡面，或許包含著恢宏的氣勢，可能成就複雜、華麗，但同時又殫竭心力，精密估量過的結構，好比一座外表富麗，表現奇思巧意的大教堂。這種建築上的創作現象要是加諸小說身上，會不會損及它那因能自由揮灑所特有的魅力？斷喪它的遊戲特質？可是歸根究柢，何謂遊戲？不管哪種遊戲，不就是要先訂規則，而且規則越嚴，玩起來越精采。弈棋的人遵循既定規則，但是藝術家就不同，他們自己創造自己該遵循的規則；在沒有規則的前提之下即興創作並不比自創規則更加自由。

我們這年代的小說家和巴爾札克或者杜斯妥也夫斯基在創作時遭遇到的問題不

同。前者關心的是如何調合和拉伯雷、狄德羅的恣意以及結構嚴謹的考量。比方，布羅赫[14]《夢遊者》[15]的第三部，像是一條由五個聲部所構成的複調河川，五個聲部好似五條平行線索，彼此不相隸屬，之間沒有任何相同情節，相同人物串聯，而且各自擁有文類形式（A—小說，B—報導，C—短篇小說，D—詩歌，E—隨筆）。

在書中的八十八個分章裡面，這五條線遵循下列這個奇怪的模式排列：

A—A—A—B—A—B—A—C—A—A—D—E—C—A—B—D—C—D—
A—E—A—A—B—E—C—A—D—B—B—A—E—A—A—E—A—B—D—
C—B—B—D—A—B—E—A—A—B—A—D—A—C—B—D—A—E—B—
A—D—A—B—D—E—A—C—A—D—D—B—A—A—C—D—E—B—A—
B—D—B—A—B—A—A—D—A—A—D—D—E。

為什麼布羅赫獨鍾這套排列組合，而不是另一套？到底什麼因素促使他寫到第四章的時候選了B線而非C線或者D線？這個邏輯不能從情節或是角色加以考量，因為在這五條線中並沒有共同的情節。指引它的另有其他準則：不同文體並列一起自能達到令人驚訝的美感（詩行，敘述，格言，哲學思考）；不同分章各自包含能夠形成對比的情感；分章長度各異，形成參差；最後，作品裡處理相同存在主義哲學上的問題，各自在五條線上面反映出來，好像五面鏡子裡的鏡影。既然缺乏更恰當的字彙，我們姑且以音樂性來形容這些準則，並且下個結論：十九世紀為寫作藝術帶來嚴整形式，可是要到我們這個世紀才為這門藝術注入音樂性。

《魔鬼詩篇》則由三條多少算是各自獨立的軸線開展：A：薩拉丁和吉百列的生活介紹，他們是現代來回於孟買和倫敦的印度人；B：根據《可蘭經》裡講述的歷史，探討伊斯蘭教的起源；C：鄉人渡海走向麥加，原先以為可以腳不沾水，豈料落個淹死下場。書中的九個部分遵循上述三條軸線交互開展，模式如下：A—B—A—C—A—B—A—C—A（順便一提，在音樂中，這種模式稱為迴旋曲：首要主題有規律性地重複，和次要主題交替出現）。

下面我將要全書的節奏模式列出（括弧內是法文版裡取整數的頁數）：A（100）B（40）A（80）C（40）A（120）B（40）A（70）C（40）A（40）。我們發現B和C兩部分的長度完全相當，這就構成了作品的規則節奏。

軸線A佔了整本小說七分之五的篇幅，而B和C則各佔七分之一。從篇幅的長短來看，軸線A穩佔了馬首的地位：的確，小說的重心是放在薩拉丁和吉百列兩位現代人命運上。

儘管B和C軸線只能算是次要，可是整本小說的美學論點卻集中在此。因為在這兩部分中，魯西迪方能深刻探討所有小說的根本問題（個體、角色的認同問

14. Hermann Broch，德國作家，一八八六～一九五一年。
15. 德文原文書名《Die Schlafwandler》。

題），而且方式新穎，超過了心理小說的俗套：薩拉丁或者吉百列這兩個角色並不能從對他們心靈狀態的縝密描寫而切實掌握；他們的奧祕來自於他們心靈中並存的兩個文明，印度的和歐洲的；這個奧祕隱藏在他們的根源，這兩個他們強被疏隔，可是在他們心裡依然生動的文明傳統。這兩個根源是在何處被斬斷的？如要碰觸傷口，又要往下走到哪裡？向歷史之井觀望絕對不算離題，這種觀望直逼了問題的核心：兩位主角人物在存在向度上的撕扯。

沒有亞伯拉罕，雅各就無法被掌握理解（根據托瑪斯・曼，前者比後者年代早了好幾個世紀），因為雅各只是模仿而且延續他的前人而已。同樣，要是不從Mahound（穆罕默德），不從大天使吉百列甚至如果不從伊斯蘭神治主義的柯梅尼（Khomeiny）出發，不從那個將村民領往麥加，導向死亡的那個狂熱的年輕女孩出發，我們也絕對無法理解吉百列。上述人物代表潛蟄在吉百列心靈裡的各種可能，但他必須對這種人物費上一番工夫才能獲致自己的個性。

在這本小說裡，所有重要的議題沒有哪一個是不需要透過歷史之井的檢視就能釐清的。什麼是善，什麼是惡？某甲是某乙的魔鬼，抑或是相反才是？薩拉丁對於吉百列而言是魔鬼，還是反過來講？號召村人去麥加朝聖的究竟是魔鬼或者天使？他們最後淹死在海裡，到底只是一場可憫的船難還是通往天堂的光榮之旅？有誰知道真相，有誰能說出來？創建宗教的人，會不會對於這種善惡難明的狀況感到痛苦？只要聽聽耶穌那絕望的可怕怨言，那前所未聞的褻瀆語詞便明白：「主啊，主啊，祢為什麼遺棄我？」所有基督徒的靈魂難道不會因此而引起共鳴？在魔罕德懷疑到底是誰向他低聲朗誦詩篇，是神是魔之際，難道他心裡不是暗中生出猶豫？而人的存在不正建立在這猶豫之上？

自從一九八〇年《午夜之子》出版，普獲各方讚許之後，英語文學大概沒有人會不同意魯西迪是今日世上數一數二的小說家。一九八八年出版的《魔鬼詩篇》英文版，立刻引起各界注目，這與他大作家的身分是十分貼切的。在大家讚賞之聲此起彼落之際，誰能料到才幾日後他所掀起的軒然大波？當時伊朗的領導人，柯梅尼教長宣布魯西迪因為褻瀆伊斯蘭教而被判死刑，並且僱用殺手無限期地四處追查他下落。

在這本小說還來不及被譯成外語之前，回教界的憤怒就爆發了。在英倫地區以外，大眾可以說是還沒唸到這本書倒先感受到這紛爭的威力了。法國的媒體在這節骨眼上立刻刊出了小說的節選以饗讀者，並讓大眾評斷伊斯蘭世界的指控。

回教激進派的反應可以理解，但是對於一本小說，它的態度足以致命。因為從一開始，媒體只披露那些最有爭議、最受指責的片段，以至於一本藝術價值極高的作品就硬生生被打成確鑿的罪證。

我從來不說文學批評的壞話。作家要是沒有人來議論他的作品，那就是全世界最糟糕的事了。我指的文學批評是一種分析，是一種深思。如要談及一本著作，那麼文評家得先將這作品一讀再讀（就像偉大的樂曲也是值得反覆玩味）；此外，文評家還得自外於時事這面緊迫盯人的大鐘，而能侃侃而談一年前，三十年前，或是三百年前面世的書。他必須能夠掌握一部作品的原創性，並且將它載入歷史的記憶當中。如果這種深思並不在小說史的脈絡中進行，那麼今天我們對杜斯妥也夫斯基，對喬伊斯[16]，對普魯斯特就一無所知了。

跳開小說史的框架，那麼所有作品就只能被人心血來潮，隨意品頭論足一番，然後很快淹沒在時間流裡。今天魯西迪的事件顯示出來，上述的文評態度早已蕩然無存。時勢所趨，文學批評受到社會以及媒體進化的影響，已經不知不覺，而且天真地搖身一變，成為「文學的時事報導」。這類報導偶爾可見機智靈巧，但是本質永遠是倉促的。

在《魔鬼詩篇》的事件當中。文學批評的時事化使得作者被判處死刑。在生死攸關的節骨眼上來談藝術幾乎可以算是輕浮。事實上，面對大原則受到威脅之時，藝術究竟代表什麼？還有在世界上，所有的評論都集中力氣在原則的問題上：表達的自由；捍衛表達自由的必要性（實際上，或進行抗議，或簽署請願文書這種自由也獲得了捍衛）；宗教；伊斯蘭教和基督教。可是還有這個問題：從道德上來看，一個作家到底有無權利咒罵或是傷害某宗教的信徒？以及下列疑問：魯西迪攻訐伊斯蘭教是否純粹為了提高自己的知名度，讓他那本難以讀懂的書銷路大暢？

說來很玄，文學界、知識界以及舉辦書展的人（據我觀察，這股風潮席捲了全世界）全都以勢利的態度來貶抑這本小說。

大家不約而同決定不管商業利益的影響，就是拒看這本他們眼中不過就是譁眾取寵的東西。他們一方面簽署各種文件聲援魯西迪，但同時認為應該嘴角掛著玩世不恭的微笑說道：「你說他那本書？哦，不不！才沒有讀過呢。」好像不這麼說不夠雅致似的。政治人物則見風使舵，利用了作者人人喊打的奇怪遭遇。我一輩子也忘不了他們四處招搖的那種德性崇高的公正態度：「我們譴責柯梅尼的判決。言論自由對我們來講是神聖不可侵犯的。可是另一方面，我們也斥責這種對於信仰的攻訐。這種攻訐低三下四，可鄙可恥，嚴重侵犯萬民心靈。」

沒錯，從此以後，無人再會懷疑，魯西迪攻訐過伊斯蘭教，因為只有指控的行為是真實的，本文完全不重要了。不曾存在過似的。

三個年代的衝擊

這是歷史上絕無僅有的時刻，從出身論，魯西迪是隸屬於伊斯蘭教社會的。而

16. James Joyce，愛爾蘭小說家，一八八二～一九四一年。

這種社會大部分還活在「現在」開始以前的那個時代。可是魯西迪是在歐洲寫這本小說的，而且身處「現在」，或者更精確說，身處「現代」即將結束的階段。今天，伊朗的伊斯蘭社會正和宗教現代化的潮流背道而馳，並且朝著狂熱的神治理想發展。同樣，魯西迪的小說事件已經脫離早年托瑪斯．曼那種無傷大雅，有點裝博學的玩笑，而接近無節制的想像。若是往源頭回溯，那便是被重新發掘的拉伯雷式幽默。對比反襯匯聚一起，並且推向極端。

從這觀點審視，魯西迪被譴責的這件事不是偶然或者荒唐舉措，而是兩個時代彼此之間深到不能深的衝突：那是神治理想對「現代」的不平之鳴，而且選擇了「現代」最具代表性的創造——小說——做為代罪羔羊加以攻擊。其實，魯西迪並沒犯褻瀆之罪，他並沒攻擊伊斯蘭。他只是寫了一本小說罷了。可是對於崇尚神治政權的人來講，這簡直比公然挑釁還要罪加一等。要是有人攻訐某種宗教（藉由褻神言行、異端教義或者論戰等等），那麼該宗教的守護者便能好整以暇，輕鬆地在自己的地盤上，運用自己的言語模式予以反擊。可是，在他們看來，小說是和外星球一樣陌生的，是建立在一套完全不同本體論上的另類天地。在這地獄般的場域裡面，絕對真理頓時氣力全失，而且那惡魔似的模稜兩可竟把一切原本天經地義的事化作隱晦難明的事。

我們強調：不是攻訐，只是曖昧不清；《魔鬼詩篇》的第三個部分（被指為對穆罕默德及伊斯蘭起源言出不遜的那一段），也就是描寫吉百列夢境的部分。

在文中接著被吉百列本人改編成一部劣質的影片，而在這影片中，他即扮演了大天使的角色。那段故事因此「兩度」被去絕對化（首先是夢，然後又是一部失敗的蹩腳電影）。它並不是以嚴肅論斷的方式，而是以好玩娛樂的態度呈現。會不會是貶損人的創作？我可要持反對意見：這是我有生以來第一次理解到伊斯蘭宗教的，伊斯蘭世界的「詩意」。

關於這點，我們強調：在小說世界的相對性中，根本容不下仇恨這個東西：凡是想藉小說寫作去和人算舊帳的（不管出於個人恩怨或是意識形態上的水火不容）都注定要在美學的大洋裡慘遭觸礁擱淺的命運。阿伊莎（Ayesha）那位將神思恍惚的村民帶向死亡之路的年輕女孩當然是個怪物，可是另一方面，她也是個誘惑人的、非常神奇的（不論走到哪裡，她的身邊總有蝴蝶環繞飛舞），而且常常感人肺腑的角色；甚至在描述一位流亡教長（想像中柯梅尼的經歷）的文字裡，讀者居然可以發現幾乎是崇敬語氣的體諒。西方世界的現代化屢次透過懷疑的態度加以審視，而且絕對不曾被認定成優於古老的東方傳統；這本小說旨在「從歷史和心理的向度來探索」神聖的宗教典籍，並且指出，這些典籍已被電視、廣告、娛樂工業扭曲鄙視到什麼地步。那麼至少那些左派角色，那些痛斥現代文化輕浮特質的左派角色，是不是因此就一成不變獨占了作者的同情？絕對不是，他們的可笑程度非但是令人鼻酸，而且和那四周的輕浮氣息同等輕浮；在這本小說那廣袤無垠、去絕對化的嘉年華盛會裡，我們並沒觀察到，誰是絕對有理，而誰又是全然無理。

也就是說，《魔鬼詩篇》事件透露的正是將整門小說藝術羅織入罪。所以，在這個令人痛心的事件中，最悲哀的倒不是柯梅尼的狙擊令（源自一種可理解卻令人髮指的邏輯推理），而是整個歐洲無力辯護、無力解釋（耐心向自己、向他人解釋）小說這門最具歐洲特色的藝術，換句話說，就是束手無策，沒有辦法解釋、捍衛自己的文化。是歐洲人這些「小說之子」自己揚棄了這門塑造他們的藝術。歐洲這個「小說社會」自己背離了自己。

十六世紀巴黎索邦大學的神學家們，也就是那些意識形態掛帥的秩序捍衛者，曾經點燒多少火堆，害得拉伯雷淒慘度日，一生不是躲躲藏藏就是顛沛流離。現在我對他們的作為不再感到驚訝。仍然讓我覺得不可思議，而且引發我讚嘆的，就是當時一些有權有勢的人，例如杜貝雷主教（du Bellay），奧戴主教（Odet），甚至法國國王法蘭西斯一世（François I）對拉伯雷的保護。他們是不是在捍衛某些原則？言論自由？天賦人權？他們的動機顯然更加高尚：因為雅好文學以及藝術。

在今天的歐洲，我看不到一個杜貝雷主教，一個法蘭西斯一世。那麼，這個歐洲可還是昔日歐洲，也就是「小說的社會」？換句話說，「現代」定義下的歐洲是否蕩然無存？歐洲是否正邁向一個尚未被命名的新時代，一個藝術已經喪失其重要性的時代？果真如此，在面對小說藝術，它的看家藝術頭一遭被判死刑之際，歐洲居然氣定神閒，沒有太多激烈反應，我們大可不必表示驚訝。在這個接續「現代」的新紀元裡，小說不是好長一段時間以來都過著死刑犯的日子嗎？

歐洲小說

為了清楚界定我所談論的這門藝術，我就稱呼它為「歐洲小說」好了。這個詞的深層含義並不是歐洲人在歐洲所寫的小說，而是：歐洲「現代」發軔以降，隸屬於這段小說史的作品。當然，這世界上還有其他種的小說：中國小說、日本小說、古希臘小說，可是這些小說和拉伯雷及塞萬提斯以來的傳統在演進的歷程中並沒有任何連屬。我用「歐洲小說」一詞，用意並非僅僅用來區分和（例如）中國小說的不同，它還意味這段歷史是超越國界的；當然，法國小說、英國小說或者匈牙利小說可能都無法建立起只屬於自己國別的小說歷史，可是它們全都參與了一段超國界的共同歷史。這段歷史創造了獨一無二的架構，小說這種文類演進的意義，讓特定作品的價值得以彰顯出來。

在小說發展史的不同階段裡，不同國家都曾經像賽跑接力似的，扮演過叱吒風雲的角色：起先是義大利薄伽丘，這個歐洲小說的先驅，接著是法國的拉伯雷，然後是西班牙的塞萬提斯及以無賴、騙子的流浪冒險生活為題材的小說；時至十八世紀，則是英國小說大放異彩的時代，到了晚期，便有哥德所代表的德國小說與之唱和。

再過一個世紀，則又是法國獨領風騷的年歲，等到後三十年，俄國的小說也結成了豐碩果實，再緊接著，北歐諸國的作家也登場了。到了二十世紀，中歐文學異軍突起，產生了多少熠熠之星，比方卡夫卡、穆西勒[17]、布羅赫、龔布洛維次……假設歐洲從一開始就是個統一的國家，那麼我就不會認為它的小說發展歷史能夠在四百年中維持那樣的活力，那樣的形形色色。在歷史的洪流中，總是湧現嶄新情勢（而其內容亦是前所未有），有時出現在法國，有時在俄羅斯，有時出現在其他地方，並且一再將小說藝術推上新的發展軌跡，同時帶給它新的靈感，提供它新的美學解答。打個比方，好像在它演進的過程中，小說歷史逐一喚醒了歐洲各個不同的地區，肯定每一個地區的特色，並且同時將之納入共同的歐洲意識裡面。

到了二十世紀，我們首度見識，歐洲小說歷史的大原動力開始在歐洲以外的地區產生：在二〇、三〇年代首先由北美獨領風騷，及至六〇年代，則是拉丁美洲起而代之。在津津有味拜讀夏穆瓦索這位安地列斯群島小說家以及魯西迪的大作後，我現在開始偏好以「南緯三十五度以南小說」或者「南方小說」等較具概括性的詞彙來形容這種嶄新而且偉大的小說文化。這種小說對於實在事物具有令人驚異的感覺，它又和超越所有似真規律、任意馳騁的想像力緊密地結合在一起。

我一直對這種想像力深感著迷，可是又不能完全說得上來它是從何而來。從卡夫卡？必然如此。在二十世紀裡，是他賦與小說「非似真性」這個元素正當地位的。不過，卡夫卡式的想像和魯西迪式或者賈西亞．馬奎斯[18]式的想像是不相同的。這種異常豐饒的想像能力似乎根植於南方極特殊的文化土壤裡；例如那至今依舊十分活躍的口傳文學傳統（夏穆瓦索常自喻為安地列斯克雷奧土語的說故事人），或者，再舉拉丁美洲為例，就像作家富安蒂斯常愛提起的，南方文學特有的巴洛克風格，比歐洲文學的巴洛克更縟麗、更「瘋狂」。

解析這種想像力的另外一把鑰匙：小說的「熱帶化處理」。說到這裡，我想起了魯西迪的奇想：吉百列飛越倫敦上空，而且一心一意想要「熱帶化處理」這個對人敵意甚深的都市。他總結了「熱帶化處理」的種種好處：「讓睡午覺成為國定的政策（……）引進不同種類的禽鳥（孔雀、南美大鸚鵡、白鸚），放養在樹林間，就連植被也是一派熱帶風情（椰子樹、羅望子樹、榕樹）（……）宗教的熱忱、政治的動盪（……）沒有預先通知，就大搖大擺來你家作客的朋友，養老院都關門大吉，大家庭

17. Robert Musil，奧地利作家，一八八〇～一九四二。
18. García Marquez，哥倫比亞作家，生於一九二八年。

制度的盛行，重口味的食物（……）。不過這種處理也有它的不方便處，比方霍亂、傷寒、退伍軍人症、蟑螂、灰塵、噪音、凡事講求過度。」

（「凡事講求過度」：好個精采套語。在現代主義的最後階段中，這是小說藝術的普遍趨勢：在歐洲，是過度開發的日常性、尋常性；淨找一些陰沉無生氣的東西做那鑽牛角尖的剖析。歐洲以外：大肆堆砌各種最不可能的巧合；五顏六色還嫌不夠，最好花裡胡哨，一片斑斕才好。危險：歐洲的暗鬱令人厭倦，歐洲以外的地區強調顏彩盎然，但是久了也嫌單調。）

那些創作於南緯三十五度以南的小說雖然有時不對歐洲人的胃口，但卻貨真價實，是歐洲小說歷史的族裔，不管從形式，從精神都是如此，而且它和源頭如此接近，真正教人驚訝不已；拉伯雷小說裡的那種古風，那種豐沛活力今天只能夠在這些非歐洲籍的小說家作品裡重新品味。

帕紐朱不再令人發笑的時候

我在這裡最後一次談談帕紐朱。在《巨人的故事》一書裡，他愛上了一位女士，而且發誓無論如何也要贏得她的芳心。在教堂裡做彌撒的時候（這種褻瀆可夠粗暴了吧？），帕紐朱居然對她說出教人難以啟齒的猥褻言語（要是時空拉到現今的美國，他一定會被控告性騷擾，吃上一百一十三年的牢飯）。更過分的是，由於該名女士並不理會他的葷言葷語，他基於報復心理，竟然將一條發情母狗的尿液取來，潑在她衣服上。女士做完彌撒走出教堂，附近方圓數里的公狗全部聞風而至（據拉伯雷說，共有六十萬又十四條），一路追著她跑，並在她的身上撒尿。說到這裡，我想起自己二十歲時的事。那時我住在工人宿舍，床底塞了一本捷克文的拉伯雷。那些工人同伴對於那本厚書顯得十分好奇，於是我就把上面那段故事唸給他們聽，沒隔多久，大家都已記得爛熟。雖然他們大都出身農村，道德尺度趨向保守，可是沒有任何一人在大笑之餘，回過頭來正經八百斥責那個以言詞和尿液進行性騷擾的人。他們真的佩服帕紐朱，甚至因為過度著迷，把這名字送給了我們其中一位兄弟當作諢名。承擔這諢名的，並不是哪個好色的登徒子，而是一位天真得出了名，而且守身如玉到不可理喻地步的年輕人。據說他連洗澡的時候都絕不願意讓人見到他赤身露體的模樣。同伴們對他的揶揄我時至今日仍言猶在耳：「帕紐克（這是「帕紐朱」一詞的捷克文發音），快去洗澡！不然我們就用公狗尿淋你一身！」

我的腦海依然迴盪著那嘲諷同伴過度保守的爽朗笑聲，但這笑聲裡面，竟也透著幾乎是帶有驚嘆的溫情。帕紐朱在教堂中對那女士所說的猥褻言語聽在他們耳裡個個笑得開懷，不過那貞潔女士將他拒於千里之外，以及他以狗尿澆淋女士以示懲罰這兩件事亦是他們最愛聽的。這樣看來，我那些昔日的弟兄到底對誰較有好感？對守貞的態度？對不顧世俗、大而化之的行為？對帕紐朱？對那女士？還是對那些擁有在美女身上撒尿特權的公狗？

幽默是神來之筆，靈光乍現。它告訴你，世界上的道德標準是曖昧難明的，還有，你我確確實實沒有辦法評論他人；幽默是對人情世故不抱持絕對化的尺度；因為確定世間沒有什麼確定之事，因而感受到的奇特樂趣。

可是歐塔維歐．帕茲提醒我們：「幽默是現代主義精神最偉大的發明。」不是亙古以來就有，也不是地老天荒之時還有。

我懷著沉重的心情，想想未來帕紐朱不再令人發笑的時候。

第二部

聖人加爾塔那孱弱的影子

1

卡夫卡的形象今天多少已被大家所共享，有本小說則是以這個形象為基礎而寫出來的。馬克思．布羅赫（Max Brod）在卡夫卡死後不久即寫成它，並在一九二六年付梓出版。請諸位好好玩味這本書的書名：《愛情的迷人王國》（Le Royaume enchanté de l'amour）。這本具有關鍵性地位的小說是根據真人真事改編而成的。我們一眼就可認出，書中這位住在布拉格的主角德裔作家諾威（Nowy），其實是布羅赫刻意美化了的自己（在女人堆中吃得開，文壇人士全都嫉妒他的才華）。諾威／布羅赫誘姦了別人的老婆，那個做丈夫的不甘綠帽壓頂，便精細策劃惡毒計謀，硬是將他送進牢裡關了四年。突然，讀者發現自己身處於由諸多雜七雜八、最不可能的巧合所編織而成的故事裡（比方書中人物會在一艘行駛於大海中的大型客輪上、維也納的街上、以色列海法市的街上不期而遇），讀者目睹了善（諾威以及他的情婦）與惡（那個老婆搞外遇的人，不過他的本性鄙俗，頭上長角也是大快人心，還有那個每逢諾威出版好書必要嚴詞糟蹋一番的文評家）的衝突，有時情緒不免會被誇張的情節大翻轉所感染（比方女主角輾轉於戴綠帽者以及送綠帽者之間，情緒終究無法負荷，進而走上自殺一途），並且對動不動就暈倒在地的諾威／布羅赫以及他那高敏銳度的心靈感到讚嘆。

MILAN KUNDERA

這本小說要不是有加爾塔這號角色的幫襯，恐怕還沒寫成就先被遺忘了。因為做為諾威摯友的加爾塔（Garta）基本就是卡夫卡的寫照。假設沒有這項關鍵，那麼加爾塔怕不要成為文學史中最無趣的人物了；他被刻劃成「當代的聖人」，可是雖然他掛著「聖」字招牌，讀者對他一直所知有限。只有時候，諾威／布羅赫情場失意，會來向他這位朋友徵詢意見。不過因為聖人守身如玉，這方面的人生歷練付之闕如，所以對他也是愛莫能助。

多麼令人驚嘆的矛盾：整個卡夫卡的形象，以及在他死後，他整套作品的前途命運全都在這膚淺蹩腳的小說中，在這誇張安排的情節裡首度被構思被描寫。從美學的角度看，這作品和卡夫卡的藝術卻是兩個最遙遠的對應點。

2

讓我們來讀讀小說中的幾段引文：加爾塔「是當代的聖人，貨真價實的聖人。」「他有不少過人之處，其中一項即是始終保持獨立。即使他本人就是神話，在面對所有的神話時，卻是那麼自由，講究理性的程度令人肅然起敬。」「他追求絕對的純淨，他沒辦法想望其他的事物……」

「聖人」、「聖潔地」、「神話」、「純淨」等等辭彙可不只是修辭上的玩意兒，而是它們各自代表的本意：「在所有曾經踩踏過大地的諸先知、諸聖賢裡面，就屬他最沉默（……）說不定他只需要自信就足以導引全體人類！不對，他並不是領袖，他從不對萬眾開口，也不像其他精神偉人一樣，對著弟子絮絮叨叨，只將『沉默是金』奉為圭臬罷了；難道是因為他在那高深莫測的祕密中，比他人更往裡邁了好幾步？他的職志或許比佛陀的弘法更加困難，因為當時假設他成功了，那就是永遠的成功。」

書中另外提到：「所有宗教的創建者對於自己總是信心滿盈；然而其中一位——難保他不是最誠懇的人——老子，卻隱沒在他所鼓吹的運動的幽影裡。加爾塔的所作所為即屬此類。」

加爾塔是位懂得舞文弄墨的人。諾威「答應成為加爾塔遺囑的執行者，全權處理他的作品。加爾塔請對方接受這項任務，可是條件有些奇怪，就是將那文字遺產悉數銷毀」。諾威「能了解這遺志的理由。加爾塔並非宣揚一派新的宗教，只是堅守自身信仰罷了。他嚴格要求自己貫徹始終。因為目標沒有達成，他的著作（原本是應該助他登上峰頂的階梯）對他自己而言不過一堆廢紙而已。」不過諾威／布羅赫卻不願順服他朋友的意志，因為在他看來，「就算是最普通的隨筆，加爾塔的著作讓那些在黑夜中徬徨的人產生一種預感，感受那個他們所企盼的、最高的、不可取代的善」。

是呀，該有的都有了。

3

多虧布羅赫，否則今天我們誰也不會認識卡夫卡。在他的朋友過世不久之後，布羅赫讓人編輯了對方的三本小說。可是沒有引起迴響。這時他了解到，如要樹立卡夫卡作品的威望，他就得著手進行一場如假包換且漫長的戰爭。所謂「樹立一部作品的威望」指的就是介紹它，詮釋它。在這方面，布羅赫真像一位火力猛烈的砲兵，而那一顆顆的砲彈就是為卡夫卡作品所寫的序言。這一系列的文章分別收錄在卡夫卡下列的作品中：《審判》（一九二五年），《城堡》（一九二六年），《美國》（一九二七年），《一場戰役的描寫》（Description d'un combat 一九三六年），卡夫卡的日記及書信（一九三七年），短篇小說（一九四六年），古斯塔夫·賈努治（Gustav Janouch）的《對談》（Conversations，一九五二年）。接著，布羅赫又分別在一九五三年及一九五七年將《城堡》及《美國》改寫成劇本；不過，最有分量的還是那四本詮釋卡夫卡的著作（請讀者注意書名！）：《法蘭茲·卡夫卡，傳記》（Franz Kafka, biographie，一九三七年），《法蘭茲·卡夫卡的信仰以及教誨》（La Foi et l'Inseignement de Franz Kafka，一九四六年），《法蘭茲·卡夫卡，指示正途的人》（Franz Kafka, celui qui montre le chemin，一九五一年）以及《法蘭茲·卡夫卡作品中的絕望以及救贖》（Le Désespoir et le Salut dans l'œuvre de Franz Kafka，一九五九年）。

透過上述文本，那個在《愛情的迷人王國》裡初次勾勒的形象現在已獲確定以及闡揚：卡夫卡特別以「宗教思想家」（der religiose Denker）的姿態呈現世人眼前。說實話，雖然他「從不曾有系統地闡述自己的哲學以及對世界的宗教觀念。不過，大家仍然可以從他的作品，特別是他的警句格言以及他的詩作，他的書信，他的日記，甚至他的生活方式裡歸納出他的哲學。」

還有：「如果不先分清楚他作品的兩大類別：（1）格言警句，（2）敘事文本（小說，短篇小說），那麼就無法侈言真正了解卡夫卡的重要性。」

「在他的格言警句裡，卡夫卡闡述了『實證言語』（das positive Wort），以及他的信仰並且大聲疾呼，要每個人改變自己的生活。」

至於在他的小說和短篇小說中，「對於那些不願聆聽『言語』（das Wort），不願邁向正途的人，卡夫卡則描繪了等在他們前頭的可怕懲罰。」

請注意這其中的等級差別：最高層次是那堪萬眾效尤卡夫卡的一生行誼；中等層次是他的警句格言，換句話說，就是他的日記裡面那些「有哲學意味的」、訓誨人的段落；最下層次則是他敘事體的作品。

布羅赫是個罕見奇才，不但精力充沛閃耀知性光彩，而且慷慨成性，隨時準備要為他人奮戰；他對卡夫卡的仰慕是熱切而又不帶利害考量的。唯一不幸的是他在藝術層面上的造詣：做為一個意念常有過人之處的人，他並不知道藝術裡還有追求形式美這回事；他的小說（總數二十左右）了無新意，讀來令人不耐；更糟的是，他對現代藝術簡直一竅不通。

儘管如此，為什麼卡夫卡還如此喜愛他？難道你會因為你最要好的朋友寫詩寫得蹩腳，就悍然與他絕交？

可是蹩腳詩人一旦著手編輯他好朋友的詩作，那他可立刻就變成了危險人物。試想，最具影響力的畢卡索評論家如果是個不懂得印象派藝術的畫家，那該是什麼局面？他將會如何詮釋畢卡索的大作？可能就像布羅赫評論卡夫卡的小說那樣：讓它們描繪「等在那些不願邁入正途的人前面的可怕懲罰」。

4

馬克思・布羅赫創造了卡夫卡及其作品的形象。同時他也成就了「卡夫卡學」。儘管研究卡夫卡學的人都有意和這位先驅劃清界線、保持距離，可是終究走不出後者早年所肇始的規模。雖然卡夫卡學領域的論文已達汗牛充棟的地步，可是都是從相同論述、相同思辨裡衍生出來的無止無盡的變體，而且越來越獨立於標的文本之外，好像已可從自體汲取充足養分似的。在那堆浩瀚如海的前言、後記、註釋、傳記、專書，大學的研討會以及博士論文裡，這門學問生產出並且維繫住卡夫卡的形象，以至於大眾所理解的卡夫卡已經不是卡夫卡，而是被卡夫卡學化的卡夫卡。

所有關於卡夫卡的論述不見得必然屬於卡夫卡學的範疇。那麼如何界定卡夫卡學？難免要掉入同語反覆的套套邏輯（tautologie）裡面：卡夫卡學旨在將卡夫卡加以卡夫卡學化。以卡夫卡學化的卡夫卡來置換卡夫卡：

（1）既然布羅赫是宗師，那麼卡夫卡學必要向他看齊，不在文學史（歐洲小說史）的大架構下審視卡夫卡的著作，而幾乎只在以傳記為主軸的微架構加以查考。布瓦戴夫賀（Boisdeffre）以及阿爾貝黑斯（Albérès）在他們合著的專書中援引普魯斯特為例，說明不能依賴藝術家的生平來闡釋他的藝術。不過，他們也強調道，卡夫卡是這個通則的例外，因為他的作品「離不開他的個人。他筆下的主角，不管叫做約瑟夫·K（Joseph K.），侯安（Rohan），撒姆沙（Samsa），土地測量員，班德曼（Bendemann），女歌唱家約瑟芬（Joséphine），禁食者或是雜技演員，都是卡夫卡本人的化身」。要了解作品的意義，那麼傳記是打開大門的鎖鑰。糟糕的是：作品唯一的意義就是做為理解作者生平的鎖鑰。

（2）卡夫卡學學者仿效鼻祖布羅赫，將卡夫卡的傳記變成了聖人傳記；一九六三年利布黎斯（Liblice）舉行的卡夫卡研討會，誰也忘不了侯曼·卡爾斯特（Roman Karst）演講最後那一句激昂的話：「法蘭茲·卡夫卡為我們而活而受苦！」這類聖人傳記真是五花八門：宗教的；世俗的：卡夫卡，為孤寂而殉難；左派的：卡夫卡「持續不斷地」參加無政府主義者的聚會（這是某個謊語癖的人說的，常被引用，但是從未獲證實），而且「非常關切一九一七年的革命」。每門教派，都有一本偽經：古斯塔夫・賈努治的《對話集》。每位聖人都有犧牲之舉：卡夫卡堅心要人毀了他的作品。

（3）卡夫卡學學者仿效鼻祖布羅赫，有計畫地將卡夫卡抽離出美學領域：不是將他貼上「宗教思想家」的標籤，就是為他披上「質疑藝術者」的左派彩帶，「圖書館裡最好只收藏工程、機械和司法方面的書籍」（參見德勒茲〔Deleuze〕和古瓦達希〔Guattari〕）。這些學者不厭其煩地審視他和齊克果，和尼采，和神學家的關聯，卻完全不顧小說家和詩人。卡繆在他的評論中，甚至不將他視為小說家，而是以哲學家的身分來看待他。

大家都以相同的立場來剖析他日記書信等的私文字以及小說，而且對前者的興趣遠遠超過後者。我就隨便舉出當時信奉馬克思主義的加侯第（Garaudy）以及他的一篇有關卡夫卡的論文：文中他有五十四次提及卡夫卡的書信，四十五次提及卡夫卡的日記，三十五次提及賈努治的《對談》；二十次談到他的短篇小說，五次談到《審判》，四次談到《城堡》，而《美國》一次也沒有。

（4）卡夫卡學學者和鼻祖布羅赫一樣，都忽略了現代藝術的存在；好像卡夫卡完全不算是偉大的藝術創新者似的。他應該和那些和他一樣，誕生於一八八〇和一八八三年間的偉大藝術家平起平坐：史特拉汶斯基[19]，魏本[20]，巴爾托克[21]，阿波里奈爾[22]，穆西勒，喬伊斯，畢卡索、布拉克[23]等等。到了一九五〇年代，有人提出卡夫卡和貝克特[24]的相似性，布羅赫立刻抗議道：聖人加爾塔和那種頹廢風格可沒瓜葛！

卡夫卡學不是一種文學批評（這門學問不去檢視作品的價值：比方作品揭露了人類有史以來不曾探索的層面，比方作品改變未來藝術發展趨勢的美學創新，等等）；卡夫卡學只是一種註解。做為註解，卡夫卡的小說在那些學者看來，不過是一個又一個的譬喻。裡面所包含的寓意時而是宗教的（布羅赫：城堡＝上帝的恩寵；土地測量員＝追尋神性的新一代帕爾西法，真是不一而足）；時而是心理分析的、存在主義的、馬克思主義的（土地測量員＝革命的象徵，因為他執行土地重新分配）；時而是政治的（奧森．威爾斯[25]的電影《審判》〔The Trial〕）。從卡夫卡的小說中，卡夫卡學者們並不探討那由廣大想像能力所轉變的真實世界，只是試圖破解其中的宗教訊息，辨讀其中的哲學意涵。

5

「加爾塔是我們這時代的聖人，貨真價實的聖人。」可是聖人可不可以逛妓院？布羅赫編輯卡夫卡的日記時，曾經小幅度地加以刪減；他不僅去掉了卡夫卡對娼妓的影射，就連和性有關的文字也一併割捨。卡夫卡學學者總是質疑他的男性功能，並且沾沾自喜，誇誇其談他因不舉而有諸多困擾。所以，長久以來，卡夫卡就成為精神官能症、憂鬱症、厭食症、孱弱症患者的主保聖人，同時也是歇斯底里症患者、瘋子以及矯揉造作的可笑女子們的專司菩薩（在奧森．威爾斯的電影裡，主角K被描寫成動不動愛歇斯底里地喊叫的人，可是坦白說，卡夫卡的小說可是整部文學史中最不歇斯底里的）。

為文學家作傳的人可能連自己配偶的生活都不清楚，居然可以侈言斯湯達爾（Stendhal）如何如何，福克納（Faulkner）這般這般。關於卡夫卡，我大概只能這樣說：他那時代的性愛生活（或許不怎麼方便容易）和現在是很不同的。那時代的女性並不時興婚前性行為；對於一個單身漢來說只有兩種解決辦法：好人家的已婚婦女或者低下階層的輕浮姑娘：女販，女傭，當然還有娼妓。

布羅德的小說取材來源都是第一手資料，所以作品中的情色成分是浪漫的，是

19. Igor Stravinsky，俄國作曲家，一八八二～一九七一年。
20. Anton von Weberm，奧地利作曲家，一八八三～一九四五年。
21. Béla Bartók，匈牙利作曲家，一八八一～一九四五年。
22. Guillaume Apollinaire，法國詩人、作家，一八八〇～一九一八年。
23. Georges Braque，法國畫家，一八八二～一九六三。
24. Samuel Beckett，愛爾蘭小說家、劇作家，一九〇六～一九八九年。
25. Orson Wells，美國導演、演員。作品包括《大國民》（Citizen Kane）等。

激昂的（情節誇張的紅杏出牆、自殺、病態的嫉妒心理），是無關性愛的：「女人誤以為一個真心的男人只認為肉體的擁有才是重要的。肉體的擁有僅僅只是一種象徵，但和轉化它的情感相比，重要性就差一大截了。男人的愛目的用來贏取女人的善意（按照字面的真正含意）以及慷慨。」（摘自《愛情的迷人王國》）。

卡夫卡小說裡的情色想像正好相反，幾乎完全從另一個來源取材：「我行經妓院門口，一如我走過愛人家的門口。」（日記，一九一〇年，這句話被布羅赫刪去。）

十九世紀的小說雖然懂得頭頭是道地分析男女相互勾引的策略，可是對於性愛以及性行為本身卻是避而不談。在二十世紀的最初幾十年，性愛確實已從浪漫情愫的五里霧中走了出來。卡夫卡正是其中一位先鋒（當然，和喬伊斯並駕齊驅），在自己的小說中加以探索。他闡明了性愛，但不是做為放蕩人士那小圈圈的遊戲場（像十八世紀那樣），而是每一個人日常生活最平凡但有最根本的現實。卡夫卡披露了性愛中與現實生活息息相關的面向：與「愛」相對的「性」；以對象的奇特不尋常，做為前提和性愛的要件；性愛的曖昧特質：既令人興奮又惹人嫌惡；極端微不足道，然而它那駭人的威力卻不因此稍有減弱，等等。

布羅赫是個浪漫類型的人。從卡夫卡整體的小說作品查考，我認為看出了一股深刻的反浪漫特色；這種態度在他小說裡面隨處可見：比方在觀察社會的方式，在他建構句子的方式，或許源頭就在卡夫卡面對性愛時的看法。

6

年輕的卡爾．侯斯曼（《美國》一書中的主角）被父親逐出家門並且送到美國。原因是他和一位女傭貪歡「對方讓他做了爸爸」，才會導致這悲哀的下場。在他們雲雨之前，那個女傭呼叫道：「卡爾，哦，我的卡爾！」「可是他眼前什麼也沒看見，而對方似乎特別在床上堆疊綿軟褥墊，讓他只覺得熱燥燥地不清爽……」。接著，她「將卡爾搖了搖，耳朵貼上他的胸膛要聽心跳，然後再把自己的胸膛靠上他的耳朵，要他也以同樣的方式傾聽。」然後，她「伸手在他的襠間胡摸一通，手段如此鄙俗，以至於卡爾一面掙扎，一面將頭頸從那蓋著枕頭擺脫出來」。最後，「她屢次用小腹撞他，以至於卡爾覺得對方好像和他已經融為一體，或許因為這樣，他的內心被一股可怕的憂傷給淹沒了。」

這場潦潦草草的性愛成了小說後續情節的原因。如意識到，我們的命運常受一些微不足道的小事左右，那真是件令人沮喪的事。不過，每一次這種突如其來的雞毛蒜皮的事情一揭露，通常也是很滑稽的笑點。辦完性事哪種動物不是心懷憂傷？卡夫卡正是第一位描寫這種憂傷的滑稽面的作家。

性愛的滑稽面：這個念頭不管是道德標準嚴格的人，或是新放蕩主義的人都是不能接受的。走筆至此，我想到了性愛之神大祭司的D.H.勞倫斯，這位宣揚交媾福音的作者，在他的《查泰萊夫人的情人》中，嘗試要用抒情的手法來替性愛平反。可是抒情化的性愛卻遠比十九世紀的抒情化感傷更令人發噱。

《美國》一書中的性愛寶貝名喚布魯奈爾達。這個角色深深吸引住導演費里尼。長久以來，他就夢想能將這本小說改編成電影，例如在作品《訪談錄》（Intervista）裡，他就讓我們見識了這部他夢寐以求的影片之派角過程：出現了不可思議的應選者，要來爭取布魯奈爾達一角。這些應選者都是費里尼懷著興高采烈的心情挑出來的。他做起事來那熱情洋溢的態度是人盡皆知的。（我要強調一點：這種熱情洋溢的態度亦是卡夫卡特有的。畢竟，卡夫卡並沒有為你我「受苦」！他只是為我們「消遣」！）

布魯奈爾達曾以歌唱維生，健康情況不很理想，「兩腿患有痛風」。她的兩隻小手胖乎乎的，長著雙下巴，身軀「肥得離譜」。坐下來的時候，「她的兩條腿總大剌剌地張著，花費好大力氣，忍受不少痛苦，經常還得停止下來後，」彎下腰去「拉扯她腳上襪子的上緣」。布魯奈爾達有時撩起裙襬，用那折邊擦拭羅賓松那雙婆娑淚眼。還有，布魯奈爾達只要樓梯爬個兩、三級就累得要人抬著，這個場面叫羅賓松看了印象那樣深刻，以至於終其一生他都喟嘆道：「啊！她真漂亮，這個女人，啊！眾神在上，她真標緻！」布魯奈爾達裸體站在浴缸裡面，由達拉瑪服侍淨身，一面不停地哼唧著，吟嘆著。布魯奈爾達屈身躺在那相同的浴缸裡面，不僅怒氣沖天，還握拳搥擊水面。布魯奈爾達要耗去兩個大漢足足兩個小時的時間，才能從樓梯將她搬下，放在輪椅上面，再由卡爾推著，穿街越巷，去到一些祕密所在，很有可能是間妓院。布魯奈爾達坐在這運輸工具裡面，身軀完全被一條披肩覆蓋，就算被警察看見，也以為不過是幾袋馬鈴薯罷了。

在這幕肥醜的場景之中，卻有種全新而且吸引人的東西：病態卻吸引人，可笑卻吸引人，但是不管如何，總算是吸引人。布魯奈爾達是頭情愛怪物，介於嫌惡和刺激的接壤地帶，男人讚嘆呼聲不僅滑稽（叫聲是很滑稽，性愛也是滑稽！）但是卻再真實不過。於是讀者不再訝異，像布羅赫這種對女人只有浪漫情懷的人，這種認為性事並非真實而是「感情象徵」的人，當然在布魯奈爾達身上看不見任何真實屬面，否定她是真實經驗的反映，而只局限於「等在那些不願邁入正途的人前面的可怕懲罰」等等描述。

7

卡夫卡作品中對性愛最美的描述出現在《城堡》一書中的第三章：那是K和芙麗達的交歡場面。才第一次看見這個「棕髮嬌小不起眼的姑娘」，K就在櫃台後面將她緊緊按住，地上是一攤攤的啤酒酒液以及其他的齷齪東西。沒錯，骯髒和性愛是不可分的，離不開性愛的本質。

可是，在同一個段落裡面，緊接著卡夫卡讓我們聽見了性愛的詩意：「那裡，時間一晃過了好幾小時，兩人的喘息聲交織在一起，兩人的心跳聲混雜一起，辨認不出這聲那聲究竟誰的。好幾個小時之久，K不斷感覺到自己好像迷失了方向似的，說得精確一些，似乎他在一個陌生的世界中，獨自走得好遠，眼前再也沒有其他的人，在這疏離的國度裡，甚至連空氣都和家鄉的空氣不同成分，在那其中，你我可能都會因為周遭太過稀奇古怪而喘不過氣來，在那其中有各種不可思議的誘惑，你我除了向前行走，繼續迷途以外，根本無計可施。」

交歡半晌，所經歷的過程轉變成為一個隱喻，好像在陌生的蒼穹之下跋涉。這趟跋涉絕非醜惡；正好相反，它吸引著我們，它慫恿我們再走遠些，使我們迷醉：它即是美。

往下九行我們讀到：「將芙麗達抱在懷裡真是太幸福了，幸福得令人不安，因為他感覺到，萬一芙麗達拋棄了他，那麼他所擁有的一切也都要背離他。」所以，仍算愛情？哪裡！不算愛情；要是你被驅逐出去，孑然一身，那麼一位你才認識不久的小姑娘，和你貼得死緊，站在一攤攤的啤酒酒污裡面，這方圓之間就是你的宇宙，那是不需要愛情介入的。

8

安德烈．布賀東[26]在他的《超現實主義的宣言》（Manifeste du surréalisme）中對於小說藝術所採取的立場是嚴厲的。他怪這種文類無可救藥地充塞著庸俗並且了無新意，是和詩背道而馳的東西。他對小說中的描述嗤之以鼻，而且覺得心理分析簡直無聊透頂。在對小說嚴詞苛責之後緊接著就是對夢的大力頌揚。接著，他總結道：「我相信將來這兩種表面似乎彼此矛盾的狀況，也就是夢和現實，能夠融合一起，如果能夠這樣稱呼，成為一種絕對的現實，一種超現實。」

矛盾來了：這種所謂「融合一起的夢和現實」被那些超現實主義信徒當作口號響亮喊著，可是卻不曾寫出過真正偉大的文學作品來體現這個理想。其實，這個目標早在他們所看輕的文類中達成了：只要讀讀卡夫卡在此十年之前寫的小說便知所言非虛。

我們很難描寫，很難定義，很難為卡夫卡那種迷住我們的想像力找個名稱。當然，卡夫卡本人對於自己這個「夢和現實融合」的高超成就並不知曉，這個事實似乎向我們指點了迷津。就像另外一句被超現實主義信徒掛在嘴邊的名言，也就是詩人羅特黑亞蒙[27]說過，關於一把雨傘和縫紉機的偶然交會：越是彼此不相干的東西湊一起，其間迸射出的光彩就越神奇。我比較喜歡稱呼它為「冷不防的詩意」，或是說，能夠不斷引人驚奇即是美。或是做為價值標準，可以使用「密度」這個觀念：想像力

26. André Breton，法國作者、文學評論家，超現實主義的代表人物之一，一八九六～一九六六年。
27. Le Comte de Lautréamont（本名Isidore Ducasse），法國詩人、作家，一八四六～一八八七年。

的密度，「不期然而遇」的密度。方才我舉的例子，也就是K和芙麗達的性愛插曲，其密度看了教人頭腦發暈：在這段幾乎不到一頁的描寫中，包含了三種完全的發現（性愛的存在三角），而且接踵而至，令人目不暇給：骯髒；令人心醉、源自疏離感的陰慘美；變幻莫測而且教人不安的懷舊愁緒。

《城堡》的第三章是個意料外的漩渦，在那相對較短的篇幅中各種情節紛陳讀者眼前：K和芙麗達在小旅館裡的初次邂逅；由於有旁人在場（歐爾嘉），必須遮遮掩掩，不過卻真實得無以復加的調情對話；門上有孔的主題（這個主題有點陳腐，不過從經驗上看卻有高度的似真性），從這孔K窺見了克拉姆睡在書桌後面；一群和歐爾嘉跳舞的家僕；芙麗達揚起手裡的鞭子將他們全趕出去。她的冷酷出人意表，而他們個個噤若寒蟬地服從了她，其恐懼也是出人意表的；小客棧的老闆登場，K只好臥倒躲藏在吧台後面；接著芙麗達進來，明明目睹K席地而臥卻向小客棧的老闆謊稱沒看見K（同時，她還不忘深情款款地用腳掌撫弄著K的胸膛）；這個調情把戲突然被克拉姆的叫喚聲打斷了。他本來睡在門後，現在醒了；芙麗達那勇敢得令人驚訝的舉動：她向克拉姆叫嚷道：「我跟土地測量員在一起呢！」接著，情節高潮來了（在這點上，我們完全脫離了經驗上的似真）：就在他們的上方，那兩位助手正坐在吧台上；整個過程都被他們看在眼裡。

9

說到城堡裡的兩位助手，那可能是卡夫卡在詩意營造上最偉大的創舉，是他那離奇想像力的瑰寶；不僅因為他們的生活方式令人無限驚訝，而且其中還飽含意義：兩個好使手段訛詐勒索的不正經貨色，只要他們攪和，再好興致都要敗壞。然而，他們也代表了城堡裡那險惡的「現代」勢力：他們是警察、採訪記者、攝影師：這些都是全面摧毀私生活的參與者；他們是情節中滿場飛跑的天真小丑；可是他們亦是色迷迷的窺伺狂，有他們在，整部小說便彌漫著性愛香澤，這股香澤源自於淫穢的雜處以及卡夫卡式的滑稽。

不過更重要的是：這兩位助手角色的創造就像一支槓桿，在這所有事物同時既可能又不可能，既真實又非真實的詭異場域裡，單獨撐起這篇故事。第十二章：K、芙麗達以及他們那兩名助手在一所小學打尖，把教室布置成了臥房。隔天早上，這奇怪的四人組正在盥洗梳妝的當兒，女老師和小學生走進來了。平行的桿子上懸掛著被褥，他們四人便在後面穿衣，而那些孩童只覺又新奇又有趣，張著好奇的眼瞳（他們也有窺伺癖）觀察他們。這比一把雨傘和縫紉機的組合更加耐人尋味。兩個空間並存不恰當到絕妙地步：一間小學教室以及一個急就章的臥房。

這個場景顯露了深刻的滑稽詩質（如要編纂一本小說現代性的文集，那這一段應該榮居起始的第一頁），而這詩質在卡夫卡以前是難以想像的。完完全全不可想像。我這樣強調不外是為了說明，卡夫卡的美學革命進行得有多麼徹底。走文至此，我回憶起二十年前和賈西亞．馬奎斯的一段對話。那時他告訴我：「感謝卡夫卡的啟發，我才知道可用其他方式寫作。」其他方式，那就是說，跨越「似真」這道藩籬。這樣做絕不是為了遁出現實世界（像浪漫主義者那樣），而是為了妥當擷取它的精華。

畢竟，「擷取現實世界的精華」本來就是小說的基本定義；可是如何擷取，並且著手瑰麗奇想那令人銷魂的遊戲？如何一方面以嚴謹的方法分析世界，一方面又可以沉溺於玩心橫溢的天馬行空裡，自由自在，什麼也都不必負責？如何方能結合這兩個彼此不相容的目標？卡夫卡他破解了這艱難的謎面。他在那堵似真的厚牆上打開一道缺口；缺口一開，多少後進便以自己的方式追隨他而去了：費里尼、馬奎斯、富安蒂斯、魯西迪。還有其他作家，只是不勝枚舉。

去他的聖人加爾塔！他那孱弱的陰影已經遮掩了有史以來小說界最有質量的一位詩人。

第三部

即興編作，向史特拉汶斯基致敬

憶起從前，在一場於一九三一年舉行的電台演講裡，荀伯克[28]談及他的師承，首先是巴哈和莫札特，然後才是貝多芬、華格納和布拉姆斯。接著，他用非常精簡，有點像是格言警語的句子來說明自己從上述五位作曲家那裡各學到什麼。

不過，在他評論巴哈和其他四位作曲家的文字中有一個極大的差異，例如，從莫札特那裡，他學到了如何搭配長短不一的樂句，或是如何創造第二概念，也就是說，只隸屬於莫札特個人的專門本事。可是在巴哈身上，他發現了在這作曲家以前好幾個世紀裡便存在的原理，首先，他發現了一組組的音符，讓它們可以相互伴奏。發展一套技巧，從一核心出發，即可創造出一切。

從荀伯克上面那兩句歸結他從巴哈那裡（以及巴哈的前輩）師承何事的文字中，我們即可為十二音體系的發展歷史從頭給予定義：巴哈的音樂和古典音樂以及浪漫主義音樂截然不同。上述兩種音樂以不同音樂主題的交替更迭為主要架構。而巴哈的賦格曲，或是類似的十二音體系曲目，即是從單一核心出發，從頭到尾沒有改變，既是旋律又是伴奏。

二十三年以後，侯蘭．馬努埃勒[29]向史特拉汶斯基問道：「今天您的心力主要放在哪些方面？」而後者只回答，馬舒[30]、罕希須．伊撒克[31]、杜飛[32]、貝侯當[33]和魏本。這是有史以來第一次，一位作曲家清楚指出十二世紀、十四世紀和十五世紀的音樂有多寶貴，並且將它和現代音樂（例如魏本）加以對照比較。

數年之後，顧爾德[34]在莫斯科為音樂學院的學生辦了一場演奏會。演奏完了魏本、荀伯克以及克雷內克[35]等作曲家的曲目後，他向聽眾發表了一篇簡短的評論，同時說道：「對這些大師的音樂我所能表達最大的讚美就是：樂曲中的要素並非新的，這在音樂史上已經存在至少五個世紀之久了。」接著，他又演奏了巴哈的三個賦格曲。此舉是深思熟慮的挑戰：當時的俄羅斯是崇拜社會主義的寫實美學的，專藉傳統音樂之名來打擊現代主義；顧爾德不過想昭告世人，現代音樂（在共產主義的俄羅斯是被禁止的）的根源遠遠要比社會主義寫實美學下的官方音樂（說穿了，就是不自然地保守著音樂浪漫主義）更有深度。

兩個階段

歐洲的音樂算起來約莫有一千年之久的歷史（如果起源訂在最早期的複調音樂）。

28. Arnold Schönberg，旅美奧地利作曲家，一八七四～一九五一年。
29. Roland-Manuel，法國作曲家，一八九一～一九六六年。
30. Guillaume de Machaut，法國作曲家，約一三〇〇～一三七七年。
31. Heinrich Isaak，德國作曲家，約一四五〇～一五一七年。
32. Guillaume Dufay，比利時作曲家，一三九七～一四七四年。
33. Pérotin，法國作曲家，約一二〇〇年代。
34. Glenn Gould，加拿大作曲家、演奏家，生於一九三二年。
35. Ernst Krenek，旅美奧地利作曲家，一九〇〇～一九九一年。

而歐洲的小說（如果起源定在拉伯雷和塞萬提斯的作品），則大概有四個世紀的傳統。每次我想到這兩段歷史，就難免會想到，它們都是以相似的節奏發展下來的。也就是說，各自分成兩個階段，而上下兩階段間也各有一個頓挫。不過在音樂史上的頓挫和在小說史上的頓挫並不在同一個時代發生。在音樂史上，這個頓挫涵蓋了整個十八世紀（第一階段的巔峰可以巴哈的賦格音樂藝術做為代表，而第二階段則以古典樂派早期幾位音樂家的作品為馬首）；小說史方面，這頓挫發生的年代稍晚一些，也就是十八世紀末、十九世紀初的交界。分水嶺的一邊是拉克羅[36]和斯騰恩，另一邊則有史考特以及巴爾札克。兩個頓挫並非同一個時代產生，這個現象說明了：支配藝術歷史發展節奏的最深刻因素不是社會學或是政治學面向的，而是美學面向的：只與某種特定藝術的內在特點有關。好像小說藝術（打個比方）蘊含了兩種不同的可能性（做為小說的兩種不同方式），而這兩種可能性沒有辦法同時發展，只能一前一後經營。

這個「兩階段」或者「上半場下半場」的概念是在一場與好友閒談而且並無雄心想達成什麼縝密結論的情況下自然湧現在我腦際的；這是一個平凡無奇，基礎層面而且顯而易見到有些天真的經驗：就小說和音樂來看，你我所有人都是在第二階段的美學觀念裡被教養的。不管是歐克罕[37]的彌撒曲或者是巴哈的賦格曲藝術，對於一個普通的樂迷而言，竟和魏本的音樂一樣，都是艱澀難懂的。十八世紀的小說儘管其故事情節引人入勝，可是它的藝術形式卻讓讀者望之卻步。也只是透過電影的改編（可是原典中的精神

MILAN KUNDERA

和形式卻受嚴重扭曲）才讓大眾得以一窺堂奧，而直接閱讀作品的人少之又少。十八世紀最有名的小說家首推撒姆耳．理查生[38]，可是他的作品書店裡面難得一見，而且幾乎被人遺忘。巴爾札克就不同了。雖然他的作品已經顯得過氣，可是讀起來並不困難，何況形式也易看懂，讀者看了有種平易之感，甚至被奉為小說的模範形式。

兩階段的美學標準之間有道深不可測的鴻溝，也是諸多誤解的根源。在一本研究塞萬提斯的作品裡，拉迪米．納博可夫[39]對《唐吉訶德》提出了負面到幾乎是尋釁地步的看法！他認為這本經典大作根本浪得虛名，不但幼稚可笑，愛炒冷飯，而且充斥不可思議同時教人難以忍受的殘酷；「那令人憎惡的殘酷」，使這本作品成了人類史上最野蠻最無情的文字，那個可憐的僕人桑卓不知多少次被人亂棒痛打，一口牙齒少說掉了五次。是的，納博可夫說得沒錯，桑卓的確被打落太多牙齒，可是我們又不是在讀左拉的作品。左拉裡的虐待場景，鉅細靡遺的寫、忠於實情的寫，可以說是反映社會現實的第一手資料。在塞萬提斯的世界裡，敘述者運用文字魔力盡情創造、誇大，有時甚至不惜讓奇思異想，讓驚人言語牽著鼻子走。算算桑卓在書中怕不掉了三百多顆牙齒，可是我們怎能抓住字面意義信以為真？話說回來，這

36. Pierre Ambroise Choderlos de Laclos，法國軍官、作家。著有《危險關係》（Lesliaisons dangeureuses），一七四一～一八〇三年。
37. Johannes Ockeghem，作曲家，約一四一〇～一四九七年。
38. Samuel Richardson，英國小說家，著有《克拉麗莎》（Clarissa），一六八九～一七六一年。
39. Vladimir Nabokov，俄裔美國作家，著有《羅麗泰》（Lolita），一八九九～一九七七年。

小說中又有哪件事情可以事實看待？「夫人您的女兒被壓路機給壓扁了！」「啊，是嗎？我現在人在浴缸裡面不方便，從門縫塞進來給我行了。」這是我小時候在捷克聽過的一個笑話，難道你要去告那位夫人鐵石心腸？塞萬提斯這本具里程碑地位的作品注入了「非嚴肅」的精神，可是到了小說史的第二階段，這種小說美學就不再被事事求真的觀念所理解了。

第二階段不僅讓第一階段的光華失盡，還對它大張撻伐。因此在音樂上在小說上，第一階段便成了錯誤示範。比方，巴哈的音樂即是一例。巴哈生前享有盛名，死後很快被人遺忘（沉寂了大概半個世紀之久），他的價值到了十九世紀才慢慢重新被人發現。貝多芬是唯一一位在自己生命快走到盡頭時（也就是在巴哈死後的第十七年）幾乎成功將巴哈經驗融合到音樂的新審美標準裡（他不斷嘗試要把賦格曲納入奏鳴曲中）。貝多芬死後，浪漫主義的音樂家誰也不再看重巴哈，他們固守自己的結構性思維，與那位十八世紀的宗師越來越疏遠了。為了讓他的音樂被大家接受，有人將他的音樂主觀化、情感化（布松尼〔Busoni〕的改編曲最是有名）；後來，出於對上述那種浪漫主義化做法的反抗，有人便想讓巴哈的音樂恢復昔日的演奏方式，於是產生了不少索然無味到令人稱奇的詮釋手段。經過一段被人束諸高閣的階段，我覺得巴哈的音樂雖然重獲重視，可是他的真實面貌依然羅紗半掩，並不十分清晰。

歷史如同霧中突然出現的風景

與其說巴哈的音樂被人遺忘，我倒寧可修改我的想法並且認為：透過他的作品的重要質量，巴哈是第一位迫使大眾重新估量他音樂（儘管它已隸屬於過去）價值的藝術家。這是前所未見的事，因為直到十九世紀為止，整個社會幾乎只懂得同時代的音樂，這種社會幾乎不傳承它過去的音樂傳統，儘管有些音樂家會研究（非常罕見）過去的主流音樂，但絕對沒有將它做公開演奏的習慣。一直要等到十九世紀，古老年代的音樂才有機會重生，和當代音樂同時並存，而且地位日形重要，以至於到了二十世紀，現代和過去的關係賓主易位，大家聆聽古代音樂的機會遠多於品味現代音樂的機會。時至今日，現代音樂幾乎完全從音樂演奏廳裡退讓開去。

巴哈也是第一位在後世聽眾心裡仍然占有一席地位的音樂家；十九世紀的歐洲人在他身上不僅重新找到音樂史上重要的一部分，而且還尋回了整部的音樂史。因為巴哈對歐洲而言已經不是隨便任意一段過去，而是與現代根本迥異的過去；在音樂史上的時間流裡，音樂首度突然不再是一件件作品的前後接續而已，而是不同改變、不同年代、不同審美標準的綿延脈絡。

我的腦海經常浮現這幕景象：十八世紀的正中央，也就是他去世的那一年，巴哈彎著腰，用他那雙視力茫茫的眼睛，辛勤寫著〈賦格的藝術〉。而在他的作品中，這音樂的美學方向相對於同時代的美學氛圍而言是很古老的，是很奇特的。在巴哈的時代，音樂已經偏離複調曲式，開始一種風格，甚至是太過簡單的風格，這種風格和輕浮以及貧乏已經相去不遠。

巴哈的作品歷史狀態昭示了一項真理，一項已經被後世淡忘的真理：「歷史」並非一條永遠上坡的路程（通往更豐饒，更文明的境界）；還有，藝術的要求和當代（某某現代精神）的關切重點有時可能處於矛盾狀態；還有，所謂「新的」（唯一的，不可仿效的，從未被言說的）可能和世人所認為的「進步」方向背道而馳。事實上，在巴哈的眼裡，同時代以及後輩藝術家的藝術成就應該是種敗落。在他邁入生命的尾聲之時，巴哈完全專注於複調音樂的創作，對於時尚所趨和自己入室弟子作曲家的音樂根本不屑一顧。這是他對「歷史」的不信任，是他對未來的無言排拒。

巴哈是音樂上歷史問題趨勢兩方面精采的交會點。比他早約一個世紀，蒙特威爾第[40]的作品亦是處在類似的十字路口，在他的作品裡，我們同樣見識到了兩股相對立美學觀念的衝突（蒙特威爾第稱之為「第一實踐」以及「第二實踐」），其一建立在艱深的複調曲式之上，其二則植基於標題較為生動活潑的抒情獨唱裡面），而且預示了從第一階段過渡到第二階段的過程。

另外一個歷史傾向的了不起交會點是史特拉汶斯基的作品。音樂藝術的千年過往歷史從十九世紀開始逐漸走出遺忘的霧陣，到了二十世紀中期（也就是巴哈死後的兩百年）突然湧現起來，好像沉浸在光芒中的大地景致，可以看到最遠的地平線；在這空前絕後的契機裡，好像整部的音樂史一下毫無遮攔呈現在我們的眼前，徹底地可接近、可運用（這還得感謝歷史學的研究，多虧科技的協助，像是電台，像是唱片），完全與探索它意義的質疑裸裎相見。在史特拉汶斯基的音樂裡，我覺得找到了總結音樂史的偉大時刻。

情感的審判

音樂「根本無法表達任何東西：一種情感，一種態度，一種心理狀態」，這是史特拉汶斯基在《我生平的編年史》（Chronique de ma vie，一九三五年）裡所說的話。這種斷言（一定是言過其實的，畢竟如何否認音樂能夠激發人的情感？）在下文數行的地方進一步獲得更精確更細緻的說明：史特拉汶斯基說道，音樂存在的理由並不在於它能表現情感。我們看到激發這種態度的憤懣，這可真是耐人尋味的事。

但是有人和史特拉汶斯基的意見相反，認為音樂存在的理由或許一直都是表達情感的一種方式，可是要到十八世紀方才成為主流見解，不但天經地義而且廣受大眾接受。

40. Claudio Monteverdi，義大利作曲家，一五六七～一六四三年。

盧梭則以簡單到令人吃驚的格言形式闡明它：「音樂和其他所有的藝術形式一樣，都在模仿現實世界，不過它自有其特殊的方式：音樂並不直接表現事物，可是在人的靈魂裡激起與視覺相同的反應。」這就意味，一件音樂作品非得具備某種結構不可；盧梭又道：「所有樂曲必須由如下三種成分構成：旋律或是歌曲，和聲或是伴奏，進行或是節拍。」我在這裡強調：和聲或伴奏，這指出了一切都必須服從於旋律，首要的是旋律，所謂和聲不過是種簡單襯托，這種襯托「對於人並不能發揮什麼影響」。

過了兩個世紀，社會主義的寫實美學教條阻礙了俄羅斯音樂的發展長達半個世紀，而且並未對任何音樂加以肯定。大家指責那些所謂「形式主義」的音樂家，說他們輕忽了旋律（其中撻伐最力的意識形態者首推吉達諾夫，因為形式主義作曲家的音樂不能讓聽眾走出演奏廳的時候能以口哨吹出旋律，他就憤慨不已）；大家期勉他們必須表達「人類情感的每個層面」（從德布西開始，現代音樂常被痛斥為無法達成這項任務的藝術形式）；如果有能力表達出現實在人心中激盪產生的情感，人們就稱之為（一如盧梭）音樂的「寫實主義」。（音樂之中社會主義寫實美學：第二階段的某些堅持被轉變成了教條，阻撓了現代主義的萌發。）

戴奧多爾．阿多諾[41]在一九四九年出版了著名的《新音樂的哲學》（La Philosophie de la nouvelle musique）一書。書中對史特拉汶斯基有最嚴厲最深刻的批評。在阿多諾的筆下，音樂領域好像搖身一變成了政治的戰場，荀伯克是正面的主角，代表進步（儘管這種進步可以說是悲劇性的，因為在那個時代已經不再有進步的可能），以及史特拉汶斯基，他是負面主角，代表反動復辟心態。史特拉汶斯基拒絕承認音樂存在的理由只是主觀自我的坦白，因此變成阿多諾派批評家的眾矢之的；這種「反心理的狂熱」，根據他的說法，壓根就是「對世界的冷淡」。史特拉汶斯基將音樂客觀化，此舉是對資本主義的默許，縱容它將人類的主體性一腳踩得粉碎；因為「史特拉汶斯基的音樂推崇的，就是將自我個體加以消滅」。

恩斯特．安塞美[42]是位優秀的音樂家，曾經擔任樂團指揮並且是最早演奏史特拉汶斯基作品數一數二的人（史特拉汶斯基在他的《我生平的編年史》中寫道：他是一位最忠實又最真心的朋友），可是後來卻變成對史氏最不留情的批評者；他的反對意見都是最激烈的，每次都針對「音樂存在的理由」。根據安塞美看法，「音樂的源頭總是（……）人類心中潛在的情感活動」，這種「情感活動」的表達正是音樂「倫理的根本」；史特拉汶斯基「拒絕將個人投入音樂表現的行為裡」，音樂因此「不再是人類倫理的美感表現」。因此，比方，「他的〈彌撒曲〉不是表現彌撒而是描述彌撒，這種曲子宗教外的人士也有可能譜寫」，於是，充其量只能注入「仿作的宗教性」；如此一來，音樂真正的存在理由就被隱

41. Theodor Adorno，德國哲學家、社會學家，一九〇三～一九六九年。
42. Ernest Ansermet，瑞士音樂指揮家，一八八三～一九六九年。

蔽而無法彰顯了（以描述來取代信仰）。史特拉汶斯基最欠缺的，據說就是這種倫理道德上的義務。

為什麼批判得如此嚴厲？是不是我們自十九世紀的浪漫主義繼承了什麼思考，使我們拒絕聽從它那最原始於不渝的、最完美的否定？史特拉汶斯基是不是干擾了埋藏在我們每一個人心裡的基本需求？溼漉漉的淚眼總比乾巴巴的雙瞳要好，擱胸口上的手總比插在口袋的手要強，信仰遠遠勝過懷疑，激情遠遠勝過平靜，而懺悔豈是知識可以比擬的？

接著，安塞美將箭頭從音樂批評移開，然後直指它的作者：如果說史特拉汶斯基「不但沒有做，甚至沒有嘗試將自己的音樂變成自我表達的一種行為，那並不是他自由抉擇而來，實在是因為他天性的限制，因為他無法掌握自己的情感活動（或許說穿了就是因為他內心世界十分貧乏，這要等他真正愛上什麼東西情形才會改觀）」。

活見鬼了！這個安塞美，這個最忠實的朋友，哪裡輪到他來對史特拉汶斯基「貧乏的內心生活」說三道四？這個所謂最真心的至交，他哪裡知道史特拉汶斯基愛的能力？他又如何斷言，從道德倫理角度來看，心要比腦更加高級？有人犯下卑鄙下流的罪行，有時不也是用「心」的結果？那些雙手沾滿血漬的狂熱分子，不也會因「情感的因素」而自鳴得意？要到哪一天，人類的文明才能結束這種愚蠢的情感裁判的制度，不要再實行心的「恐怖統治」？

何者膚淺，何者深刻？

那些擁護「心」的人對史特拉汶斯基疾言厲色加以批判，或者，為了挽救他的音樂，嘗試將它和它作者的「錯誤」觀念區隔開來。這種試圖要將所謂感情不豐沛的作曲家以及他的作品劃清界線的一片好心常常被用在第一階段音樂家的身上。這裡我信手拈來一位音樂學者所發表的一篇短評，文中評論的對象是與拉伯雷同時代的偉大音樂家克萊蒙，詹內甘[43]以及他那些被標榜為「描述性」的曲目，比方〈百鳥鳴囀〉或者〈女人貧嘴薄舌〉（以下我將關鍵字眼以粗體表示）：「話說回來，這些作品其實相當**膚淺**。不過，詹內甘畢竟是一位比大家想像中都要完整、全面的藝術家，因為除了他那不可抹煞、**生動別致的描寫天分**，我們還可以在他的作品中發現**溫馨的詩意，而且在抒發情感的時候，則表現出懾人心魄的熱忱**……。這是一位細膩的詩人，對於大自然的美特別敏銳，**對於女性的謳歌更是無人能出其右**，換句話說，他找到了表現**溫柔**，**讚賞**，**尊重**最妥貼的音調……」

我們應該注意上文中的遣詞用字：壞與好這兩個極端分別以形容詞「膚淺」和它的相反詞「深刻」加以界定。可是詹內甘所謂的「描述性」曲目真的很膚淺嗎？在

43. Clément Janequin，法國作曲家，約一四八五～一五五八年。

上述那兩件作品中，詹內甘記錄了許多非樂性的音（禽鳥鳴唱、女人饒舌、街巷裡的嘰哩呱啦、行獵或戰爭的噪音等等），卻以音樂手段加以完成（比方合唱）；這種「描寫」是以複調音樂的形式呈現。一方面是對自然的模仿（詹內甘因此創造了許多新的、令人折服的音），另一方面是精深的複調曲式，這兩種原來不相容的極端如今巧妙結合在一起，產生的效果令人迷醉：所成就的是一種細膩、玩興高的、歡樂而又充滿幽默感的藝術形式。

即使這樣，高舉情感大旗的論述還是將「細膩」、「玩興高的」、「歡樂的」、「有幽默感的」等等字眼歸在「深刻」的反義字裡。可是，到底什麼是深刻的，什麼又是膚淺的呢？對那位評論詹內甘的音樂學者而言，「生動別致的描寫天分」要被打入膚淺面的，而有資格帶上「深刻」冠冕的，則是「抒發情感的時候，表現出懾人心魄的熱忱……」，表現對女性「溫柔，讚賞，尊重的妥貼音調」。因此，只要觸及情感面的都算深刻。然而，我們也可以從另外一個角度定義深刻：凡是觸及本質的就算深刻。詹內甘在作品中觸及的問題，正是音樂最根基的本體論問題：噪音和樂音間的關係。

樂音和噪音

每當你我創造出一個樂音（唱歌或是演奏樂器）的時候，我們就把聽覺世界一分為兩個截然不同的部分：人為的聲音和自然的聲音。詹內甘在自己的音樂中嘗試要讓這兩部分進行交集。他在十六世紀中葉就已經預告了要到二十世紀才有人著手的偉業，比方亞納切克[44]對口語的探討，比方巴爾托克，比方對這問題非常有系統地研究的梅湘[45]，他的作品有時向禽鳥的啼聲汲取靈感。

詹內甘的藝術成就提醒了我們：在人類心靈之外，還有一個自成系統的聽覺天地，不僅包括自然界的聲音，還涵蓋了說話的、叫嚷的、歌唱的人聲，那讓日常生活也好，讓慶典節日也好都長出血肉肌骨的人聲。他昭告了世人：作曲家完全可以賦予這個「客觀」的世界一個偉大的音樂形式。

亞納切克最具原創性的一個作品是寫成於一九〇九年的《七萬》（Soixante-dix mille）：以人聲合唱方式敘述西里西亞（Silesie）地區礦工們的命運。這件作品的後半部（現代樂選集裡面都該把《七萬》選錄進去）是突然爆發開來的鼎沸人聲，在混亂的狀況下，還有相互交雜的尖叫。這部樂曲（儘管具有戲劇張力的感觸性）很奇妙的，和詹內甘時代的某些情詩、牧歌相當類似，因為在這些作品中，巴黎、倫敦的市囂也都用來入樂。

走筆至此，我想起了史特拉汶斯基於一九一四年至一九二三年間寫成的《婚

44. Leos Janacek，捷克作曲家，一八五四～一九二八年。
45. Olivier Messiaen，法國作曲家、管風琴家，一九〇八～一九九二年。

禮》（Noces）：一場對村野居民婚禮的「描寫」（用這字眼相當貼切，但在安塞美的定義裡卻是貶義色彩十足）。作品裡面有歌曲，有噪音，有議論，有叫聲，有呼喊，有獨白，有玩笑（各種喧鬧嘈雜的聲音，在亞納切克的作品裡已看得到），以一種令人懾服的粗獷氣勢（預告了巴爾托克的音樂）加以貫串（四部鋼琴以及打擊樂器）。

同時，我也想到巴爾托克於一九二六年所寫的鋼琴組曲《戶外》（En plein air），作品的第四部分：大自然的各種聲響（在我看來是池塘邊青蛙的鳴唱）使巴爾托克構思出獨樹一幟的旋律主題；接著在這動物的聲響上面又融入了人民的歌謠。這些歌謠雖為人所創造，卻和青蛙的鳴叫處於同一層次。這和浪漫主義專門用來披露作曲家心靈「情感活動」的抒情曲（Lied）是不同的；它只來自外在的旋律，是眾多聲音中的一種。

另外，我還要提一下巴爾托克的第三〈鋼琴與管弦樂協奏曲〉（屬於他一生最後的，也是最慘淡的「美國時期」）的柔板。作品中不可抹滅的憂傷是個極自我極主觀的主題，它竟和另一個超客觀的主題（同時暗示了《戶外》組曲的第四部分）相互更迭：好像啜泣的靈魂唯有依賴無感受性的大自然方能獲得慰藉。

我的措辭十分清楚：「依賴無感受性的大自然方能獲得慰藉」。因為無感受性能撫平人心；所謂「無感受性」的世界就是人類生活之外的天地；就是永恆；「即是海洋搭配陽光」。我回憶起早期俄共佔領波希米亞時期我本人過的黯淡歲月，那時我迷戀上了瓦雷茲[46]和桑納奇[47]，他們音樂裡所傳遞的意象使我感受到一個從人類咄咄逼人，而且討人厭的主觀性裡解脫出來的自由個體；他們讓我見識了在人類興起前和滅絕後，世界那份溫柔、不具人性的美。

旋律

我聽一首十二世紀巴黎聖母院學校的雙聲複調歌曲：它的基底是增強的時值，是一首古老格列哥里歌曲（chant gregorien）（一種可以上溯年湮代遠以前，而且可能起源地不在歐洲的歌曲）；在它上面，不過時值較短的，則開展著複調伴奏的旋律，兩種旋律緊密結合，各自隸屬不同時代（其間相隔好幾世紀），真是教人吃驚。做為一種藝術，歐洲的音樂就是這麼誕生的：同時是現實又是寓言，為了跟隨接續一個非常古老，源起不明的旋律，為了給它一個裝飾，又創造了另外一個旋律。這個新創旋律算起來是次要的、臣屬的，作用在於「襯托」。雖是「次要」，可是所有新的發明都集中在這裡，它涵蓋了所有中世紀音樂家的心血。

46. Edgar Varèse，法裔美國作曲家，一八八三～一九六五年。
47. Iannis Xenakis，原籍希臘，後旅居法國，作曲家，一九二二～二〇〇一年。

這種古老的複聲音樂真的令我著迷：它的旋律很長，似乎沒有盡頭而且不可能記憶。它不是某種即興靈感的成果，並不是從一種靈魂狀態突然迸射出來的；而是精雕細琢的產物，好比是手工藝匠才會的裝飾工夫，音樂家將它創造出來，不是為了開啟自己靈魂（套用安塞美的語風，即是呈現他的「情感活動」），而是謙卑地只想美化天主教的禮拜儀式。

在我個人看來，在巴哈以前的時代，旋律的藝術一直保有最早期複聲音樂家在它上面留下的特徵。我聽過巴哈〈E大調提琴協奏曲〉的柔板：樂團以大提琴奏出非常簡單的主題，不但容易記憶，而且重複多次，在這上面則掠過小提琴的旋律（作曲家要表現旋律難度就集中在這裡了），和大提琴的基調相較，它要更長，更有變化，更加豐饒（不過它只隸屬於基調），雖然美麗，懾人心魄，可是卻又難以掌握，不能記憶，對我們這些第二階段審美標準教育出來的人而言，雖是華貴卻不免過氣。

古典主義君臨之初，情況有了大幅度的轉變。樂曲丟失了原有的複調特色；在伴奏和諧的音響中，各具特色的不同聲音喪失了獨立性。第二階段音樂的偉大創新是交響樂以及它的音響體積，在它的重要性與日俱增之際，這種獨立性更進一步地消滅了；原先是「次要的」、「隸屬的」旋律，現在搖身一變，成為作曲時的首要考量，並且支配了那已經完全轉化了的音樂結構。

這樣一來，連旋律的特色也改變了：縱貫全曲的不再是長的旋律線；這條線已被簡化為幾個節拍的定式。這種定式非常生動，非常密實，因此非常容易記住，並且能夠抓住（或者觸發）立即的激動（音樂有史以來第一遭肩負起一項偉大的語意任務：以音樂的方式捕捉並且「定義」所有的激動及其細微差別）。正因如此，群眾便把「偉大的旋律編造者」這頭銜給第二階段的某些作曲家，例如莫札特、蕭邦，可是巴哈、韋瓦第等人就少有緣分可以享受這項殊榮，更別提卓斯甘・載・普黑[48]或者巴雷斯特里拿[49]了。如今，大家對旋律的尋常概念（或者說是對好旋律的尋常概念）是由古典主義的審美觀所塑造的。

可是，如果說巴哈的作品不及莫札特的作品那樣具有旋律，那絕對是錯的；只是，他的旋律是另外一種，試看〈賦格的藝術〉中那膾炙人口的主題，依照荀伯克的意見，這便是一切從其而來的核心。不過這個還不是〈賦格的藝術〉的旋律寶藏：寶藏應在從這主題出發，並且修飾它的所有旋律裡面去找。我很喜歡赫曼・雪亨[50]的配器法以及他的詮釋方式，例如，第四簡單賦格曲；在他的指導下，演奏的速度比習慣上要慢兩倍（巴哈並未規定速度），這樣一來，緩慢的節奏竟然讓旋律那意想不到的美完全展現出來。這種重塑巴哈旋律的做法和作品的浪漫化毫無關係（雪亨並沒有運用散板技巧或者

48. Josquin des Près，中世紀至文藝復興時期的法國作曲家。
49. Giovanni Pierluigi da Palestrina，義大利作曲家，約一五二五～一五九四年。
50. Hermann Scherchen，德國指揮家、演奏家，一八九一～一九六六年。

增加和弦）；我耳裡聽到的，都是第一階段音樂貨真價實的旋律，難以掌握、無法記憶並且不可能將它縮為一個簡短定式，而是一個旋律（或者說是各種旋律錯綜複雜的交錯），以它那特有的，不可言喻的寧靜將我深深的吸引住。聽這音樂如何可能心裡不起激動？不過這種激動和你聆賞蕭邦夜曲時所感受的激動是根本不一樣的。

似乎在旋律藝術的背後隱藏有兩種可能的，但是彼此對立的意向性；彷彿巴哈的某首賦格曲，一面讓我們觀想個體主觀外的美，同時，又讓我們忘卻自己的靈魂狀態、我們的激情還有哀傷，忘卻我們自身；浪漫的旋律與此正好相反，它讓聽眾遁入自己內心，以一種懾人的強度讓我們感受到自我，並且使得我們遺忘身外的事物。

為第一階段音樂平反之現代主義的超凡作品

普魯斯特以降的偉大小說家，例如卡夫卡、穆西勒、布羅赫、龔布洛維次，以及我這一代的富安蒂斯，對於那幾乎被遺忘的、十九世紀以前的小說美學都特別敏銳：他們將隨筆作家的思考和小說藝術結合起來，並且賦予創作更高的自由度；他們爭回了扯開話題的權利，重新為小說注入非嚴肅以及玩興成分，揚棄心理分析的寫實主義教條，他們尤其反對讀者在閱讀的過程中產生真實的錯覺；在第二階段的小說藝術裡，這些可都是被奉行不悖的金科玉律。

說到為第一階段小說的原則平反指的並不是要保守地回歸到某種文體風格，也不是說就天真得否定十九世紀的小說；所謂的「平反」，它的意義是更具普遍性的：「重新定義」並且「擴大」小說這個詞的概念，反對十九世紀講「簡約」的小說美學。我不願意輕率在音樂和小說之間建立起平行的對應，因為這兩種藝術的結構性問題是無法比較的；不過，兩者的歷史情況彼此倒很類似：也就是說，現代一流的作曲家和偉大的小說家（我指史特拉汶斯基還有荀伯克）一樣，都想將音樂史的每一世紀納入作品，重新思考，重新融合傳統裡有價值的東西；為了達成這項目標，他們必須讓音樂從第二階段的軌道脫離出來（在這種情形下我們得注意到：把史特拉汶斯基硬歸入新古期主義流派其實是誤導大眾，因為史氏最具決定性的回歸傳統其實可以遠溯古典主義以前的時代）；所以他們不用從奏鳴曲而產生的作曲技巧，不將旋律提升到主宰地位；不用交響樂配器的那種宏亮特性；尤其重要的是，他們拒絕相信，音樂存在的理由完全只為宣洩個人的情緒。這種看法在十九世紀甚囂塵上。在同一個時代，在小說藝術中則認為似真性是創作最基本的要求。

如果說重新閱讀，再次評估整部的音樂史已成為所有一流現代主義作曲家的共同特色（根據我的看法，這是區分偉大現代藝術和花稍浮面現代藝術的一項指標），那麼史特拉汶斯基的表達方式比任何音樂家都要清楚（而且不妨說到了誇張的地步）。對他大聲撻伐的人攻擊的也是這個部分：他想要在音樂上扎根深入，卻被人家目為折衷主義，說他沒原創性，說他喪失發明能力。安塞美甚至指責他那「令人目不暇給的風格技巧真是不可思議，不過那就等於沒有風格」。另外，阿多諾也挖苦道：「史特拉汶斯基的音樂只向音樂汲取靈感，是一種根據音樂而作的音樂。」

這些評斷是有失公允的：史特拉汶斯基的原創性前無古人後無來者，他是一位仔細查考整部音樂史的作曲家，雖然從中汲取靈感，卻完全無損他藝術的新穎。我並不想簡單歸納，說在他風格多變的背後，聽眾一直只看到相同的個人特色。我寧可說，就因為他在音樂史中上下古今自在遊走，因此才能故意造就「折衷主義」，這種折衷主義是有目標的，前所未有的壯闊，那全面的原創性，無人能夠望其項背。

第三階段

我們要問：史特拉汶斯基為何要將整部音樂歷史納入作品？這又代表什麼意義？

以前我還年輕的時候，毫不遲疑就會答道：對我來講，史特拉汶斯基是一位向無限遙遠未來開啟大門的人。當時我認為，為了這趟現代藝術無止境的旅程，他一向想要動員運用一切力量，將音樂史能提供的所有方法都用上去。

現代藝術無止境的旅程？從彼時到不久之前，我已喪失這種感覺。那趟旅程其實短暫。所以，在我那慣用的上半場下半場，兩階段的比喻當中，在音樂史遞嬗演化的過程裡，我把現代音樂看作一段簡單的結尾曲，是音樂史的後記，是探險後的慶祝活動，是向晚時燒得火紅的天空。

可是現在，我躊躇起來了：當然，現代音樂的歷史是很短暫，只隸屬於一代、兩代的人，儘管它只像音樂史的後記，可是它所蘊含的驚人美感，它在藝術創作上的重要性，它那獨樹一格的嶄新美學，它那善於歸納整理的智慧，難道沒資格被當作完全獨立的時代，也就是「第三階段」？我到底該不該重新考量我對音樂史以及小說史所做的比喻？我該不該說：其實這兩種藝術形成的歷史都要分成三個階段？答案是肯定的，更何況我對這個第三階段情有獨鍾，對這片「向晚時分燒得火紅的天空」特別著迷，對我所現處的紀元饒有好感，儘管我自己隸屬於一些如今已不存在的東西，我還是很樂意做這修正。

不過，還是回到我的問題：史特拉汶斯基為何要擁抱整部音樂史？所呈現的意義是什麼？這時，我的腦中浮現揮之不去的事情。根據民間傳說，凡是到了臨終一刻，所有的人都會看到自己一生的事蹟一幕又一幕地在眼前重新展現。在史特拉汶斯基的作品中，歐洲音樂似乎回憶起它千年以來的傳統；彷彿在它永遠沉入無夢的睡眠之前，這是它最後的一場夢。

玩興高的改寫

讓我們分清楚兩件事情，一方面：重新尋回過去音樂被遺忘原理的普遍趨勢，也是史特拉汶斯基以及他同時代一流音樂家的共同趨勢。另一方面：史特拉汶斯基分別和柴可夫斯基、佩賀果雷茲[51]和傑蘇亞多[52]直接對話；這些「直接對話」記寫某個古老的作品，某種實際的風格，是史特拉汶斯基特有的方式，我們在他同時代的作曲家身上幾乎找不到（但繪畫界的畢卡索則有）。

阿多諾這樣評斷史特拉汶斯基的改寫（這裡我用粗體標出關鍵字眼）：「這些音符（我指的是他那不協調的，用在比方像《普欽奈拉〔Pulcinella〕》作品裡的音符）在在都是這位作曲家對語言施加**暴力**的確鑿證據。而大眾正喜歡品賞這些音符裡的**暴力**，品賞這樣**粗魯對待**音樂，**從某個角度來看更是對其生命的暗算**。如果說音律不協調以往是表示主體的受苦，那麼它的粗糙已經不同以往涵義，如今變成**社會限制**的標記，而其代言人則是啟發時尚的作曲家。他的作品只以這種**限制**的象徵做為材料，是主題以外的需求，和它並無共同的節奏，只算從外部強加進來而已。有件事情極有可能：史特拉汶斯基那些新古典主義作品所引發的深廣迴響有大部分要歸功於一個現象：**這些作品在不知不覺的情況下，在美感至上的大纛下，以自己的方式，教育了人們**。

讓我們做個總結：不協調的音律如果用來表達「主體的苦難」，那麼就是理直氣壯，可是在史特拉汶斯基的情況裡就不一樣（大家知道，他不談論自身的苦難，在倫理道德的層面上是難辭其咎的），同樣的音律不協調的手法就被看成是粗暴；這種粗暴更被人（這是阿多諾思想教人驚奇的短路）拿來和政治的粗暴相提並論。因此，在佩賀果雷茲音樂上所加上去的不協調成分就預告了（也就是準備了）政治壓迫的即將到來（在正史實際的脈絡裡，這只是意味一件事：法西斯主義）。

我自己即有自由改寫一件過去作品的經驗。時間是七〇年代初，那時我人還在布拉格，著手將狄德羅的小說《宿命論者雅克和他的主人》改寫成劇本。對我而言，狄德羅是自由理性以及批判心靈的化身，當時我對他心懷景仰，彷彿那是我對西方的思鄉情切（俄國佔領捷克一事在我看來是捷克逼不得已的去西方化）。可是，事物的意義總是不斷變換；今天我可能會說，狄德羅對我而言是早期小說藝術的化身，而我那件改寫作品則是讚揚了舊小說小說家所熟悉的某些原理，在我看來彌足珍貴的原理：（1）那令人興奮不已的寫作自由；（2）浪蕩的故事和哲學思考總是那樣接近；（3）這些思考一直都是非嚴肅的、諷刺的、滑稽模仿的、驚世駭俗的。這個遊戲規則再清楚不過了：我所做的並非狄德羅的改編，而是屬於我自己的作品，是我對狄德羅的致敬。我完全重寫了他的小說，儘管愛情故事是從他那裡而來，對話裡的反省深思卻應該算是我的。每位

51. Giovanni Battista Pergolese，義大利作曲家，一七一〇～一七三六。
52. Carlo Gesualdo，義大利音樂家，一五六一～一六一三。

讀者立刻可以發現，有些句子是絕對不可能出現在狄德羅筆下的；十八世紀是樂觀的世紀，可是我所處的時代已經不再如此，而我個人尤其不持這種態度。在我的作品中，主人和雅克兩個角色放縱自己犯下可怖的大錯，都是啟蒙主義時代所難以想像的事。

在這場個人卑微的經驗後，我只能說：那些指責史特拉汶斯基暴力粗野的評論根本就是連篇蠢話。史氏敬愛他的師承對象，就像我對狄德羅的態度一樣。他將二十世紀現代樂的音律不協調技法加入十八世紀的旋律裡面，或許他想：說不定遠在另一個世界的前輩大師會對這事興味盎然，說不定他將我們這時代的某些重要東西交付給對方，甚至使對方覺得好玩有趣。總之，他感到有需要與那前輩大師對談，和對方說說話。因此，以玩興高的態度改寫一本古老作品在他看來便是一種串聯數個世紀，讓不同時代產生對話溝通的機會。

根據卡夫卡，何謂以玩興高的態度改寫作品？

卡夫卡的《美國》真是一本令人好奇的小說：引人入勝的是，為什麼這位年僅二十九歲的年輕作家會將自己生平第一部小說的背景放在一片他從未涉足的大陸？這種抉擇展現了一個清楚的意圖：不搞寫實主義；更妙的是：不要正經八百。他甚至不想花點氣力，臨時抱抱佛腳念點書，遮掩一下對美國的所知有限。他對美國的印象全部來自第二手資料，來自艾皮納（Epinal）的描寫，而且實際上，他小說裡的美國形象其實是有意從一些陳腐的僵化想法搬移過來。至於人物塑造故事情節以及主要靈感來源（就像他在日記中所招認的）是狄更斯，特別是他的《塊肉餘生記》（卡夫卡在《美國》的第一章就一直稱它是對狄更斯的「全然模仿」）：他從其中選取具體主題（他還一一臚列出來：「雨傘的情節，做苦差事，骯髒的房屋，鄉村家屋裡的心上人」），選取人物角色（卡爾壓根就是大衛．考柏菲爾德〔David Copperfield〕的滑稽模仿），特別是狄更斯所有小說所浸淫其中的氣氛：感傷情調以及對善人惡人極天真的兩分法。如果阿多諾將史特拉汶斯基的音樂形容成「根據音樂而作的音樂」，那麼卡夫卡的《美國》應該就是「根據文學而創的文學」，而且在這類文學中就算不是開山祖師，至少有資格被奉為經典。

小說起始第一頁：在紐約港裡，卡爾正要下船的時候卻發現傘留在艙房。為了方便找傘，他將自己那塞了所有家當的沉重行李交給一位完全陌生的人暫時看管（這種輕率真是匪夷所思）：當然，最後雨傘沒找到，而行李也丟了。從小說的前面幾行開始，那玩興甚高的滑稽模仿便創造了一個想像世界。在那其中，沒有哪一件事情完全合情合理。而且一切都有些好笑。卡夫卡的城堡你在地圖上根本找不到。美國則據這個新文明的通俗意象——一切講究巨大，一切都由機器代勞——所塑造出來的。在他那參議員伯父的家裡，卡爾見識到一張書桌，或者說是一部構造功能都異常複雜的機器，上面共有一百來個抽屜，分別聽命於一百來個按鈕。說它非常實用或者全無用處都算正確，說它是科技奇蹟或者不知為何都不為過。這本小說我仔細一算總有十種這類神奇、好玩而又難以置信的機械構造。從伯父那張書桌之後，又有鄉間那如迷宮似的別墅，還有那幢「西方旅館」（複雜到令人驚恐的建築，裡面的行政組織更是教人不敢領教），直到「奧克拉荷馬劇場」（龐大的官僚體系讓人暈頭轉向）。卡夫卡便是利用滑稽模仿的手法（以通俗意象做材料）首度處理了他最原創的主題，也就是如迷宮似的社會組織，人類置身其中不但迷失方向，最後甚至導致敗亡（從系譜的觀點來看，伯父那張滑稽的書桌裝置則是城堡那駭人行政組織的源起）。這個主題雖然沉重，可是卡夫卡卻不像左拉一樣，從社會研究的寫實小說角度切入，而是另闢蹊徑，從表面上看來似乎輕浮的「根據文學而創造文學」的立場著手，並賦與想像必要的自由空間（誇張、極端、超越合理以及玩興高的發明自由）。

感性風格裡隱藏著冷漠的心

在《美國》一書裡面，有許多誇大到不知如何解釋的感性行為：第一章的結尾，卡爾準備從他伯父的家動身出發，而那位司機卻被留在房間裡面。在這節骨眼上（下面的關鍵字眼我用粗體標出）「卡爾前去尋找司機，將那人緊緊插在腰帶裡的右手拉出，**並且把它握在自己手裡把玩著**，卡爾**將自己的手指在那司機的手指間來回撫弄**。司機兩眼發亮，不時環顧左右，**彷彿他見識了什麼叫做無上幸福，但是沒有人會**

因此責備他似的。」「我應該保護你的，你說是不是？否則大家就不知什麼是真理了。你得發誓說你會服從我，因為其實我擔心是有理由的，因為我以後再也不能幫助你了。」說完這話，卡爾「**一面哭得涕泗滂沱，一面親吻著司機的手**。他握起那隻皮膚皸裂，幾乎毫無生氣的手，然後將它**視為寶貝似的，靠在臉頰上磨蹭著**，這隻他即將不得不放棄的寶貝。誰曉得這時他那參議員伯父已經湊近他的身邊，儘管**動作語氣放了多少溫柔**，還是堅決將他架離現場……」

另一個例子：在波倫戴別墅的晚會接近尾聲時，卡爾不厭其煩地解釋自己為何要回到伯父家裡。「在卡爾冗長的談話中，波倫戴先生一直仔細傾聽著；有好幾次，尤其是有人提到伯父的時候，先生便將**卡爾緊緊擁進懷裡……**」

書中人物那些表達情感的舉止不僅是誇張，而且經常用錯地方。卡爾認識那位司機幾乎還不到一個小時，所以根本沒有理由對他表示如此深的依戀。如果讀者遽下結論，認定這位年輕人是天真地受那江湖豪氣的兄弟情誼所感動，那麼到下一刻，他們恐怕就會大吃一驚，因為卡爾毫無抗拒便讓他新結識的朋友輕易拉著跑了。

在晚間發生的那一幕中，波倫戴已經知道卡爾早被伯父趕出家門；這也是為什麼他會深情地將卡爾摟在懷裡的原因。可是，等到卡爾在他面前宣讀伯父寄來的信，得知自己命運即將坎坷之際，波倫戴就不再對他表示關愛，並且不願提供給他任何援助。

在卡夫卡的《美國》中，我們看到了一個情感世界，但在這個世界裡面，情感不是用錯地方，用得不恰當，就是誇大，教人摸不著頭緒，或是完全相反，該出現的時候卻詭異地匱乏了。卡夫卡在日記裡曾以下列的字眼概括狄更斯的小說：「冷漠的心卻包藏在情感泉湧的風格裡。」事實上，招搖表現情感，可是只有三分鐘熱度，過後便被忘得一乾二淨，正是卡夫卡的小說想要突顯的核心。這種「濫情主義的批判」（暗示性的、滑稽模仿的、妙趣橫生，但從不苛刻的批判）矛頭指向的不僅是狄更斯，還包括一般的浪漫主義，也就是他同時代那些狄更斯的傳人，特別是表現主義者；推崇歇斯底里和瘋狂的表現主義者。他的批判目的在打倒將「心」奉為至高無上價值的流派信仰；我們再一次又見識了，卡夫卡和史特拉汶斯基這兩位表面上看起來如此異質的藝術家，本質上居然如此接近。

欣喜若狂的小男孩

當然，我們不能遽下斷言，說音樂（所有的音樂）都不足以表現情感；浪漫主義時代的音樂的確真的情感豐富，而且豐富得理直氣壯。可是，儘管拿的是這流派音樂為例，我們也只能說：它的「價值」和它在人們心靈上激發的情感強度是完全沒有關聯的。因為不需要透過任何音樂「藝術」，音樂本身即能強烈挑起情感。走筆至此，我回憶起童年時代，只要一坐在鋼琴前面，我就能即興彈起激昂的樂曲。不是什麼複雜作品，而是C小調和F小調的搭配，只要用力地彈，一直重複下去。這兩種原始旋律的相互輝映遠比蕭邦任何一首樂曲更能挑起我心中的強烈情緒。不僅蕭邦，就連貝多芬也是同樣。（有一次，我那音樂家父親氣急敗壞地——那次是空前絕後的經驗——衝進我的房間，將我一把從圓椅上托起，然後抱到飯廳，以一種幾乎掩飾不住的嫌惡表情，將我放到飯桌下面。）

其實在我即興彈奏的過程中，我經歷了「狂喜」的經驗。何謂「狂喜」？小男孩在敲擊琴鍵的時候，心中不由自主感受到了一種熱烈（有時是悲傷的，有時是快樂的），那種熱烈情緒提升到如此高的強度，高到幾乎難以承受，那小男孩遁入了又聾又盲的狀態，周遭一切都忘卻了，連他的自我都被拋到九霄雲外。只要達到狂喜階段，人的情緒自然觸及巔峰，並在同一時刻完成否定（忘我）。

「狂喜」意味著個體「脫離自我」。從希臘字源的分析便可一目了然：離開原來的「位置」（stasis）。所謂「脫離自我」並不是指遁出當下，比方一個愛好夢想的人逃避現在，進入未來或者過去。事實正好相反：「狂喜」是和當下這一刻的全然契合，將過去以及未來徹底拋諸腦後。一旦我們抹去過去還有未來，此刻這一秒鐘便處於空無之中，脫離生命同時脫離時間之流。

我們可以在一首抒情曲（Lied）的浪漫派旋律裡看到情緒的聽覺意象：它綿延似乎是想維持激動，並且開展它，讓聽眾能夠慢慢品味。狂喜則與它不同。狂喜無法反映在旋律裡，因為它令記憶窒息，記憶因而不能將一個旋律樂句裡的音符維繫在一起，即便這個樂句再短也不能夠；狂喜的聽覺意象就是尖叫（或者：一個模仿尖叫的極短的旋律主題）。

狂喜最經典的例子便是性高潮的那一瞬間。讓我們回到過去，回到那個避孕藥丸還沒有發明的時代。那時，做情夫的時常在雲疾走、雨狂打的節骨眼上忘了及時從情婦的玉體抽身而起，結果導致對方暗結珠胎。在那重要一剎那前，就算情夫再如何小心翼翼，通常最後還是把持不住。因為狂喜來臨的那一秒鐘，他徹底忘了自己的決定（剛剛過去的事）以及自己的利害（他的未來）。

如果拿到天平上一秤，那麼狂喜的時刻肯定比那誤懷的種要重多了；既然那不速之胎不是人家心甘情願要他來的，但是他極有可能占據了情夫的一輩子。我們也可以說，一晌貪歡，會令他得終生背負擔子。面對狂喜時刻，情夫的生命可比面對無限時，有限所處的卑微地位。人人渴望永恆，可是只能獲得它的代用品：狂喜的時刻。

我想起年輕時代有一天發生的事：那時，我和一位朋友坐在他的汽車裡面。眼前，人們不停橫越街道。突然，我瞥見一位平素對他很不以為然的人，於是我立刻指給我的朋友看，同時說道：「撞死他吧！」這當然是我在耍嘴皮子的一句玩笑話，可是我的朋友立刻進入異常興奮的狀態，並且加快油門衝上前去。那個我看不慣的人嚇一大跳，身體往旁迅速一閃，就跌在地上了。我的朋友在緊要時踩住煞車，那個傢伙沒有受傷，可是街上的人向我們聚攏過來，打算（我知道他們的意圖必然如此）把我們揪下毒打一頓。然而，我的朋友實在並無殺人的意圖，只是我的言語將他推進了短暫的狂喜境地（最奇怪的是：對一句玩笑話產生狂喜）。

大家習慣把狂喜的觀念和做為重要的奧祕時刻連在一起。不過，狂喜也分等級。有日常性的、平庸的、粗俗的；盛怒、開快車的狂喜、周遭震耳欲聾時的狂喜、足球競賽場上的狂喜。活著，是個永遠鬆懈不得的沉重努力，唯有如此，自己才不會喪失視界，才能夠在自我裡面穩如泰山，坐定在自己的「位置」（stasis）中。要能離開自我，就算極短的時刻，就能觸及死亡領域。

幸福和狂喜

我常常想，阿多諾在聽史特拉汶斯基音樂的時候，是不是連最細微的愉悅都感受不到？愉悅？根據他的看法，史特拉汶斯基的音樂只能提供一種「被剝奪到蕩然無存的樂趣」，因為那音樂只善於將自己搞得一窮二白。沒有生動表現，沒有開展演繹的技巧；對於舊的形式，它投以「來意不善的目光」，「只會東施效顰」，哪裡明白何謂發明。它只講「諷刺」，不然就是「滑稽模仿」或者「貶抑性的描寫」；它不僅是對十九世紀音樂的全盤否定，還是對音樂本身的抹煞（阿多諾曾說過：「史特拉汶斯基的音樂是一種音樂已被驅逐出去的音樂」）。

奇怪，奇怪。可是這音樂給人的幸福感覺又是怎麼回事？

走筆至此我回想起六〇年代中期在布拉格舉辦一場畢卡索畫展。我的腦海至今仍鮮明印著一幅畫。畫面上有吃西瓜的一男一女。那女人坐著，而那男人則臥躺在地上，兩腿蹺向天空，一副樂不可支的樣子。整幅畫沉浸在一種饒富滋味，無憂無慮的氣氛裡。當時我的感觸是：畫家在畫這幅畫的過程中，一定和那蹺腿的男人一樣，感受到了愉悅。

畫那蹺腿男人的畫家所感受到的幸福必然是雙倍的。那是一種帶著微笑觀想幸福的幸福。引起我興趣的，正是那個微笑。畫家在那位兩腳抬得半天高的幸福男人身上瞥見了一滴神奇的滑稽成分，並且感覺欣喜。他的微笑激起了他心裡快樂且無負擔的想像，和那兩腳抬得半天高的姿勢一樣沒有負擔。因此，我提到的幸福是帶有幽默印記的。這和藝術史其他時代所呈現的幸福（比方華格納歌劇角色崔斯坦的浪漫派幸福和鮑西絲與費萊蒙[53]的田園抒情幸福）是不相同的。（恐怕阿多諾缺乏幽默感，以至於對史特拉汶斯基的音樂毫無感覺？）貝多芬寫過〈快樂頌〉，不過這種貝多芬式的欣喜好像一套儀式，讓聽眾不得不對它保持必恭必敬的姿態。古典交響樂的迴旋曲以及小步舞舞曲，可以這麼說，好像要逗得聽眾跟著手舞足蹈起來似的。可是剛才講到的那種我很喜愛的幸福感覺並不需要透過群體的舞蹈才能獲致。所以除了史特拉汶斯基的〈馬戲團波爾卡曲〉以外，是沒有哪種波爾卡曲（polka）

能夠帶給我幸福感覺的。不過，他的波爾卡不是為了舞蹈而寫的，而是單純寫來聽的，最好兩腿蹺著來聽。在現代藝術當中，有些作品確實發現了那不可模仿的生之幸福，呈現方式即是以發明來表現喜樂，來令人訝異，甚至讓人震驚；或是以想像力來表示幻妙，不必負任何責任幻妙。我們可以列出一張清單，指出浸淫在這種幸福裡的藝術作品：除了史特拉汶斯基（《彼得洛希卡》（Petrouchka）、《婚禮》、《狐狸》（Renard）、〈為鋼琴及樂隊寫的隨想曲〉（Capriccio pour piano et orchestre）、〈小提琴協奏曲〉等等不勝枚舉），還可舉出來所有米羅（Miro）的畫作，克利（Klee）的畫作；還有杜菲（Dufy）、杜布菲（Dubuffet）、阿波里奈爾的一些散文，亞納切克晚年的作品（〈童韻〉（Rimes enfantines）、〈管樂六重奏〉（Sextuor pour instruments a vent）、歌劇《狡猾母狐》）；米堯（Milhaud）的作品，普朗克（Poulenc）的作品：他那根據阿波里奈爾作品所改編的滑稽歌劇《提黑西亞斯的乳房》（Les Mamelles de Tiresias）寫成於大戰結束的前幾天，可是有人說他用不莊重的方式來慶祝終戰很不得體，因此加以排斥。事實上，幸福的時代（由幽默所照亮的罕見幸福）已經結束；自第二次世界大戰以後，只有垂垂老矣的馬蒂斯和畢卡索還不顧新的潮流，將它保留在自己的藝術裡面。

53. Baucis與Philèmon，希臘神話中的一對長壽的夫妻。

在列舉上面那些流露幸福的重要作品之餘，我想我也無法割捨爵士音樂。爵士樂所有曲目都是從數目比較有限的旋律裡發展出來的變奏。因此，在所有的爵士樂中，我們可以在原始旋律以及它的變奏形式之間瞥見微笑溜進去了。爵士樂大師們都和史特拉汶斯基一樣，喜愛以高玩興的心態來記寫音樂。他們不僅根據古老的黑人民歌寫成自己的爵士，而且還改編巴哈、莫札特和蕭邦；艾靈頓也曾改編柴可夫斯基和葛利格（Grieg），而且，他還在《烏維斯組曲》（Uwis suite）中加入鄉村波爾卡曲的變體，其中蘊含的精神不禁令人想起《彼得洛希卡》。所謂的微笑並不只以不可見的方式存在於分隔艾靈頓及他所改編的葛利格之間，它還以可見的方式出現在老「迪西蘭」（Dixieland）音樂家的臉孔上：獨奏的時刻來臨時（總是帶有一部分的即興成分，換句話說，總是引起驚奇），樂師總要往前跨出一步，等到讓位給下一位樂師時，他又津津有味地聆聽別人演奏（等待別的驚奇）。

在爵士的音樂會裡，大家習慣鼓掌。鼓掌意味著：剛才我一直專心聆聽你演奏，現在我向你表示敬意。但在搖滾樂裡，情況有所改變。一個重要事實：在搖滾樂的音樂會裡，人們並不時興鼓掌。萬一有人鼓掌，恐怕要被視為罪過，彷彿兩手一拍，就在演奏者和聽眾之間造出一個批判距離。觀眾來聽搖滾樂，不是為了品頭論足，而是為了投入音樂，和演奏者一起叫嚷，讓台上台下打成一片。在這場合，大家找的不是樂趣而是認同，是抒發情感，而非尋找幸福。人們醉心出神，節奏規律而且很重，旋律主題很短而且不斷重複。在這裡找不到輕重對比，一切都用最強的音，唱腔偏好極尖銳的，好像嘶叫一般。演奏場所也不再是小小舞廳，讓一對對男女能藉著音樂沉浸在親密的氣氛中，而是大型演唱廳或體育場，大家你擠我，我擠你，若跳起舞，也不再是儷影雙雙：每個人又是獨自又是和眾人一起扭腰擺臀。這種音樂將所有個體轉換成一個大群體；若以「個人主義」或者「享樂主義」來概括這現象，只不過是我們這時代自我欺瞞的一項做法。

令人憤慨的惡之美

阿多諾的學說讓我感到不以為然的，是他慣用抄捷徑的方法，簡簡單單就把藝術作品和它形成的原因、所導致的結果以及它的政治（社會）意涵輕率連繫起來。這種做法著實可怕，他那細膩無比的思考（阿多諾的音樂學知識的確淵博）卻導致異常貧乏的結論。實際上，由於一個時代的政治傾向總被簡化成僅有的兩股對立趨勢，所以大家常無可救藥地將一件藝術品貼上進步或保守的標籤；又因為保守意味著惡，因此便可對它進行專橫嚴厲的批判。

《春之祭》：一齣芭蕾舞劇，劇末為了春天能夠重生，必須犧牲一位年輕女子的性命。阿多諾：史特拉汶斯基的作品野蠻冷酷，他的「音樂並不認同那犧牲者，而與那毀滅的迫切要求站在同一邊」。（我不禁要問：為何使用「認同」這一動詞？阿多諾如何知道史特拉汶斯基和什麼認同或不認同？為什麼不說「描繪」、「敘述」、「表現」或者「象徵」？答案：因為和惡「認同」才有罪，大家對它大聲譴責方能顯得天經地義。）

一直以來，我都深深地、強烈地憎惡那些動不動就要在藝術作品裡找尋「態度」（政治、哲學、宗教等等），而不管這件作品想要了解、抓住哪個真實人的面向。在史特拉汶斯基以前，音樂從來不知如何將偉大的藝術形式賦予所謂的野蠻儀式。人們不知如何以音樂來表現它。這意味著：人家不知如何想像野蠻之「美」。剝去這美，野蠻將成一種難理解的東西。（我要強調：為了徹底明白某種現象，我們得先了解它的美；不管這美是實際的也好，是潛在的也罷。）如果說某種血腥的儀式包藏著美，那麼就是不能忍受，無法接納的醜聞。可是不去了解這個醜聞，沒有將這醜聞徹底研究清楚，那麼對人你也不能有所洞悉。史特拉汶斯基給予這種野蠻儀式一個強有力的、說服人的，但不欺騙人的音樂形式；我們聆聽《春之祭》的最後一個段落，那段犧牲之舞：恐怖完全沒有被掩飾起來，就大方地呈現。

是不是讓它顯露出來就好？是不是不要譴責它？一旦譴責了它，也就是剝奪它的美，讓它以醜態示人，那這便成了過度簡化，成了欺騙，成了「宣傳」。正「因為」它美，所以殺死那些年輕女子的事才顯得如此恐怖。

就像他描述一場彌撒，或是一場市集慶祝活動（《彼得洛希卡》），史特拉汶斯基只是在此呈現一種野蠻的狂喜。更何況史氏自始至終一再公開宣稱自己一向擁護阿波羅精神，反對戴奧尼索斯原則的：在這個描述中，那興奮的成分（那咄咄逼人的節奏，幾個非常短的旋律主題，一再重複，不加開展而且類似尖叫聲的主題）都被轉換成為偉大的精緻藝術（例如：樂曲的節奏儘管咄咄逼人，後來卻變成不同節拍快速轉換的複雜狀況，進而開創出一種人工的、不真實的、完全風格化的節拍）；不過，這種描述裡阿波羅精神式的美並不會將恐怖隱藏起來；這美讓我們觀察到，其實狂喜的深奧處只有節奏的剛硬度，打擊樂樸實無華的敲撞，絕對的無動於衷，和死。

移民的算術

移民過著的生活是個算術方面的問題；約瑟夫・康拉德・廓爾禪尼歐斯基（Jozef Konrad Korzeniowski，他的簡稱約瑟夫・康拉德〔Joseph Conrad〕有名多了）曾在波蘭住了十七年（也可能是和他的家人被流放到俄羅斯），而他生命後面的五十年則是在英國（或者英國的船上）度過。因為如此，他才有機會將英文當作寫作語言，並將英國當成文學主題。只有他那對俄羅斯的本能反感還保留著波蘭人的特性。（啊！可憐的紀德，他一直無法理解康拉德對於杜斯妥也夫斯基那謎般的憎惡！）

馬替努（Bohuslav Martinu）一直到三十二歲都住在波希米亞，接下來的三十六年裡，他先後在法國、瑞士以及美國生活，直到最後又回到瑞士。他對古老祖國的鄉愁時常反映在作品裡，而且一向以捷克的作曲家自居。儘管如此，第二次世界大戰之後，他卻拒絕了所有來自祖國的邀約，而且還故意選擇瑞士做為他的埋骨之所。可是在他去世二十年後，也就是一九七九年，他祖國的特務卻無視於他的遺願，硬綁架他的遺體，然後莊重地重葬在捷克。

龔布洛維次在波蘭住了三十五年，阿根廷二十三年，法國六年。然而，他始終只以波蘭文寫作，而筆下所塑造的人物也都是波蘭人。一九六四年，他寓居柏林，有人邀他回去波蘭看看，他猶豫了一下，最後還是拒絕。他的遺體葬在威尼斯。

納博可夫在俄羅斯度過二十年的歲月，然後來到西歐住了二十一年（英國、德國、法國），接著美國二十年，瑞士十六年。他把英文當作自己的寫作語言，筆下的主題倒不都以美國做為主題。在他的小說中可以看到許多俄國人，不過，他以堅定的立場一再強調自己是美國的公民、美國的作家。他最終永眠於瑞士的蒙特賀鎮。

卡茲米耶爾基．布朗迪斯（Kazimierz Brandys）在波蘭住了六十五年，從賈魯塞斯基（Jaruzelski）將軍於一九八一年發動政變後，他就前去法國定居。他只用波蘭文寫作，而且只處理波蘭的主題。一九八九年，共黨政權瓦解，似乎已經沒有政治理由需要滯留國外，可是他卻沒遷回波蘭，「因為這樣我才很高興能時常去探望他」。

以上的匆匆一瞥明顯讓我們看到一位向外移民藝術家的一般情況；如果把一生拆成年數大致相同的區塊，每個區塊會因占據作者生命的早年或壯年而有不同重量。

如果壯年區塊比較重要比較豐碩（就生活或者藝術創作活動而言），那麼他的潛意識、記憶、語言，所有與創作有關的基礎很早便已形成；對於一位醫生，這種問題不至於發生，可是對於一位小說家或作曲家，遠離那片他的想像，他的關注，也就是他基本主題所連繫的土地，移民極有可能造成撕裂。他就得要動員他所有力量、所有的藝術家智慧來把這個劣勢變成優勢。

從個人的角度來看，向國外移民也是一件困難的事。大家總會聯想到思鄉的痛苦，但更糟的是疏離所帶來的痛苦。我想，德文的Entfremdung（異化）更能貼切表達我所指的：原先離我們近的、為我們所熟知的現在變得遙遠而陌生了。對於移民前往的國家，他們對這國家是不會有異化的感覺的，不但沒有，上述的過程還會反轉過來。凡是陌生疏遠的反而慢慢變得親近而且珍貴。一個我們在街上搭訕的女人，不會讓我們震驚，但是昔日為我們所擁有的女人，若是她有大的改變，方能教我們訝異得發愣。只有與祖國長期隔離以後再回鄉探望的人方能感受世界以及生命那實在而強烈的疏離。

我常想到當年龔布洛維次在柏林的景象。想到他不肯重返波蘭，是不信任那裡的共產主義？我想也是。那時，波蘭的共黨政權已在崩潰當中，所有文化界的人士幾乎全都加入反對營，並熱切盼望龔布洛維次的凱旋歸來。他的拒絕必然是生命哲理層面的，而且無法交代，因為太私密了，所以無法交代，因為太傷別人了，所以更不可交代。有些事情只能靜默以對。

史特拉汶斯基的安身立命之處

史特拉汶斯基的生命大概可以分割為長短約略相當的三個時期：俄羅斯，二十七年；法國以及瑞士法語區，二十九年；美國，三十二年。

他對俄羅斯的道別是漸進的，可以分成幾個階段的：史特拉汶斯基最早是以留學生身分（從一九一〇年起）前來法國，往後數年是他創作生涯中最具俄國色彩的階段：〈佩特魯須卡〉、〈茲維茲多里奇〉（Zvezdoliki，根據一位俄國詩人巴爾蒙〔Balmont〕的詩作所改編）、〈春之祭〉、〈普里八烏特基〉（Pribaoutki）、〈婚禮〉的開頭。接著發生第一次世界大戰，和俄羅斯的聯繫越形困難；不過，在〈狐狸〉和〈士兵的故事〉裡，他還是從祖國的民間詩歌汲取靈感，因此還算是個俄羅斯的作曲家；一直到了俄國大革命以後，他才理解到：古老的祖國可能自此一去不復返了，這時，史特拉汶斯基才正式進入了真正的移民年代。

移民：一個將自己故鄉看做唯一祖國，卻不得不生活在外國的人。移民的時日一久，一種新的忠誠醞釀產生。對接納他的新國度所生出的忠誠，接著是與祖國扯斷臍帶關係。

史特拉汶斯基慢慢放棄了俄羅斯主題。一九二二年，他還寫了《馬伏拉》（Mavra，一齣改編自普希金〔Pouchkine〕詩作的滑稽歌劇），接著一九二八年又推出

《仙女之吻》，算是對柴可夫斯基的追憶。再後來，除了少數幾個微不足道的例外，他就再沒處理過俄羅斯的主題。一九七一年史氏逝世，他的妻子薇拉遵從丈夫的遺囑，拒絕蘇聯政府要將音樂家遺骸歸葬祖國的建議，並將他移葬威尼斯的公墓。

毫無疑問，史特拉汶斯基和其他的人一樣，背負著移民所特有的傷痕；毫無疑問，如果他能一輩子待在生育他的土地，那麼他在藝術上的演變一定完全不同。

事實上，他開始投身音樂史旅程的時刻正是祖國在他心裡開始變得模糊的時候，但他知道，沒有一個關係可以取代這片故土，他便把音樂當成故土；我這樣說，可不是太詩情畫意的措辭。不過如果要更實際，我還可以說：他的唯一祖國，他唯一可以安身立命的處所裡是音樂，所有音樂家的所有音樂，整部音樂歷史；他已決定以音樂做為自己的窩巢，在音樂裡居住，在其中生根。只有在音樂裡，他才能遇見同胞，遇見親人，遇見從貝侯當到魏本的鄰居；從此以後，他勤快地與這些人進行長年的對話，而且至死方休。

他費盡心思，只為讓自己有種安居在家的感覺。他在這間居所的每個房間裡流連不去，駐足每個角落，撫摸每件家具；他從古老的民間音樂過渡到佩賀果雷茲，先是推出《普欽奈拉》（一九一九年），繼而又受巴洛克大師的影響。沒有這些前輩，他絕不可能寫出《眾神領袖阿波羅》（一九二八年）。

接著他又從柴可夫斯基那裡汲取靈感，在《仙女之吻》（一九二八年）裡改寫柴氏的旋律。而巴哈則影響了他的〈鋼琴和管樂的協奏曲〉（一九二四年）、〈小提琴協奏曲〉（一九三一年），而且他也改編了這位巴洛克大師的作品，甚至透過爵士樂向巴哈致意：〈為十一種樂器而寫的拉格泰姆音樂〉（一九一八年）、〈鋼琴拉格音樂〉（一九一九年）以及〈黑檀木協奏曲〉（Ebony Concerto，一九四五年）。至於貝侯當以及其他古代的複調音樂家則啟發了他的《聖詩的交響樂》（一九三〇年），尤其是一九四八年的〈彌撒曲〉。

還有，他曾在一九五七年和一九五九年分別研究過蒙特威爾第和傑蘇亞多的音樂，並改寫了他們的牧歌。一九六八年，他改編了于苟．渥爾夫（Hugo Wolf）的兩首歌曲。最後連他早年持保留態度的十二音體系音樂，也在荀伯克死後（一九五一年）加以發揚。

那些大肆抨擊史特拉汶斯基的人大多認為音樂是表達情感的藝術，因此常對他在「情感活動」方面那不可忍受的謹慎態度感覺憤慨，並且動不動就指責他「心靈貧乏」，可是他們自己卻冷漠到看不出史特拉汶斯基在音樂史的流浪過程中所背負的感性創傷。

不過這事不足為奇：沒有人比多愁善感的人更加冷漠。想想這一句話：「冷漠的心，包藏在情感縟麗的風格裡。」

第四部

一個句子

在〈聖人加爾塔那孱弱的影子〉一文中，我引述了卡夫卡一個句子。這個句子和他許多其他的句子一樣，將他小說的詩質都濃縮在裡面，這個句子出現在《城堡》一書的第三章，有關K和芙麗達交歡的場面。為了精確呈現卡夫卡藝術獨特美感，我捨棄了現成的譯本，自己即興以最忠實的譯文來呈現這個句子。卡夫卡的句子和透過翻譯這面鏡子呈現出來的文意之間總有不少歧異。這個情況引發我進行如下的思考。

翻譯

我們將翻譯版本做一番回顧：第一本是維阿拉特（Vialatte）出版於一九三八年的譯文：「幾個小時過去了，那是喘聲呼應，心跳共同交響的幾個小時，在這幾小時裡，K不斷感覺到自己彷彿迷了路途，彷彿深入到旁人從未涉足過的道路；彷彿身處異國，身處一個陌生國度而那裡的空氣和故鄉的空氣成分不同，好像遭到流放可能窒息什麼事也做不了，在那狂亂的誘引當中，只能繼續行走，繼續迷路。」

大家知道，維阿拉特對於卡夫卡原文的精確度失之寬鬆：一九七六年Gallimard出版社在打算將卡夫卡的小說加以編輯並收進「七星文庫」的時候，想著手修改維氏譯文。無奈維氏的後代不肯同意，於是大家達成一個前所未見的折衷辦法：卡夫卡的小說還是以維阿拉特頗多謬誤的譯文面世，另一方面，編輯克羅德・大衛（Claude David）則在書後以註釋的形式對維氏譯文進行大幅度的修改。這些修改多到不可勝數。因此讀者如果想要一窺「好的」譯本，就不得不前後翻動書頁，隨時來去於本文和註釋之間。維氏的譯文加上大衛的註釋就算構成了法文的第二個版本。為了方便起見，我就直呼它為大衛的譯本好了：「幾個小時過去了，那是喘聲呼應，心跳雜然交響的幾個小時，在這幾小時裡K一直不斷覺得自己彷彿走錯了路途，彷彿比在他之前的任何人都要深入：他身處一個陌生國度，連那裡空氣都和故鄉的完全兩樣；這陌生國度的性質令他喘不過氣，在瘋狂的誘引當中，總是越走越遠，一直往前迷失。」

洛特拉里（Bernard Lortholary）的譯本顯然高人一等：它讓先前的版本徹底黯然失色。在這本於一九八四年出版的《城堡》中，我們讀到：「那裡幾個小時過去了，那是氣息呼應，心臟一起怦然跳動的幾小時，在這段時間裡K一直有種迷途的感覺，或是說他比任何人還要更向前走入某些異國，那裡的空氣中找不到一點和故鄉空氣相同的成分，那裡的異國性質如此獨特因此除了窒息無法做其他的事，在這些荒誕的誘引中，只能繼續走下去迷途迷得更遠。」下面列出的則是德文原句：

「dort vergingen Stunden, Stunden gemeinsamen Atems, gemeinsamen Herzschlags, Stunden, in denen k. immerfort das Gefuhl hatte, er verirre sich oder er sei so weit in der

Fremde, wie vor ihm noch kein Mensch, einer Fremde, in der selbst die Luft keinen Bestandteil der Heimatluft hade, in der man vor Fremdheit ersticken müsse und in deren unsinnigen Verlockungen man doch nichts tun könne als weiter gehen, weiter sich verirren.」

根據原文，最忠實的翻譯應該如下：「那裡，數個小時流逝，數小時喘息共同，心跳共同，數個小時當中K一直感覺自己迷失路途，或者比前人處在那個怪異世界的更深處，一個甚至連空氣都和故鄉空氣完全不同的怪異世界，那裡你會因異國特質而窒息且無事可做，在荒誕的誘引當中，只能去得更遠，迷失更遠。」

隱喻

整個句子不過是長長的隱喻。對譯者而言，沒有任何東西比暗喻的翻譯要求更高的精確度。這裡，我們才能一窺作者獨到的詩意。維阿拉特的譯文中首先便用錯了「深入」這個動詞：「他深入得那麼遠」。在卡夫卡的原文中，K並沒有「深入」，他本來就「在」那裡。「深入」這一動詞將暗喻給扭曲了；這個詞將暗喻太過於視覺地和實際動作連繫在一起（交歡勢必得要「深入」），剝奪它的「抽象程度」（卡夫卡這個暗喻的本質有個特色：它的用意不在使人聯想起物質的、視覺的交歡動作）。大衛雖然修改了維阿拉特的版本，卻保留了「深入」這個動詞。甚至最忠實的譯本（洛特拉里的）也避開了「在」，而以「向前走入」來代替。

在卡夫卡的原文中，K在交歡中覺得自己身處「in der Fremde」（異國）。卡夫卡兩度使用了這個字，而第三次則選了這字的衍生形式「Fremdheit」（異國特質）；在異國的空氣中，因生疏感而窒息。所有的譯者面對這三度的重複都覺得有些為難：因此維阿拉特只用了一次「異國」，接著便揚棄「異國特質」而改採另一些字詞：「好像遭到流放，可能窒息」，可是卡夫卡根本沒用「流放」這個字眼。「流放」和「異國特質」是兩個不相同的概念。K進行交歡行為並非從那個他所熟悉的環境被「逐出」，他並沒有被「驅離」（所以也就沒得抱怨）；他是受到自身意志驅使才在那裡，他在那裡，那是因為他「敢」在那裡，如果用了「流放」一詞，隱喻就憑空多了受難、吃苦的氣氛，這樣一來，就被溫情化了，像情節劇般被誇大了。

維阿拉特和大衛都以「行走」（marcher）來翻譯德文的「去」（gehen）。如將「gehen」譯成「marcher」，那麼就憑空增強了動作的生動性。如此一來，隱喻即變得有點怪異（交歡的人成了行走者）。原則上，怪異並不是壞事（我個人非常喜歡怪異的隱喻，常常為了替它辯護甚至不惜和我的譯者意見相左），可是，不容置疑的，卡夫卡在這裡絕對不是要營造怪異的效果。

德文的「die Fremde」是一個沒有辦法簡單一對一譯為法文的字。「die

Fremde」不僅指「異國」，同時更普遍的、更抽象的泛指「陌生的」，「陌生的現實，陌生的世界」，如果把「in der Fremde」譯成「在外國」，那麼在卡夫卡筆下則該用Ausland「不同於我自己國家的國家」才是。因為如果著眼在文意的精確上，那麼用包含兩個法文字的迂迴譯法就不難理解了；可是在所有實際的解決方法中（維阿拉特：「異國，身處……的國度」；大衛「陌生國度」；洛特拉里：「異國」），這個隱喻再一次喪失了卡夫卡特有的抽象面向，而那「觀光的」面向的意涵不但沒能抹去，反倒強化了。

做為現象學定義的隱喻

有人斷言，卡夫卡不喜歡隱喻，這個觀念應予修正；他只是不喜歡「特定種類的」隱喻而已，而且他還是發明我所謂「現象學的」或者「存在的」隱喻數一數二的偉人。魏崙[54]曾說：「希望像馬廄裡的一根麥稈發亮著」，多麼壯觀的「抒情」想像。不過在卡夫卡的散文裡，這手法絕不可見。因為卡夫卡肯定不喜歡將小說散文加以抒情化。卡夫卡的隱喻想像絕對和魏崙和里爾克[55]的一樣豐富，只是他的並不是抒情式的。說清楚些：讓這想像力顯得生動活潑的，完全只是一股意志，想要解讀、明白、掌握角色行為意義、所處情勢意義的意志。

這裡，我們要討論另一個交歡場景，主角是布羅赫《夢遊者》裡的杭特珍夫人（Mme Hentjen）以及艾許（Esch）：「她把對方的嘴緊靠在自己的嘴上，好像動物把長鼻子壓在窗玻璃上，而艾許察覺到對方牙齒緊閉，好像要把她自己的靈魂拘囚在體內似的，因此不禁氣得發抖。」

上文用到的「動物的長鼻」、「窗玻璃」在這裡並不是透過比較手段提供一個該場景的視覺影像，而是為了抓住艾許的「存在情況」。因為艾許即便在這歡愛擁抱的時刻，都還不可解地對情婦保持隔離（被窗玻璃隔離似的）狀態，而且完全沒有辦法掌握她的靈魂（牙齒緊閉，好像要把她自己的靈魂拘囚在體內似的）。這種狀況實在不好理解，或者是說，唯有透過隱喻方能明白。

在《城堡》第四章的開頭，描述了K和芙麗達的第二次交歡場景；也是透過單獨一個句子（句子／隱喻）來表示的。我在這裡儘可能忠實地即興寫出它的譯文：「她尋覓某件事物，而他也尋覓某件事物。心裡懷著憤慨，臉上堆著怪相，他們彼此將頭埋在對方胸前，不停尋覓著，他們擁抱，將那胴體弓起，卻沒因此遺忘，反而因此想起尋覓的義務，他們像絕望的狗搜索地面一樣，搜索對方的胴體，但結果是絕望得無可挽救，為了嘗試最後一個希望，他們有時便長長伸著舌頭並且舔舐對方的臉。」

54. Paul Verlaine，法國詩人，一八八四～一八九六年。
55. Rainer Maria Rilke，德國詩人，一八七五～一九二六年。

在第一次交歡的場景裡，隱喻關鍵字眼是「異國」、「異國特質」，而這裡的關鍵字則是「尋覓」、「搜索」。這些字並不在表述所發生事情的視覺形象，而是勾勒一個不可言喻的存在情況。大衛將這段文字譯成：「好像兩條絕望的狗用腳爪抓住地面，他們將指甲掐進對方的胴體。」這些文字不但失真（卡夫卡可沒談到什麼狗爪什麼指甲），而且還把隱喻從存在領域搬到視覺描寫的領域；大衛身處的美學系統和卡夫卡的是大相逕庭的。

（這種美學上的落差在句子的最後部分就更顯而易見了：卡夫卡說：「〔sie〕fuhren manchmal ihre Zungen breit über des anderen Gesicht.」（他們有時便伸著舌頭，並且舔舐對方的臉。）這個原本精確而又中性的觀察到了大衛的筆鋒裡面居然成為表現主義式的隱喻：「他們舌頭—嗒—嗒，探索彼此的臉」。

豐富的詞彙

讓我們來檢視整個句子裡所用到的動詞：vergehen（經過），從gehen（去）字根而來；haben（有）；sich verirren（迷路）；sein（存在）；haben（有）；ersticken müssen（得要窒息）；tun können（能夠做）；gehen（去）；sich verirren（迷路）。看得出來，卡夫卡選用了最簡單、最基本的動詞：去（兩次）、有（兩次）、迷路（兩次）、存在、做、得要窒息、窒息、能。

這些譯文傾向於對這套詞彙錦上添花：不斷感受到（而不用「有」）；深入、前進、趕路（而不用「是」或「存在」）；使他窒息（而不用「得要窒息」）；走路（而不用「去」）；找回（而不用「有」）。

（順便一提：全世界哪個譯者遇上「有」、「是」這類動詞時還能泰山崩於前而面不改色？他們一定想盡辦法用一個他們認為較不平庸的字來取代。）

從心理學的角度來看，這種傾向是可以理解的；一個譯者該因什麼而獲讚賞？是對原作者風格的忠實嗎？這恰巧是譯文讀者所不可能判斷的。相反地，詞彙的豐富則通常自動被讀者視為一項長處、一項精湛技術，是譯者語言駕馭能力很好的證明。

可是，詞彙豐富本身並不代表任何價值。譯文詞彙的廣博多樣還得要看組織原文作品的美學意圖為何。卡羅斯．福恩提斯詞彙豐富到令人看了頭要發暈，可是海明威的詞彙就是異常有限。富安蒂斯散文的美和字彙的多樣息息相關，而海明威作品的美則來自於字彙量的儉省。

卡夫卡也是一樣。他的詞彙量相對是比較有限的。這種儉省常被解釋成卡夫卡的禁慾苦行，卡夫卡的無美學主義，卡夫卡對於美可有可無的態度。還有人說，那是卡夫卡對於那種源自布拉格庶民階層的德文已經喪失熱情，不再努力經營。總之，沒有任何人願意相信：那字彙的素淨表示了卡夫卡的「美學意圖」，是他散文美感特徵裡的一項。

關於威權問題的一般性意見

對於一位譯者而言，最高的威權應是原作者「個人的風格」。可是，大部分的譯者屈服於另一個威權之下：典雅法文、典雅德文、典雅英文等等的「共同風格」。也就是大家在高中學的法文（或是德文等等）。

譯者在面對外國原著作者時，常把自己視為代表這威權的大使。錯誤便從此處孳生了：具有一定分量的作者經常踰越了那所謂的「典雅風格」，而他藝術的原創性（連帶的是他藝術存在的理由）則要到那踰越裡面去找。譯者首先得努力的事，就是了解原作者如何超出了常軌。有時這種踰越一眼便可瞧出，例如拉柏雷、喬伊斯、賽林納[56]的作品便是。可是有些作家踰越「典雅風格」的情況就比較微妙，是潛藏的、謹慎的，幾乎讓人看不出來。如果是後面這種情形，那要掌握、評估它就沒那麼容易。因為如此，這套功夫更顯重要：

Die Stunden（小時）三次：所有譯本都保有這個重複；

gemeinsamen（共同）兩次：所有譯本都不做重複；

sich verirren（迷途）兩次：所有譯本都保有這個重複；

die Fremde（異國）兩次，外加一次die Fremdheit（異國性質）：在維阿拉特的譯文中，「異國」只出現一次，而「異國性質」被「流放」取代；在大衛及洛特拉里的譯本中，「異國」（當形容詞用）一次，「異國性質」，也是一次；

die Luft（空氣）兩次：所有譯本都保有這個重複；

haben（有）兩次：沒有任何譯本保有這個重複；

weiter（遠）兩次：在維阿拉特的版本中，這個重複已被「繼續」一詞的重複取代；在大衛的譯本中，則被「總是」一詞的重複取代；在洛特拉里的譯本中，不見重複現象；

gehen、vergehen（去，經過）：這個重複（說實在比較難以保留）在所有譯本中都消失了。

一般而言，我們觀察到，所有譯者（對於他們高中老師的耳提面命都沒有背離）都傾向於將重複字的數量在譯文裡減至最少。

56. Louis-Ferdinand Céline，法國作家，一八九四～一九六一年。

重複在語意上的意義

Die Fremde出現兩次，Fremdheit出現一次；透過這個重複，作者在他的文體裡引進了一個具有關鍵性、表達概念的詞。如果作者從這個字眼出發，鋪陳了一個長長的思考，那麼這個字眼的重複從語意和邏輯的觀點看來就有其必要了。我們試想，如果翻譯海德格的人為了避免重複，將dassein一會兒譯成「存在物」，一會兒又譯成「生存」、「生命」、「人生」，那讀者如何知道海德格是要說明一件不同命名的同樣事物呢？還是根本就是不同的事物？結果弄到最後，大家看到的並不是精確合邏輯的文體，而是亂糟糟的一團字詞罷了。小說（當然，我只指那些配得過這稱呼的作品）的散文文體也要求同樣嚴謹的對待（特別是那些具有思考性或隱喻性的段落）。

必得保有重複：另外一項意見

在《城堡》同一頁的下文讓我們讀到：「……Stimme nach Friede gerufen wurde; Frieda, sagte K. in Friedas Ohr und gab so den Ruf weiter.」按照字面的意思來譯就是：「有個聲音叫喚了芙麗達；K附在芙麗達的耳邊重複這聲叫喚，說道：芙麗達。」每位譯者都試圖避開芙麗達這個名字三次的重複：維阿拉特：「芙麗達，他附在那女傭的耳邊，重複這聲叫喚」；大衛：「芙麗達，K附在他女伴的耳邊重複……」。

這些取代芙麗達的字眼聽起來多麼不自然啊！大家要注意到：在《城堡》原文中，K從來不只叫K。在對話中，其他的人可能稱他土地測量員，或是還有其他稱呼。可是卡夫卡本人，也就是敘事者，從不用下列的字來稱呼他的角色：陌生人、新來的、年輕人或是天曉得其他什麼名堂。K就是K。不僅是K而已，卡夫卡對其他角色也是這樣，只給一個名字，一個叫法。

因此，芙麗達就是芙麗達；不是愛人，不是情婦，不是女伴，不是女傭，不是婊子，不是少婦，不是姑娘，不是朋友，不是女朋友，就是芙麗達。

重複之中，旋律性的重要

有時，卡夫卡的散文會飛翔起來，變成歌曲。前面我長篇大論探討的那兩個長句就是例子。（我們注意到，這兩個絕美的句子都是交歡場景的描寫；這意味著，情色對卡夫卡而言是重要的。這個觀察比起卡夫卡傳記作者的鑽研至少強上百倍。這是題外話。）卡夫卡的散文會飛，因為他長了兩隻翅膀：一隻是隱喻想像的強度，另一隻是使人迷醉的旋律。

這裡，旋律美和字詞的重複是密不可分的；句子的開始便是：「那裡，**數個小時**流逝，**數個小時**喘息**共同**，心跳**共同**，**數個小時**……」在幾個字當中，五次重複。在句子中間，die Fremde和die Fremdheit總共重複三次。到了句末，更以重複收尾：「……去得更遠，迷失更遠」。這些多次的重複將節奏放慢，整個句子彌漫著懷舊的調調。

在另一個句子中，也就是描寫K第二次交歡的場景。我們可以發現相同的重複情況：動詞「尋覓」重複了四次；「某件事務」兩次；「胴體」兩次；動詞「搜查」也是兩次。此外，我們不要忘記對等連接詞「和」。這個「和」字用了四次，好像要跟所有規定高雅文體的見解唱反調似的。

在德文原文裡，這句子是這樣開始的：*Sie suchte etwas und er suchte etwas*……（她尋覓某件事物，而他也尋覓某件事物……）維阿拉特的譯文說的完全是另一回事：「她尋覓之餘，還是在尋覓某件事物……」大衛的譯本將它改成：「她尋覓著某件事物，至於他，他也是。」說來奇怪：大衛寧可說「至於他，他也是」就是不願直截了當，按照字面意思把卡夫卡那個既簡單又漂亮的重複直譯出來：「她尋覓某件事物，而他也尋覓某件事物……」

重複需要本事

重複可是一項本事，一門專門技術。當然，有些重複是不好的、笨拙的（比方說如果描寫一頓晚餐，才兩句話，你便提到三次「椅子」或者三次「叉子」等等）。規則：如果反覆強調某字，那就表示這字重要，所以作者想要讓它的語音、它的語義，在一個頁面的空間裡迴響。

離題：重複之美的一個例子

海明威有一篇極短的短篇小說〈一位寫字的女讀者〉，頭尾總共只有兩頁，這篇小說分成三個部分：（1）簡短段落，描寫一個女人正在寫信「沒有間斷，沒有刪去，也沒有重寫任何一個字」；（2）信文內容，女人談到她丈夫得花柳病；（3）一段內心獨白，我在這裡將它引出：「她想像著：或許他能夠告訴我該怎麼辦，或許他會告訴我？在報紙上，他的相片看起來很有學問，很有聰明樣。他每天都告訴大家該做什麼。他一定知道。應該做的，我都會去做。可是，這也持續好一段時間了……好長一段時間。真的好長一段時間。天哪，多久以前的事了。我知道得很清楚，他一定去了那個人家送他去的地方，可是卻不知道，他為什麼會染上那個。哦，天啊，但願他沒染上那個。他是如何染上的，我才不想知道。可是天主，我真不希望他染上。他真的不應該那樣。我也不知道怎麼辦。假設他當時沒染病就好了。我真不知道為什麼他得生病。」

這段文字那吸引人的旋律完全是建立在重複這技巧上的。這些重複不是刻意為之（與詩的韻腳有別），而是從每天使用的口語、最自然的語言直接抄錄出來。

我要補充：在散文的發展史中，這篇極短的短篇小說似乎代表了一個全然獨特的情況，也就是說音樂上的考量成為首要；去掉它的旋律，這種文本就完全喪失它存在的理由。

一口氣息

根據卡夫卡自己的說法，他那篇長的短篇小說《審判》是馬不停蹄在一個晚上寫成的。換句話說，他的創作速度飛快，任由那幾乎不加控制的想像力背著奔跑，稍後「速度」便成為超現實主義者綱領中的方法（所謂的自發性寫作），是將潛意識從理性桎梏中解放出來以及讓想像力插翅飛翔的利器。在卡夫卡的作品中，它所扮演的角色其實是差不多的。

卡夫卡式的想像力，一旦被這「方法速度」（vitesse méthodique）喚醒之後，便如江河向前湧動。這條夢幻之流，除非到了章節結束，否則是絕不會歇止下來的。這想像力的好長一口氣息則反映在句法的特徵上面：在卡夫卡的小說中，幾乎不曾出現過冒號（引述對話的慣常用法不在此限），而分號的用法也是出奇地稀少。如果仔細檢查他的手稿（費雪〔Fischer〕在一九八二年出版了該作品的校勘本），我們就可以發現，就連逗點這種從句法規則角度來看明顯不可或缺的符號也常不見蹤影。文本只區分成數目很有限的段落。這種「弱化銜接轉換」的趨勢，也就是說，區分段落，少用重要停頓（卡夫卡本人在重讀手稿時，甚至經常將句點改成逗號），少用強調文本邏輯組織的符號（冒號、分號），這已經是卡夫卡文風的一部分了。不但如此，這種做法還是對德文「典雅風格」的不斷侵犯（翻成外文以後，卡夫卡更對那些語言的「典雅風格」進行挑釁）。

卡夫卡並沒有為《城堡》一書設下定稿，因此我們不妨猜測，作者一定還想日後能對其中的文字，甚至標點符號進行改動。因此，卡夫卡第一位編輯者馬克思・布羅赫為了使他的作品更容易閱讀，經常在文本中另闢一個段落或者加上一個分號。對這件事，我並不特別覺得反感（當然，也不覺得好感）。實際上，即便是在布羅赫的版本裡，卡夫卡句法結構的大體特徵還是清楚可見，整部小說仍保有、存有那口長長氣息。

讓我們回來探討第三章的那個句子：這個句子比較長，有逗點，但沒有分號

（手稿沒有，所有的德文版也沒有）。這個句子在維阿拉特的譯本裡最令我不自在的地方是：譯者擅自添加分號。分號代表一個邏輯段落的終結，是一處要求聲調降低，稍作休息的停頓。這個停頓（從句法規則的角度來看雖是正確無誤）把卡夫卡那口長長氣息給攔腰斬了。大衛更進一步，用兩個分號將句子分割成三部分。卡夫卡在整個第三章總共只用了一次分號（根據他的手稿），而大衛在這譯句裡面一口氣就用了兩次，就更顯得突兀了。在馬克思．布羅赫的版本中計有十三個分號，維阿拉特的有三十一個，至於洛特拉里則有二十八個，外加三個冒號。

排版印刷的樣貌

卡夫卡散文那悠長又醉人的飛翔，讀者可以從文本排版印刷的方式一窺究竟。我們經常看到，光是一個段落就綿延不絕，佔了好多篇幅，甚至把長段的對話都閉鎖其中。在卡夫卡的手稿裡，第三章只分割成兩個極長的段落，在布羅赫的版本裡有五個，在維阿拉特的譯本裡，這數目陡增為九十，而洛特拉里的更多至九十五個。法國的譯者都為卡夫卡的各小說文本增添了原不屬於它們的連貫銜接：段落數目增加許多，個別長度自然縮短，譯者自認為如此一來文本組織更有邏輯、更加合理，另外又將對話語句分開，以此增加戲劇張力。

在我們所知道的卡夫卡外語譯本裡，沒有哪個譯者改動了原文裡的分段。為什麼法文譯者偏要畫蛇添足（而且全都是這樣，一個也沒例外）？當然，其中必有緣故。「七星文庫」裡所收錄卡夫卡小說創作光是註釋就超過五百頁，可是卻沒有一個句子解釋了這理由。

作為結語：大小字體之我見

卡夫卡堅持自己的作品必須以極大的字體來印刷。今天大家回憶起這件事，不過就以寬容的態度，帶個微笑說道：偉大人物常有心血來潮的時候。然而，這裡面可有著得斂起笑容，嚴肅面對的事：卡夫卡的願望是合邏輯的，有適切理由的，是正經的，和他的美學態度，或者，說得更具體一些，和他散文起承轉合的方式有密切關聯。

慣用小段落來架構文本的作者應該不會如此堅持用大字體，這種頁面是很容易閱讀的。

相反的，一個文本要是滔滔不絕，一句接著一句，看不到段落結束的話，那是不容易閱讀的。我們的眼睛找不到可以停止、可以歇息的空白處，到最後，眼睛常會花掉。如此一種版本，如果要讓讀者充分享受閱讀的樂趣（也就是說，眼睛不覺疲累），那麼一定要用比較大的字體來印刷，讓閱讀的過程輕鬆一些。而且任何時刻，只要讀者想要暫停一下，仔細品味句子的美感時，他都能任意為之。

我參考了《城堡》德文版的袖珍本，長不見尾的段落在印刷時，居然三十九行可憐兮兮地擠在小小一個頁面上，根本不能閱讀。堅持去讀，文本好像成了資料或者報導，無論如何都不能稱之為具有美學目的的文本。在這本書長達四十頁左右的附錄裡，則收了卡夫卡在手稿中就已經刪去的部分。出版商才不在乎卡夫卡為何堅持自己的作品得以大字體印刷面世（為了一些美學上的適切理由），他只是在乎把卡夫卡親手刪去的句子再找回來。作者基於美學立場所做的考量常常被人輕忽對待。因此，卡夫卡死後作品所遭遇的悲慘命運也就不難理解了。[57]

57. 譯註：作者於本書探討翻譯用詞，中文翻譯時盡量貼近原文原意，但因各國語文語法結構本質上的差異，無法盡同，還請讀者見諒。

第五部

追尋逝去的現在

1

在西班牙內陸，位於巴塞隆納和馬德里之間的某處，有兩個人坐在一個小火車站的酒吧裡，一個美國男人和一位年輕女子。我們只知道他們在等開往馬德里的火車，那個女子要去動手術，墮胎術應該錯不了（可是墮胎一詞自始至終未曾提及），除此之外，我們無從知道他們任何事情。我們不知道他們是誰，多大年紀，彼此是否相愛，也不知道什麼原因導致他們要做出這種決定。他們的對話，即便以極精確的方式重現出來，也無法讓讀者明白他們的動機或者是他們的過去。

那位年輕女子很是緊張，而那男的便安慰她道：「這種手術只是聽起來嚇人，吉格（Jig）。其實還不能稱得上是真正的手術。」接著又道：「我會陪妳去，而且一直待在妳的身邊……」然後又是：「過後一切就好了，完全像我們以前一樣。」

後來他覺得那年輕女子心裡起了一點煩躁，他就說道：「好吧，如果妳不願意，那就不該去做，如果妳不想要，我也不要妳做。」到了最後，重新又道：「妳要明白，如果妳不想要，我也不要妳做，要是這對妳意義重大，那我完全可以配合。」

從那年輕女子的回答裡，我們猜中了她在道德方面的顧忌。她一面看著風景，一面答道：「真沒想到，本來這些可以全有，本來可以全有這些，可是日子一天一天過去，就越不可能了。」

男的想要安撫她：「一切還是歸我們所有……」

「不是，一旦人家從你那裡拿走，以後就沒有了。」

男的再度要安慰她手術沒有風險，女的回答他道：「能不能請你幫個忙？」

「什麼事我都願意。」

「能不能請你請你請你請你請你請你請你閉嘴？」

男的回答她道：「可是我也不是願意妳去做的呀！去或不去在我看來都是一樣。」

「我要叫了！」女子回答道。

這時兩人的緊張關係達到頂點。男子起身，將行李提到車站的另一邊回來以後問道：「妳覺得好些了沒有？」

「還好，沒有問題，還好。」這就是恩斯特．海明威著名短篇小說〈白象一般的山丘〉（Hills Like White Elephants）裡最後的幾個字。

2

這篇長度只有五頁的短篇小說委實耐人尋味。因為從對話出發，讀者可以猜想不少的故事：男的已婚，現在強迫他的情人墮胎，為的是要擺平他的老婆。男的單身，只因為擔心生活會變得複雜，因此希望女子墮胎；不過男子也有可能不具預設立場，只是預先分析給那女子知道，小孩出世會給女子造成什麼壓力。會不會是那個男的病入膏肓，擔心日後那寡母孤兒單獨生活。我們甚至可以想像，孩子父親另有其人，女子離開了他，準備跟那個美國人一起，而美國人建議她去墮胎，但是如果女子不肯，他也準備擔負起父親的角色。而那年輕女子？她已聽從情夫的建議，同意墮胎；不過，也有可能是她自願，可是手術日期漸漸逼近，她的勇氣一下全沒了，而且覺得罪惡，所以還在良心上做最後抗拒，那句硬話對象是自己的良心，而非她的男友。事實上，這種杜撰可以是毫無節制地進行下去的。至於人物性格，要做出判斷也是同樣棘手：那個男的可能體貼溫柔、愛意滿盈；也可能是個自私狡猾的偽君子。女子可能過度敏感、細膩而且道德標準甚高，但也可能任性、做作，喜歡表演歇斯底里式的發作場面。

每句對話，說出口的態度並無任何說明：是快？是慢？是帶酸氣還是溫柔？是惡狠狠還是疲憊不堪？因為如此，他們的行為背後所隱藏的真正動機就更難以探知。那男的說：「妳知道我愛妳。」年輕女子答道：「我知道。」但是，「我知道」三個字到底什麼含義？她真是相信男的對她有真愛？還是她用諷刺的語氣說出來的？為什麼要用這種語氣說話？是這位年輕女子不信男子的愛？還是這位男人的愛對她來說已經無足輕重？

除了對話之外，這篇短篇小說只包含幾個必要的描述；就算是一般劇本裡的場景交代恐怕都比這段作品要多。在這極度的簡約裡，只有一個主題倒是例外：綿延在地平線上的白色山丘；這描述出現了好幾次，是這作品裡唯一的隱喻。海明威並不是特別喜歡運用隱喻的作家。可是隱喻並不是敘述者的而是屬於那年輕女子的，是她每次在凝望山丘之後才會說道：「好像一群白色的象。」

男的聽了，一面大口飲下啤酒，一面答道：「以前從來沒看出來。」

「是，你本來就看不出來。」

那男的回答道：「本來可以，就算妳說我本來就看不出來，也不能證明什麼。」

在這四句你來我往裡面，從句子的不同，甚至對立裡面已經可以看出兩人的性格：男子對女子的詩興表示了保留的態度（「以前從沒看出來」）。她也針鋒相對，回敬他道：「你本來就看不出來。」好像在責備他沒有詩情，而那男的（彷彿以前他就受過類似奚落，而且觸到他的痛處）立刻自我辯護（「本來可以」）。

過了不久，男的向那年輕女子保證自己對她的愛，後者便回答道：「可是，如果我去做了（意即墮胎），還算不錯，如果我說山像大象，你會喜歡？」

「我會喜歡，現在就喜歡了，只是自己想不出來。」

所以，是不是因為對這隱喻的態度不同，就可以突顯他們兩個個性的差異呢？年輕女子是情感纖細而富詩情，男的則是平庸乏味？

我們不妨將那女子看成比那男的更有詩情。可是反過來看，女子想出這個隱喻，是不是也說明了她個性中有矯揉造作、愛裝風雅的傾向？她展露了小小詩情，只為被旁人讚許為想像力強又有創意？如果情況真是如此，那麼從她的嘴裡吐出的言詞（關於墮胎之後不再隸屬於他們的那個世界）所包藏的倫理道德只能歸因於她愛好暴露詩情的本性，而不是表達一個行將放棄母性的女子她心中真正的絕望。

沒錯，在這既簡單又平凡的對話背後所隱藏的東西實在教人難以真切明白。每個男人都可以跟那個美國男人一樣，說出相同的話，而每個女人也都可和那年輕女子一樣，造出相同句子。一個男的到底愛不愛一個女人，到底他是言不由衷抑或真心相待，反正說出來的都是那一番話。彷彿自從開天闢地以來，這段對話便已等在那裡，等著世間無數對的男女將它說出，但是與他們各自的心理狀態均無關聯。

既然角色最後也沒下定什麼決心，那麼讀者當然不能在道德的層面上來批評他們。在他們來到車站的那一刻，一切都已成為定局，在此之前，他們已經互相解釋過千百次，已經討論過各種得失；現在，先前的爭吵（先前的討論、先前的發作）只能透過對話若有似無地隱約呈現出來。在這種對話裡，沒什麼事情還可受到左右，字詞不過就是字詞罷了。

3

即使這篇短篇小說極其「抽象」，描寫一個幾乎是可做為原型的情況，它同時也是非常具體的過程。因為試圖捕捉一個情況，特別是一段對話的視覺以及聽覺表象，所以非常具體。

讀者不妨自己試著重建你生活裡的一段對話，爭吵時的，談情說愛的皆可。那些最珍貴的、最重要的情境已經一去不復返了。所留下的，只有其抽象的意義（我那時為某個觀點辯論，而他則支持另一個，那時我採取攻勢，他採守勢），至於細節至多記得一個、兩個，而那情境具體聽覺、視覺的連貫過程早已一去不復返了。

不僅是一去不復返了，而且我們對這失落根本不感驚訝。我們對於當下喪失的具體顯得相當認命。我們將此時此刻立即轉化成它的抽象。只要是試著敘述一下幾個小時前才發生的一件事情便知分曉：對話簡化成短短摘要，場景濃縮成幾個一般性的數據資料。那些最清晰的記憶，比方心靈創痛，亦復如此：我們的心智被它的力量給沖昏了，以至於無法弄得清楚，記憶的內容多麼貧乏，多麼只留梗概。

我們如果研究、討論、分析一件事實，我們只能夠依據它在我們心裡，在我們記憶裡的樣子加以分析。我們能夠認識事實，但是只在過去的框架裡來認識。我們絕不可能以它目前當下的樣子，在它發展的過程裡去掌握它。

可是當下畢竟和日後對它的回憶不同。回憶不是遺忘的相反詞，它是遺忘的一種形式。

我們當然可以勤奮不輟每天都寫日記，並且把所有事件記錄下來。可是有一天我們回過頭來重讀這些文字時，就會明白，它完全無法喚起任何一個具體的意象。更糟的是，想像力就算祭出來，也無法幫助我們的記憶，並且重建被遺忘的。因為當下，當下的具體面，做為一個被檢視的現象，做為一個「結構體系」，對我們來講還是一個未知的領域；因此，我們不知道將它留置在記憶裡或者用想像力來重建它。一直到死，我們都不知道自己所經歷過的。

4

當下那飄忽不可掌握的現實總是一去不再回頭，而小說史要到它發展過程中的某個時代才產生如何抗拒這現象的需求。薄伽丘的短篇小說集是這種抽象作用的例子：在這抽象作用裡面，只要敘述者開始講故事，過去便會發生轉化。在這類敘述中，沒有任何具體場景，幾乎沒有對話，只像一篇摘要，只把事件的要素、故事的因果邏輯告訴我們。薄伽丘之後的小說家是一流的說故事者，可是抓住當下的具體面，一來不是他們關心的事，二來不是他們雄心所向。他們敘述一個故事，卻不必以具體的場景來想像它。

在小說文本構成（小說家展現精湛技巧的場域）的過程中，場景在十九世紀的初期成為了基本元素。在史考特（Scott）、巴爾札克、杜斯妥也夫斯基的創作中，小說好像是一系列描寫不憚其煩，情況、對話、動作一應俱全的場景；所有和這一系列場景無關的，所有不是場景的，都被認為是次要的，甚至是多餘的。小說倒成了一本內容豐富的劇情概要。

一旦場景成了小說裡的基本元素，真實，當下原封不動所呈現的真實，就成了潛在的問題了。為何說是潛在？因為在巴爾札克或杜斯妥也夫斯基的作品裡，我們看到的是作者對戲劇張力而非對具體性的愛好。也就是說，啟發場景藝術的是戲劇而非真事。事實上，那時誕生的小說新美學（「第二階段」小說的美學）是以戲劇化特色的文本構成來呈現的；也就是意味著，文本構成必須注重：

（1）只有一套劇情（這和流行於十六至十八世紀西班牙，以流浪冒險的無賴、騙徒、乞丐為主角的小說有多條劇情主軸的風格大異其趣）；（2）相同一組人物（對塞萬提斯而言，人物在情節發展到一半便永遠出局是件平常的事，但到十九世紀則被視為缺點）；（3）時間必須要短（即使小說頭尾之間是段長時間，動作本身卻只能在挑選出來的數天中開展；因此，例如《惡魔》一書的情節雖然前後持續幾個月的時間，可是動作本身雖然異常複雜，也分別在兩天，然後三天，接著又是兩天，最後是五天裡完成的）。

在這種巴爾札克式或是杜斯妥也夫斯基式的文本構成裡面，完全是透過場景將情節的複雜，思想的豐富（比方杜斯妥也夫斯基表達偉大理念的那些經典對話）以及人物的心理狀況清晰地呈現出來。所以，一個場景，就像一部戲劇作品，應該經過人為加工，變得濃縮、密實（一個單一場景裡面進行多次角色間的接觸），而且以不可思議的嚴格邏輯（為了讓利益和情感的衝突顯而易見）加以鋪陳；為了表達現有的本質要素（為了了解動作及其意義，強調本質要素是必要的），場景必須割捨所有「非本質要素」的成分，也就是說，一切平凡的、普通的、流水帳的，必須排除偶發或純粹是氣氛的成分。

要等到福婁拜（海明威曾在寫給福克納的信中稱他為「我們最值得尊敬的大師」），小說才從戲劇性裡掙脫出來。在他的小說中，人物常常是在日常生活的普通環境裡碰頭的。這種環境（由於它的無所謂、它的不特意謹慎、它的氛圍以及魅力，一個情況因此更加動人，更加難忘）不斷地介入人物間私密的故事。《包法利夫人》中的艾瑪和雷翁約在教堂裡私會，可是來了一個導遊，說了一堆冗長無用的嘮叨話，硬把兩人的單獨聚首給破壞了。蒙戴爾朗[58]在替《包法利夫人》寫序的時候，對於蓄意將一個反襯主題置入場景的做法著實揶揄了一頓，可是這種諷刺做法用錯地方。加入這種反襯場景絕不是「藝術上的裝腔作勢」，而是一種「發現」，是本體論意義上的「發現」：發現當下時刻的結構，發現我們日常生活基礎上那恆常並存的平凡性和戲劇性。

抓住當下此刻的具體面，正是小說史從福婁拜以降，最具代表性的特色之一。其中集大成的巔峰之作當推喬伊斯的《尤利西斯》。在那將近九百多頁篇幅裡，才描述十八個小時的生活片段：布倫（Bloom）和麥克闊依（M'Coy）在街上停下腳步，在一秒鐘的瞬間裡，在兩句接續而來的對話間，已經發生了無數的事：布倫的內心獨白，他的動作（手伸在口袋裡，摸到一封情書的信封），所有他看見的（一位女士登上敞篷四輪馬車，露出腿部等等），所有他聽到的，所有他感受到的。當下一秒鐘在喬伊斯的筆下成了一個小小無限。

5

在史詩藝術和戲劇裡，對具體性的嗜好是以不同的力量來呈現的；它們和散文各自不等的關係便可做為見證。史詩藝術在十六、十七世紀間開始不用詩體創作，因而變成了一門新的藝術：小說。而戲劇文學要到更晚，而且很緩慢地才從詩體過渡到散文。至於歌劇就更遲，一直要等到十九世紀、二十世紀之交才成功轉型，代表作有夏賀邦提[59]（Charpentier）的《露薏茲》（Louise，一九〇〇年）和德布西的《佩雷亞斯與梅利桑德》（Pelleas et Melisande，一九〇二年，不過它的文字是高度風格化的詩味散文），以及亞納切克的《葉努法》（Jenufa，於一八九六至一九〇二年間寫成）。根據我的看法，亞納切克是現代藝術階段中，歌劇美學最重要的開創

58. Henry de Montherlant，法國作家、小說家，一八九五～一九七二年。
59. Gustave Charpentier，法國作曲家，一八六〇～一九五六年。

者。我說「根據我的看法」，那是我不願意掩飾我個人對他的偏好。話雖如此，我認為自己沒看走眼，因為亞納切克的貢獻是巨大的：他為歌劇藝術發現了新世界，散文這個新世界。我並沒說他是唯一這樣做的（伯格於一九二五年推出的《伍采克》（Wozzeck），這個連亞納切克都為它辯護的作品，甚至於普朗克於一九五九年推出的《人性之聲》（La Voix humaine）都和他的風格相當近似），可是只有他在前後三十年的時間裡，鍥而不捨地追求他的目標，豐碩的成果表現在下列五部傑作裡面：《葉努法》、《卡提亞卡巴若瓦》（Katia Kabanova，一九二一年）、《狡猾母狐》（一九二四年）、《馬克羅普洛斯事件》（L'affaire Makropoulos，一九二六年）以及一九二八年的《死者之屋》（De la maison des morts）。

我說他發現了散文這個「世界」，因為散文不僅是異於詩體、很清楚的一種話語形式，它還是真實性、日常性、具體性、短暫性的一個面貌，是和神話處於對立點上的。說到這裡，我們觸及了所有小說家最深刻的信念：沒有任何東西比生活的「散文」掩藏得更好的了；你我所有的人總是一直試圖把自己生活變成神話。打個比方：好像試圖將生活用詩體記錄，用詩體（用蹩腳的詩）來隱瞞它。如果說，小說不僅是種文類，而且也是一門藝術的話，那麼發現散文則是它本體論意義上的任務。除它之外，沒有任何其他一門藝術可以完全肩負這項任務的。

在小說邁向散文奧祕的路上，邁向散文優美的路上（因為，做為一門藝術，小說所發現的散文應是它優美的那一面），福婁拜可以說跨出了極巨大的一步。在歌劇的歷史中，半個世紀後的亞納切克也完成了福婁拜的革命。如果這種革命在小說史上發生看起來是自然而然（彷彿艾瑪和羅朵夫在農業促進會裡相遇的那一場景幾乎已經成為不可避免的手法，牢嵌在小說這文類的基因裡面），可是將它搬到歌劇裡面卻是大膽的、令人措手不及的、令人感覺不快的：虛幻和高度風格化似乎是與歌劇本質不可分開的兩項要素。而那革命從根本挑釁了這個原理。

每當那些偉大的現代藝術主義音樂家嘗試寫作歌劇時，他們經常要比十九世紀的先驅採取更根本的風格化辦法：比方何內克（Honegger）向《聖經》或傳說尋找主題，並以介於歌劇和清唱劇之間的形式來包裝它。巴爾托克所寫的唯一一部歌劇也是以象徵主義的寓言做為主題。荀伯克前後寫了兩部歌劇：其一是寓言，其二是將一場描寫幾乎是瘋狂行為的極端情景搬上舞台。史特拉汶斯基的歌劇作品全以詩體寫就而且極度地被風格化。亞納切克的做法不僅與歌劇傳統分道揚鑣，而且還與現代歌劇的主流方向南轅北轍。

6

一幅很有名的圖畫：一個長著濃密雪白頭髮並且蓄有鬍鬚的矮小男士，手裡拿著一本打開了的筆記本，一面閒步，一面將他在街市聽到的人語轉成音符。這是他的愛好：將活生生的語言以音符加以記寫；他在身後留下了一百來件這類的「口語音調」。這種令人好奇的舉動在他同時代人的眼裡有著正反兩極的評價。欣賞他的，說他是富有創意的人當中最好的那一位；藐視他的，說他無知，總沒弄懂音樂是創造，而非對生活的自然主義式的模仿。

問題並非到底該不該模仿生活，而是，音樂家是不是允許音樂以外另有其他有聲世界，並且可以加以研究。對口語的研究有助於明白亞納切克所有音樂的兩個基礎面向：

它在旋律上的原創性：到了浪漫主義時代末期，歐洲音樂的旋律寶藏似乎已經用罄（事實上，七音系統和十二音系統的排列數目在算術上是有限的）。亞納切克對音調的熟稔並非來自音樂而是來自言語的客觀世界。這點讓他得以進入另外一種靈感，進入另一種旋律想像的源頭。他的旋律（或許他可算是音樂史最後一位偉大的旋律發明者）因此具有一種非常獨特的性質，而且一聽就很容易立刻認出：（1）和史特拉汶斯基的金科玉律（「運用音程得要節省，好像花鈔票一樣」）正好相反，亞納切克的旋律包含許多不尋常的音程，這在以前所謂優美的旋律裡是不可思議的事；（2）這些旋律非常簡潔、密實，而且幾乎不可能以先前常見的技巧開展它、延長它、完善它。如果強行為之，這些旋律立刻顯得虛假、造作，「好像說謊一樣」。換句話說，它們只能夠以自己的方式開展：要麼就是重複（頑強地一直重複），要麼就以語言的方式來處理：例如，漸漸「增強」（好像說話的人在堅持什麼或者請求什麼）等等。

它在心理上的取向：在探討口語的過程中，最引起亞納切克興趣的倒不是言語（捷克語）特有的節奏或是它的韻律（亞納切克的歌劇裡沒有任何一段宣敘調），而是說話者一時的心理狀態對於說話聲調的影響。他嘗試要明白「旋律的語意」（這個觀念和史特拉汶斯基正好一百八十度的不同，因為史氏並不賦予音樂任何表現能力；在亞納切克的想法裡，音符就是表現，就是情緒，只有它有存在的權利），亞納切克仔細觀察語調和情緒之間的關聯性，做為一位音樂家因而獲致了一種絕無僅有的、心理上的澄澈清醒，他那真正「心理的熱烈」。（走筆至此，我們想起，阿多諾曾說：史特拉汶斯基的音樂含有「反心理的熱烈」，這在他的作品裡處處顯露出來。由於這種熱烈，他才特別轉向歌劇創作，因為在這上面，「以音樂定義情緒」的能力才能獲得發展，方能比在別的領域裡更完美地自我檢驗。）

7

在現實裡，在當下的具體性裡，對話究竟算是什麼？我們沒有答案，我們只知道：劇場裡的對話，小說裡的對話，甚至電台裡聽到的對話都不像真實的對話。這絕對是海明威小說裡的一個藝術主題：抓住現實中的對話的結構。我們不妨嘗試將這種現實對話和劇場對話做個比較，以便清楚確定前者的結構：

在劇場裡，戲劇情節得靠對話，並且在對話裡才能實現，因此這種對話完全針對動作的意義及其內容；在現實裡，對話被日常性所圍繞，被它打斷，被它拖延，被它改變開展的方向，被它偏移並且在它的影響之下變得既不成系統又不合邏輯。

在劇場裡，對話必得使觀眾透徹明白劇中的戲劇衝突以及角色個性；在現實裡，交談的人彼此認識而且知道對話主題為何。對一個旁觀的第三者而言，他們的對話他絕對無法全盤理解，到頭來，言語的謎樣色彩仍濃，好像可解釋部分只如一片小小面積，漂浮在不可解的汪洋上面。

在劇場裡，劇本演出時間有限，這意味著對話裡面遣詞用字必須符合最大的經濟效益；在現實裡，談話對象會回到先前已討論過的主題，有時舊話重提，有時還要更正適才自己所說過的等等。這些重複，這些不夠靈巧洩露了談話雙方的成見，並且使得對話帶有特別的旋律。

海明威不但懂得如何掌握現實裡的對話結構，而且還能從它出發，造出一種形式簡單的、透明的、清澈的、優美的，一如〈白象一般的山丘〉裡所呈現的對話。

美國男人和年輕女子的交談是以輕輕慢慢的節奏開始的，先說了一些無關痛癢的話，相同的字眼，相同的詞組，從小說的起始到終了不斷重複出現，為這作品增添了旋律的整齊性（海明威喜將對話加以旋律化，得到效果如此迷人，如此教人印象深刻）；酒吧的老闆娘端來飲料的插曲暫時減低了那對男女間的緊張。不過，這份緊張依然逐漸在暗中增溫，在小說的尾聲達到頂點（請你請你請你……閉嘴）。最後，在小說末了那幾個字裡，這份緊張突然以極輕柔方式化解掉了。

8

「二月十五日向晚時分。火車站旁。十八點的暮色。兩位年輕女子等著。人行道上，身材較高的那一位，面頰粉紅，穿著一件冬季紅色大衣，兀自抖著。

突然她開口說：

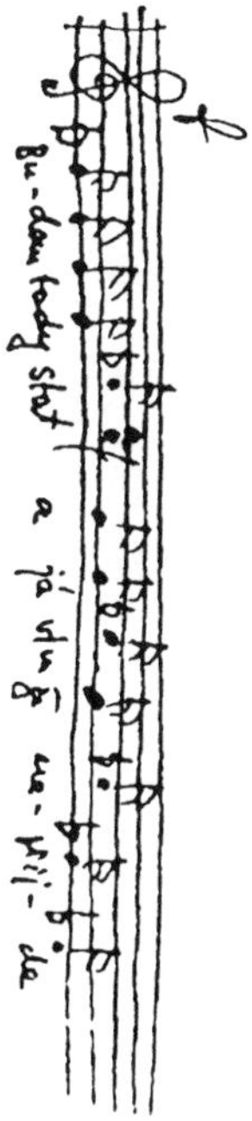

『我們在這裡乾等著，我知道他不會來。』她的同伴，面頰慘白，穿著一件破舊裙子，打斷對方最後一個音符，從靈魂的深處發出像迴音般暗慘慘的聲調：

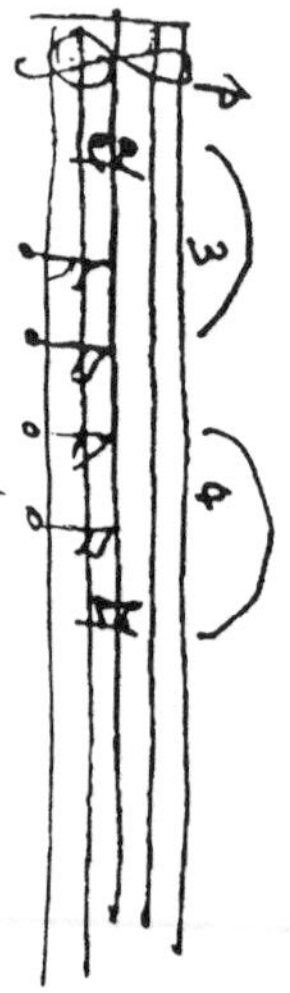

『我不在乎。』她的身軀動也不動，既想反抗，又想等待。」

亞納切克經常在捷克的報紙上發表像上文這一類附有樂譜的文本。我們試想，「我們在這裡乾等著，我知道他不會來」這句答話，讓一位演員在觀眾面前高聲讀出，我們很可能會覺得她的聲調中透著虛假。她可能以你我記憶中，能想像到的樣子來唸這句話；或者，單純就以能感動觀眾的方式來唸。可是，在現實的情況中，這個句子該如何說呢？這個句子的「旋律真實」是什麼？一個逝去的時光裡，某片刻的「旋律真實」又是什麼？

追尋逝去的當下，追尋某個片刻的旋律真實；想要出其不意，抓住這稍縱即逝的真實；想要識破當下時刻的奧祕，那個恆常脫離我們的生活而去的當下時刻，而我們的生活正是這世界上我們所知最少的。在我看來，這便是研究口頭語言的本體論意義，或許也是亞納切克所有音樂的本體論內涵。

《葉努法》的第二幕：得了產褥熱，臥病數天之後，葉努法下床的時候人家告訴她嬰兒死了。她的反應出人意表：「那麼，他死了。那麼，他就變成小天使了。」她以平靜的態度唱出這些句子，多奇怪的方式來表達她的驚訝！好像麻木癱瘓、沒有呼喊、沒有動作。旋律的曲線升高許多次，可是瞬間全又跌落下去，彷彿連這曲線也麻木癱瘓。多麼美麗，多麼感人但又不失精確。

當時，捷克最有影響力的作曲家諾瓦克（Novak）曾經嘲笑過這個場景，好像葉努法只在惋惜死了一隻鸚鵡。多麼愚蠢的嘲弄啊！當然，在大家的想像中，一個女人聽到自己小孩的死訊時，斷然不會這個樣子。可是一件事情，人們腦海中想像的一件事情，是和它真實發生時的場面，沒有太大相似處的。

亞納切克最早的幾部歌劇作品，是以所謂的寫實主義的劇本來改編的。在那時代，這種做法算是大大顛覆傳統。可是在他渴求具體實在的前提下，甚至連散文歌劇很快在他眼裡就被視為不自然了。因此，他那兩部最前衛歌劇作品《狡猾母狐》和《死者之屋》，其腳本的撰寫絕不假手他人，而是親力為之。《狡猾母狐》是根據一部日報裡連載小說改編的，而另外那部歌劇則取材自杜斯妥也夫斯基的作品，但不是從杜氏的小說（他的小說滿滿都是非自然和戲劇性的陷阱！）而是從他一篇對西伯利亞的報導（〈死者之屋的回憶〉）改編而成的。

亞納切克和福婁拜一樣，都對同一場景中可以並存不同情緒內涵這一件事感到著迷（他知道福婁拜反襯主題吸引人的所在）；所以，在他的歌劇中，樂團奏樂不是來烘托，而是和歌曲情緒內涵來唱反調的。《狡猾母狐》裡的某一景特別讓我感動：在一間位於森林的客棧裡，客棧老闆娘和一位村小學的教師以及一位獵場看守員閒聊著：他們談起了多位不在場的朋友，包括那天有事進城的客棧老闆，已經搬家的神父以及一位剛剛結婚，但以前是那個小學教師心儀的女孩子。這段對話其實平凡無奇（在亞納切克之前，歌劇的舞台上從未出現這樣缺乏戲劇張力而且如此家常的場面），可是樂團奏的音樂卻逸散出濃得化不開的懷舊傷感，幾乎教人無法承受，以至於這一場景成了音樂史上處理「韶光易逝」主題上數一數二最美的哀歌。

9

當時布拉格歌劇院的總監，是個才情中等以下，名叫柯瓦羅維奇（Kovarovic）的樂團指揮兼作曲家。整整十四年當中，他一直拒絕將《葉努法》搬上舞台。雖然他最後終於讓步（一九一六年，由他自己策劃《葉努法》在布拉格的首演），但他從不放過機會，強調亞納切克只是業餘愛好，半吊子的玩家，而且對該作品的樂譜大做刪改，同時對配器樂法做出修正。

亞納切克難道不會反應？當然不很爽快。可是大家知道，一切看誰強誰弱。正好亞納切克是弱的這邊，那時他已經六十二歲而且幾乎沒人認識他。如果他在這節骨眼上發作起來，說不定首演日期再往後延個十年。另外，即使擁護亞納切克的樂迷，在大師出其不意大獲成功的欣喜之餘，也不免全部異口同聲說道：「柯瓦羅維奇幹得多成功！真有他的，說到那最後一幕，真可謂千古絕唱呀！」

最後一幕：大家尋獲葉努法私生子溺斃的遺體之後，繼母承認自己幹的勾當，並且被警方帶走。現場只剩下葉努法和拉卡兩人。先前葉努法沒有選擇拉卡，另外愛了別人，可是拉卡一直還對她深情款款，所以決定留下來陪她。橫擺在這對男女眼前的唯有貧苦、羞辱以及流落他鄉一途。無法模仿的氣氛：逆來順受，悲涼哀傷可是又有無限憐憫。豎琴以及其他弦樂奏出柔美音響；氣勢磅礴的悲劇結束，以出人意表的方式，伴隨親密感人的寧靜歌唱。

可是，歌劇可以這樣收場嗎？柯瓦羅維奇把它的結局變成頌揚愛情的至高無上。誰敢反對這種頌揚？而且頌揚總是較不費勁的事：只要加入銅管樂器以對位法撐住旋律即可。這種手法相當有效，以前試過千百次了。柯瓦羅維奇真是深諳此道。

亞納切克被那些捷克同胞勢利相待，在飽嘗屈辱之後卻在作家馬克思．布羅赫的身上找到堅固而且忠誠的支持。可是當布羅赫研究過《狡猾母狐》的樂譜之後卻對於它的結尾不甚滿意。該部歌劇的最後一段文字，一隻講話結巴的小青蛙向看守森林的人說了一個笑話：「你你以為看看到的是是我，其實是我我的祖父。」「Mit dem frosch zu schiessen, ist unmöglich.」（以青蛙做為收場，這使不得），這是布羅赫在一封信裡面提到的話。他建議收尾的最後一個句子最好應由那位森林看守唱上一段莊嚴肅穆的宣告，比方春回大地或者青春那永恆的力量。又是頌揚。

可是這次亞納切克不願意再妥協。現在他已蜚聲國際，不再是個弱者。但是，《死者之屋》首演之前，他又重居劣勢，因為這次他辭世了。歌劇的結尾氣勢很壯觀，主角從集中營裡被釋放出來。他和其他囚犯將「自由！自由！」唱得響徹雲霄。

接著指揮官咆哮道：「快去幹活！」歌劇居然是以這種粗聲粗氣、令人幹苦活的叱罵，外帶鐵鏈拖地的聲音收場。亞納切克死後的首演是由他的一位弟子所執導的（這位弟子也負責將亞氏那幾首尚未寫好的樂譜加以定稿出版）。他擅自竄改了最後那幾頁，因此作品最後又聽見「自由！自由！」並且被延展成一個另加上去的結尾，歡樂的結尾，頌揚式的結尾（又來了）。這種狗尾續貂的做法絕非成全了作者的意圖，在這虛假不實的結尾裡，歌劇的真實性登時煙消雲散。

我翻開傑弗瑞．梅耶（Jeffrey Meyers）這位美國某大學文學教授在一九八五年所寫的書，是海明威的傳記。我讀了關於〈白象一般的山丘〉的文字。第一件我學到的事：那短篇或許描述海明威面對哈德莉（海明威的第一任妻子）再度懷孕這消息時的反應。下面我把這段文字抄錄在後，括弧內的文字是我本人的評論：

「將山丘和白象相比較正是故事意義的核心。白象是種虛擬的動物，代表沒有用的東西，好像那個不受歡迎的胎兒（這種將白象和胎兒互相比較實在有些牽強，這不是海明威的意見，只是教授自己的主張。這個比較使得小說的詮釋蒙上傷感調調）。這個手法變成討論主題，並且使得男女兩方形成對立態勢：女的想像力豐富，深深被那風景感動，而男的平庸現實，根本拒絕接納對方觀點。（……）該短篇小說是從一系列的對立裡開展的：自然與人為對立，直觀與理性對立，深思熟慮與絮絮叨叨對立，活潑與死沉對立（教授的意圖至此昭然若揭：在道德上將那女的放在正面，將那男的置於負面）。那男的一切以自我為中心，（本文中有哪點可以讓讀者這樣看待他呢？）女方的情感一絲一毫也不能滲進他的心裡，（憑什麼這樣斷言？）他只是想勸動女的去墮胎，以便將來和往日一樣過活。（……）在那女的看來，墮胎是件完全違反自然的事，所以非常害怕殺嬰的事，（既然嬰兒尚未出世，她又如何殺得了它？）同時也怕自己受苦。那個男的所說的一切全部都是假的（不對，那個男的說的淨是一些不痛不癢的安慰語，在這種情況下，這是唯一的選擇），那個女的每一句話都在諷刺（年輕女子的話語有許多種解讀的方式）。他強迫女的同意去動手術（「如果妳不願意我也不想妳做」，這話他總共說了兩次，而且沒有哪一件事證明他口是心非）以便日後他還能重獲她的愛情（根本無證明她曾經受這男的眷愛，如果這樣，也無所謂丟失），可是男的居然能向女的開口要求這樣的事便意味著女的日後絕不可能再愛他了（憑什麼臆想火車站這幕場景以後不會發生什麼事）。她接受了這種自我毀滅的方式（拿掉胎兒和毀滅那女的根本不是同一件事），但在接受之前，她的人格已經起了分裂，好像杜斯妥也夫斯基筆下那個在地道裡的人，或者像卡夫卡小說裡面的人物約瑟夫．K，總之反映了她丈夫的態度：「那麼我就去做。因為要做不做我都可以。」（反映他人的態度並非人格分裂，否則所有聽命於父母的小孩難道都像約瑟夫．K一樣，人格都分裂了？還有，小說裡面，那個男的從未被冠上丈夫的頭銜，而且也絕不可能是丈夫，因為海明威小說裡面的女性角色總是「girl」（年輕女孩）；要是美國教授前後一致地稱她為「woman」（女人），那就是有意圖的藐視：他言下之意就是那對男女是海明威本人和他的妻子的寫照。）接著，女的離開男的身邊，並且（……）在大自然裡找到慰藉，在小麥田裡、在樹上、在河裡、在遠方的山丘上。當她抬頭凝望山丘，尋找助力的時候，她那寧靜的觀想（我們根本無從知道大自然的景象在那年輕女子的心裡起了什麼感受，不過確定的是，感受絕對不是寧靜，因為在那之後她說出來的話是尖刻的），令人想起《聖經》中〈詩篇〉第一百二十一首。（海明威的風格越簡練的時候，評論者的風格就越浮誇！）可是這種心理狀態卻被對方堅持要繼續討論的態度給破壞了（讓我們重新細讀這短篇，首先開口繼續討論的不是那個美國男人，而是那個年輕女子，她離開了一下，又回來對那個男說話；那個男的只想安撫那個女的，完全無意再啟話局），而且還將她推向情緒失控的邊緣，於是她對男的發出狂亂的籲求：「能不能請你幫個忙（……）那麼，閉嘴，我求求你！」這話讓人想起李爾王的：「不行，不行，不行。」（提及莎士比亞完全沒有意義，就像上文他倚重杜斯妥也夫斯基和卡夫卡一樣。）」

讓我們將摘要再濃縮一下，在美國教授的詮釋裡，這個短篇小說搖身一變成了道德教訓：人物全依照他們墮胎的關係來受批判，而這碼事又先入為主被視為罪惡；因此那個女的（「富想像力」、「被那風景感動」）就代表自然、活潑、直覺以及思考，而那男的（「自我中心」、「平庸現實」）就與造作、理性、絮叨、死沉畫上等號（順便一提，在現代的道德論述中，「理性」代表惡，而「直覺」代表善）。

硬將故事和作者生平扯上關係（以及不懷好意將「girl」說成「woman」，意在讓讀者看出那個負面又不道德的男主角即是海明威本人，並且指他是想透過該短篇小說來招供；在這種情況之下，那對話就喪失了它謎面般的特色，而人物不再具神祕感，對於讀過海明威傳記的人，更完全知道所指為誰了。

該短篇的原創性美學特質（它的非心理性、人物過去背景的特意遮掩、非戲劇性的特質等等）都不再獲重視，甚至糟糕到它的美學特質完全被抹煞了。

從短篇小說一些基礎的資料（一對男女出發要去動墮胎手術），美國教授自己創造了另一個短篇：一個「自我中心」的男人正強迫他的妻子去墮胎。妻子「看不起」丈夫，那個她從此無法再愛的丈夫。新的這篇短篇是絕對的庸俗乏味而且充滿陳詞濫調；不過，由於它前後被拿來和杜斯妥也夫斯基、卡夫卡、《聖經》以及莎士比亞相提並論（教授在短短一個段落裡將文學史上最有威望的作者和作品都聚攏來了），因此也就證明了它的傑作、它的地位。因此，雖然原作者缺乏道德，倒還可以引起教授的興趣。

偉大的藝術作品常被這種俗不可耐的詮釋方式硬判了死刑。在那位美國教授賦予該短篇道德意涵的四十年前，在法國就已有人將它翻譯成法文，並冠上非出自海明威筆下的「失樂園」（Paradis perdu）標題（世界上其他語種的譯本沒有一個以此做標題的），而且道德色彩一樣豐濃。（失樂園：墮胎前的天真無罪，上蒼賜與的母性幸福。真是不一而足！）

說實在話，這種俗不可耐的詮釋方式並不是美國教授或者是本世紀初布拉格那個樂團指揮個人的弊病（在那指揮之後，還有其他樂團指揮前仆後繼地認可他對《葉努法》所做的各種改動）。這個誘惑源自群眾的潛意識，像個看不見的提詞人在我們耳旁灌輸，是社會恆常的嚴格要求，是股力量。這股力量不單單衝著藝術而來，它還瞄準現實本身，所作所為和福婁拜、亞納切克、喬伊斯和海明威的精神背道而馳。它只會為當下這一刻進行老生常談，因此損毀了視覺的真面貌。

所導致的結果便是：你總是無法真切知道你所經歷過的。

第六部

作品與蜘蛛

1

「我思考。」根據傳統文法觀念，每個動詞必有主詞。尼采卻對這斷言提出質疑。實際上他說：「一個人想法要來的時候它便來了，因此如果把『我』編派為『思考』的限定字，那就是顛倒事實了。」一個想法「從外面、從上面或從下面」來到哲學家這邊，「像是發生在他身上的事件或是劈在他身上的雷電」。來臨的速度非常地快。因為尼采偏好「旺盛奔放的智力，以急板速度快跑的智力」，而且瞧不起一般學究，說他們的思想似乎是「緩慢而猶豫不決的活動，有如辛苦活計，配得過一身的汗水，可是完全不是那『輕盈』、神聖、舞蹈以及快樂洋溢。」

根據尼采，一位哲學家「不應該以錯誤的推演或者辨證假造他們經由另一途徑才獲致的東西以及思想（……）我們不應該掩飾或者扭曲思想降臨在我們身上的確實方式。思想最深刻、最取之不竭的書籍應該是具有像巴斯卡《沉思集》裡的那種突發的、名言警句式的特徵。」

「我們不應該掩飾或者扭曲思想降臨在我們身上的確實方式。」我覺得這個前提真了不起，而且我注意到，從《黎明》（Aurore）以後，在他所有的著作裡面，所有的分章都是沒有間斷地寫成一個段落：這是為了讓一個思想得以一氣呵成，這是為了將它原封不動定住；就像它朝哲學家跑來時的原貌，迅速的、舞動的。

2

尼采想要保有思想降臨在我們身上的「確實方式」，這和他另外一個前提密不可分，而且同第一個前提一樣，深深吸引著我：抗拒將我們的理念體系化的誘惑。哲學體系「今天即便勉強還算擺得出來，也都以窘迫、七零八落的方式呈現。」尼采所非難的對象是體系化思想那不可避免的獨斷傾向以及它的形式：「體系的笑劇：體系為了填滿自己的框架，為了整平環繞在其旁的地平線，所以必定要嘗試**以相同的風格來上演自己的強項以及弱點。**」

是我自己把上文最後幾個字改為粗體以示強調的：一個闡明體系的哲學論述總會包含弱點；不是因為哲學家沒有天分，實在是因為論述本身形式的要求。哲學家在達成嶄新的結論以前，常不得不先解釋前人對問題的說法，不得不反駁別人，提出其他解決之道，選擇一個最佳的，替它提出論據，不言而喻的結論和語出驚人的論據等等。而讀者則想跳過幾頁，直搗問題核心，看看哲學家有什麼別出心裁的想法。

在《美學》一書中，黑格爾給了藝術一個精采的總評性意象：我們對這種老鷹睥睨世界般的宏觀視野傾倒不已；可是文本本身卻一點也不引人入勝，因為它並沒有讓讀者看到那迷人的思想奔向哲學家身上並且呈現出來的樣子。「為了填滿自己的體系」，黑格爾仔細描述每個細節，一格接著一格，一公分接著一公分，以至於到後來，它的美學讓人覺得是一隻老鷹和數百隻英勇蜘蛛的共同奮鬥，蜘蛛所織的網覆蓋了這思想畛域的每一個角落。

3

對於安德烈．布賀東《超現實主義的宣言》而言，小說只配做為「低等文類」，它的風格就是「單純訊息」的風格，所提供的訊息具有「精確但無用」的特色：「大家替我省省人物描寫的這些躊躇猶豫吧：他的頭髮是不是金色的？他會叫做什麼名字？……」而小說中的描寫：「有什麼東西比起描寫更無用的？不過就是目錄式的圖像累疊。」接著布賀東引述了《罪與罰》一書裡面關於拉斯闊尼可夫（Raskolnikov）臥房的描述並且對其加以評論：「大家相信這張畫作放的地方恰到好處，作者描寫到這裡可真讓我厭煩至極。」這種細節，布賀東只覺得雞零狗碎，饒無意義，因為「對我生活中無聊時刻我才不屑一顧。」接著小說中的心理描寫，長篇大論的解釋，讀者早就猜到一切：「這主角的動作以及反應早已絕妙地被預知了，因此後文再不可能有出人意表的發展，可是情節一路下來，它卻要裝作好像可能違反推算好的邏輯。」

上述評論雖然預設框框，可是我們卻無法有力地反駁它；它忠實反映了現代藝術對於小說的保留態度。讓我們做個歸納：訊息、描寫、對於生活中無意義時刻的關心根本白費心機、心理分析也讓人物所有的反應早就被讀者摸得一清二楚；總而言之，如果將這些責難再進一步濃縮為一條，那就是了無詩意這致命傷，這點使得小說在布賀東的眼裡變成低等文類。我所謂的詩意是超現實主義者以及所有現代藝術類頌揚的那種東西，而不是具體帶有詩律的文學文類；它是美的某種概念，好像瑰奇的東西迸射出來，是生命裡壯闊的時刻，是激情的凝聚，是帶創意的眼光，是醉人的出其不意。在布賀東的眼裡，小說是「非詩意」的最佳代表。

4

賦格曲：觸發一連串次主題旋律的單一主題，一段音流的長跑，自始至終保有一慣特質，相同的節奏悸動，渾然一體。自從巴哈以後，音樂古典主義君臨，一切全改觀了：旋律主題變得既短又閉鎖；因為它短，所以單一主題幾乎不再可行。為了創造「大格局作曲」，作曲家不得不前後接續多個不同主題；一種新的作曲藝術就這樣誕生了。最典型的表現方式就是奏鳴曲，可以說是古典主義時代和浪漫主義時代的看家形式。

說到多個不同主題接續而來，那麼得要在主題間安插過渡段落，或像塞撒・法杭克[60]所說的「橋段」。所謂「橋段」亦即在樂曲中，有些段落擁有自己本身的意義（即主題），但另外有些段落是用來襯托前者的，但不具前者的強度與重要性。聆聽貝多芬的時候，我們就能感受到，強度一直在改變：某些時候，好像新的成分在醞釀準備，然後出現，最後消失無蹤，但是於此同時，又有新的成分快要登場。

這是第二階段音樂（古典主義以及浪漫主義）內在的矛盾：這種音樂自詡存在的理由是表達情緒的能力，可是同時它又全力經營橋段、結尾以及展開，而這些部分純粹只是形式上的要求，是與抒發個人情緒無關的技巧展現，是透過學習而來，很難脫離一般音樂樣式的窠臼（甚至連最偉大的音樂家像莫札特、貝多芬等人亦不能免俗，至於他們同時代的二流音樂家，就用得很浮濫了）。這樣一來，靈感和技巧就不時存在著拆離的危險。在自然的以及精練的之間就產生了「二元對立」：在想要直接表現情緒的意圖以及同樣情緒如何將其開展的技巧之間、在主題以及「充填」（這詞雖帶貶意色彩，原意卻是相當客觀，因為從水平面來看，得要「充填」主題間的時間，而從垂直線看，又要「充填」樂團的響度）之間也產生了「二元對立」。

據說穆索斯基（Moussorgski）有次用鋼琴彈奏舒曼的交響樂時，在彈到開展部之前的地方突然停止並大聲叫道：「現在，音樂裡的數字部分要開始了！」因為如此，德布西才會認為，從貝多芬以降，由於音樂裡面有著精密計算的、炫學的、艱澀的、學院的、非關靈感的成分，交響樂從此變成「僵化而需勤勉為之的練習」，更讓布拉姆斯以及柴可夫斯基的音樂「互別苗頭，看看誰的最為枯燥乏味」。

5

不過，這種內部的二元對立並不會讓古典主義和浪漫主義的音樂比其他時代的音樂遜色。任何時代的藝術都遭遇過結構上的困難；作者便是要針對這些困難找出獨創的解決方法，並且推動了形式的發展。第二階段的音樂當然也意識到了這個困難。貝多芬：他為音樂注入了前所未見的表現強度，但同時又好像換了個人似的，也塑造了奏鳴曲的作曲技巧，這種二元對立壓在他身上該是特別沉重的擔子；為了克服它（所做的努力未必見得全部成功），貝多芬發明了各種策略，例如，為主題以外的音樂部分、為一個音階、為一個琶音、為一個過渡、為一個結尾注入不可置疑的表現張力。

或者（例如）在他之前，一些變奏曲的形式通常只是精湛技巧的展現，不過精湛之餘，也只被視為無聊沒有意義。現在就不妨賦與它們另外一種意義：好像讓單

60. César Franck，法國作曲家，一八二二～一八九〇年。

一一位模特兒前後穿著不同的衣服走台步。貝多芬樹立這種形式，並且為它灌注深刻的音樂思考：一個主題裡面到底包含什麼節奏的、旋律的、和聲上的可能性？一個主題在聲音上的轉化，究竟到哪個程度還不算扭曲它的本質？還有，順帶一問，這個本質又是什麼？在寫作變奏曲時，貝多芬並不需要奏鳴曲這形式所嚴格要求的：不需橋段、不需開展部、不需中音部；沒有任何一分一秒，他會偏離對他而言是本質的東西，也就是說逸出主題。

如果你觀察所有十九世紀的音樂就會發現：它不斷在試圖克服結構性的二元對立。在這個面向上，我想到了我姑且稱之的「蕭邦策略」。一如契訶夫從沒寫過小說一樣，蕭邦也沒熱中於「大格局的作曲」，而幾乎清一色只寫一些可聚成集的小品（瑪祖卡舞曲（mazurka）、夜曲、波蘭舞曲等等）。（幾個例外倒是可以證明通則無誤：他所寫的鋼琴協奏曲水準較弱）。他和那時代的精神（認為只有創作交響曲、協奏曲或是四複調曲才能突顯作曲家的偉大）是背道而馳的。正因為蕭邦不趨附流俗，所以才能創作出一批作品，也許是那時代唯一的一批，到現在都還不顯老態，而且具有「全然的」生命力，這幾乎是史無前例的。「蕭邦效應」或許可以解釋舒曼、舒伯特、德弗札克、布拉姆斯等人較小型、響度比較低的作品聽起來和他們自己的交響曲、協奏曲一對照就會顯得生動、悅耳（經常十分悅耳）。因為（很重要的一個觀察）第二階段音樂內在的二元對立是「大格局」音樂唯一的問題。

6

布賀東批判小說藝術的時候，到底攻擊的是它的弱點抑或是它的本質？這樣說吧，他特別攻擊從巴爾札克開始，十九世紀初年以後的小說美學。小說經歷了一個非常光輝的年代，首度以一種巨大的社會力量茁壯穩固。因它具備一種近似催眠的誘人能力，所以預示了電影藝術的君臨：讀者在自己腦海的虛擬螢幕上，看到小說逼真的一幕幕，以至於可以將它和自己的生活混淆在一起，為了吸引讀者，小說家挖空心思運用一切可以「製造現實幻象的技巧」；然而，這套技巧卻同時讓小說藝術產生了結論上的二元對立，和古典主義還有浪漫主義音樂裡產生的二元對立可以相提並論。

既然小說倚靠細密的因果邏輯來讓所描述的事件具有高度的似真性，那麼這套理論過程的環節就缺一不可（即使它的本質乏善可陳）；既然人物得要顯得「生動」，所以不得不在他們身上灌注許多訊息（儘管無法引發好奇）。

還有「故事」：先前，它的步調非常緩慢，緩慢到難以察覺，接著它加快了節奏，然後突然之間（這是巴爾札克的重大經驗）圍繞在人身旁的「一切」都在變化：他們的生活、他們散步其上的街道、他們房子裡面的家具、他們所依附的制度等等；人的生活「背景」，不再是事先可以認知的、文風不動的佈景，它開始變換不定，今天有的面貌，明天注定要忘得乾淨，因此要截取它，描繪它（即使順著時間流下來的這些場景多麼枯燥也不管）。

「背景」：文藝復興時代，繪畫藝術發明了遠近法，將畫面分成在背景裡面和在背景前的東西，於是產生了形式的特殊問題。比方肖像畫吧：人的臉部比起人物的軀幹更受注意、更受重視，而人的軀幹又比起背景褶襇更受注意、更受重視。這是正常現象，我們不就是以這方式來看待我們周遭的世界？可是在生活裡習以為常的不會因此就符合藝術形式的嚴格要求：在一幅畫裡，重要部分和其他部分（通常位於畫面下方）之間的不平衡是需要掩蓋修飾、需要重新加以平衡的。或是乾脆以可以消除二元對立的新美學來避免它……

7

一九四八年以後，在我祖國發起共產革命的年代中，我理解到：這種恐怖統治（對我而言，是「詩人和劊子手一起享有權威的時代」〔《生活在他方》〕）多麼出色地利用了盲目的抒情。我想到了麥雅考伏斯基（Maïakovski）：在俄國大革命的時代中，他的天賦可是和傑爾金斯基（Dzerjinski）的警察同樣不可或缺。抒情性、抒情化、抒情論述以及抒情熱忱成為所謂的集權世界所不可分割的一部分；這個世界不是單純的古拉格，而是外牆寫滿詩句，可以在它前面跳舞的古拉格。

恐怖統治的抒情化比起恐怖統治本身帶給我更多的心理創痛。從此以後，對於一切抒情的嘗試，我是敬謝不敏了。那時我熱切地、深刻地企盼的，是一種澄澈的、不帶幻想去看待世界的方式。這種方式我在小說藝術裡面找到了。因此，對我而言，身為小說家的意義是多於耕耘一種特定文類的意義；這是一種態度、一種智慧、一種立場，一種排除掉所有政治認同、宗教認同、意識形態認同、道德認同、群體認同的立場，這種意識上的「不認同」、鍥而不捨的、義憤填膺的，絕不是逃避、消極而是抗爭、挑戰、反叛。結果就是下面這段怪異的對話：「您是共產主義者嗎，昆德拉先生？」「不是，我是寫小說的。」「您是左派還是右派？」「非左非右，就是寫小說的。」

從我年輕時代的最早階段開始，我就深愛著現代藝術，繪畫、音樂、詩歌全都喜歡。可是現代藝術是以詩情、對進步的幻想以及美學政治雙重革命的意識形態做為特徵的。然而逐漸地，這一切卻開始令我覺得反胃。不過，我對前衛精神所抱持的懷疑態度卻無法抹滅我對現代藝術「具體作品」的鍾愛。由於完成這些作品的藝術家又都是第一批被史達林迫害的犧牲者，我對他們的偏好更有增無減了。《玩笑》的主角塞內克（Cenek）因為喜歡立體派繪畫就被關進勞改營；如果這樣，那麼，大革命拿定主意，即便那些可憐的現代主義者只會謳歌革命、慶讚革命，它還是要把現代藝術打成第一號的意識形態敵人。我絕對忘不了康斯坦丁・畢伯勒（Konstantin Biebl）：這是一位細膩的詩人（啊，他的詩我都能倒背如流！）並且同時熱情擁護共產主義。

一九四八年後，他開始寫一些宣傳詩歌，但其品質近乎低劣，讀起來令人驚恐同時心痛；不久之後，他從窗戶一躍而下自殺，摔死在布拉格的人行步道上。在他那細膩的人格裡，我看到現代藝術被玩弄、被欺騙、被謀殺。它自殺了，殉難了。

我對現代藝術具有高度的忠誠，就像我反對小說抒情化的立場一樣不可撼動。對布賀東而言，所有現代藝術彌足珍貴的詩質（強烈，密實，脫韁而出的想像力，對「生命無用時刻」的藐視），我卻只單純在小說這令超現實主義者心灰意冷的領域裡尋覓它。而它也因之對我而言更加寶貴。或許這點已經足夠解釋為何我會對激怒德布西的那種沉悶一樣感到過敏（據說德布西在聽柴可夫斯基及布拉姆斯的音樂時會有這種感覺）；對於蜘蛛大軍勤勞工作時的沙沙作響感到過敏。或許這解釋了，為何我長時期對巴爾札克的藝術無動於衷，為何特別受我崇拜的小說家是拉伯雷。

8

對拉伯雷而言，主題與橋段之間的、情景與背景之間的二元對立根本就不存在。他可以輕快地從一個嚴肅的主題立刻跳到小高康大各種自創的擦屁股方法。可是，從美學角度來看，這些描述，嚴肅的也好，雞毛蒜皮的也罷，在他的作品中地位同等重要，給我這讀者的樂趣是一樣的。

拉伯雷以及其他古代小說家會令我著迷的地方是：他們只描述吸引人的事，一旦這特色沒有了，他們就會立刻停止並且另起爐灶。他們在文本構成的方面享有極大自由，這點真是讓我心嚮往之：寫作過程不需要創造懸疑，不必建構一條故事軸線，不必考慮似真性，寫作也不需描述一個年代，一個處所，一個城市；放棄這些枝節就可以直搗本質。換句話說，創造一個不需橋段、不需充填的文本。在這其中，小說家不必為了滿足形式及其無理強求，而不得不割捨他心裡真正想說的，真正他心馳神往的事。

9

現代藝術：以藝術自有律法的名義，對描摹現實的定理進行反抗的鬥爭。這套自有的律法開宗明義的第一章便是：一件作品裡的每個時刻，每個部分都具有相等的美學重要性。

印象派：風景被視為單純的視覺現象，以至於在畫面上一個人不會比一叢灌木來得重要。立體派和抽象派畫家又更往前邁進一步，因為他們取消了第三度空間，這個第三度空間勢必會將畫面分割成重要性不一致的部分。

在音樂裡也有相同的趨勢：它把作品裡面每個時刻的美學地位等同起來，撒提音樂的簡單風格根本就是對傳統音樂誇浮裝飾的一種挑釁意味的排拒。有如魔術師一般的德布西打擊那群好學理的蜘蛛大軍是不遺餘力的。亞納切克把所有非必要的音符一概刪去。史特拉汶斯基揚棄古典主義以及浪漫主義的繼承，並從音樂史最古老的先驅那裡尋找靈感。魏本重回獨特的單一主題（也就是十二音系）並且達到了在他之前誰也料想不到的洗鍊。

在小說方面：巴爾札克那句至理名言「小說必須向精確的身分登記看齊」開始受到質疑。這種質疑和前衛主義者想要展現自己的現代性、以便啟發那些保守蠢蛋的頂撞行為是不能相提並論的；這種質疑（謹慎地）使得製造現實幻象的手法再也行不通了（或者至少幾乎行不通，變得可有可無，重要性大打折扣）。關於這點，我們有如下的說明：

假如一個角色的描述，必須像法律上身分登記一般鉅細靡遺，那麼這個角色得先有個名字。從巴爾札克到普魯斯特，一個沒有名字的角色是不可想像的事。可是遠在狄德羅時代，《宿命論者雅克和他的主人》裡的雅克是有名無姓的，而他的主人更是無名無姓。帕紐朱，這個到底要算名還是姓？有名無姓或者是有姓無名都不算是名字，而是「符號」。《審判》一書裡的主角不叫約瑟夫．卡夫曼或者約瑟夫．克拉瑪、約瑟夫．柯爾，而是約瑟夫．K。《城堡》裡的主角甚至連名字都沒有，只留一個字母的縮寫代表而已。在布羅赫的《無罪》（Schuldlösen）裡，其中一位主要人物則被稱為A。在《夢遊者》裡，艾許和胡格瑙也都沒有名只有姓。《無用之人》（L'Homme sans qualité）一書裡的主角烏爾利希（Ulrich）同樣不知其姓為何。在我最早的幾本小說裡，我直覺地認為不需要為我的人物命名。在《生活在他方》這作品裡，男主角只有名沒有姓，而他的母親則只是以「媽媽」來稱呼，至於他的女朋友則叫「紅髮女」，而這女朋友自己的情夫只有「四十許人」的稱呼。這只是裝模作樣，故弄玄虛？當時我這樣做純粹出於自然的直觀，直到後來，我才反省出其中的涵義：我已服膺於第三階段的美學觀念，我不想讓人誤以為我筆下的人物確有其人而且擁有戶口名簿。

10

托瑪斯・曼：《魔山》裡面長篇幅地介紹人物的身分底細、他們的過去、他們服裝式樣、他們說話的態度（包括所有習癖）等等，對於療養院裡的生活的詳細描述、對於歷史時代的描述（一九一四年戰前的那幾年），例如：當時群眾的風俗習慣、對攝影術這新玩意的著迷、流行吃巧克力、閉眼作畫、世界語、一人玩的牌戲、聽留聲機、招魂術的祕會（做為真正的小說家，托瑪斯・曼用上述那些注定被遺忘的、不為平淡歷史論述所注意的細節來描述過去）。冗長的對話，只要一離開那幾個主要的主題，就顯露了它提供消息的功能。在托瑪斯・曼的這個作品裡，連夢都是描述：年輕的男主角漢斯・卡斯托爾普（Hans Castorp）在療養院度過第一天便入睡了；沒有什麼比他的夢更平凡無奇的了。在夢中，所有前一天的事全部重新浮現一遍，內容只有極其輕微的扭曲。談到這裡，我們離布賀東的理想已經很遠，因為對他而言，夢即是想像力解放的原動力。但在《魔山》裡，夢只有一個功能：就是讓讀者熟悉環境，確認他對現實的幻象。

因此，托瑪斯・曼不厭其詳地描述了一幕寬廣的背景，在背景前面開展了漢斯・卡斯托爾普的命運以及兩位肺結核病患者的意識形態之爭：賽坦布里尼（Settembrini）以及納夫塔（Naphta）；前者是擁護民主制度的共濟會會員，而後者卻是贊成君主專制的耶穌會士，不過兩人的病無望治癒。托瑪斯・曼那不過火的諷刺使這兩位博學者擁護的真理相對化起來；兩人的爭論誰也沒占上風。可是小說的諷刺深入更遠，並在下面這一景裡達到巔峰：兩個人分別被各自一小群的聽眾包圍，並且陶醉在自認為是無懈可擊的邏輯裡。他們只顧把自己的論證推上極端，以致到了最後，在場的人誰也搞不清楚，他們兩個人當中到底是誰鼓吹進步，是誰強調傳統；是誰鼓吹理性，是誰強調非理性；是誰鼓吹精神，是誰強調軀殼。讀者一連好幾頁讀到一個壯觀的混亂場面。在這裡面，言語字詞完全喪失意義，又因為態度立場變來變去，因此辯論就更形激烈了。兩百頁之後，也就是小說接近尾聲的時候（戰爭很快就要爆發），所有住在療養院裡的病患都陷入不理智的激憤，陷入不可解釋的仇恨。在這時候賽坦布里尼冒犯了納夫塔，結果兩個病患決定一對一決鬥來解決爭執。誰料到最後以其中一位的自殺做為終結；這時，讀者突然意會過來，會驅使一群人與另一群人對立起來的不是難以妥協的意識形態，而是一種極理性的攻擊性，一種無法解釋清楚的黑暗力。所謂的理念不過只像一道屏風、一個面具、一個藉口，只為這攻擊性服務而已。因此，這部了不起的「理念小說」同時（特別是對二十世紀末的讀者而言）也對理念本身進行嚴厲的質疑。以前那個相信理念，以及相信理念可以指引世界方向的時代，可以向它說再見了。

托瑪斯．曼和穆西勒，雖然這兩位作者出生的年代十分接近，可是他們各自的美學觀念卻隸屬於小說史的兩個不同時代。兩者都是理智性極強的小說家。在托瑪斯．曼的小說裡，理智性特別呈現在表達理念的對話中，而這對話則是在「描述性小說」的背景進行的。在《無用之人》一書中理智性以絕對的方式、無時無刻不在顯現；相較於托瑪斯．曼的「描述性小說」，穆西勒的小說不妨稱為「思考性小說」。《無用之人》作品裡提到的事件也發生在具體的地點裡（維也納），發生在明確的時間（和《魔山》一書的時間點一樣，就在一九一四年大戰開始的前夕），可是托瑪斯．曼筆下的達沃斯被描述得鉅細靡遺，而穆西勒卻幾乎沒提到過維也納，甚至不屑在視覺上描述它的街道、它的廣場、它的公園（任何能產生現實幻想的做法都被排除掉了）。明明發生的背景是奧匈帝國，可是卻有系統地以一個可笑的諢名來取代它：卡卡尼。

卡卡尼，一個去具體化、普遍化、簡化為幾個基本情勢的帝國，一個被轉化成帝國諷刺模式的帝國。這個卡卡尼並不像托瑪斯．曼筆下的達沃斯一樣，只是個單純的背景而已，它根本就是小說的一個主題；維也納沒被描寫，而是分析和思考的對象。

托瑪斯．曼解釋過，《魔山》的文本結構是音樂的，建立在開展的主題上，一如交響樂的情況。這些主題一再復返，彼此交錯，從頭到尾一直伴隨這本小說。我們要強調，對托瑪斯．曼和穆西勒而言，主題並不完全意味同一件事。首先，在托瑪斯．曼的筆下，各種主題（時間、軀體、疾病、死亡等等）全部都在寬廣的「非主題性的背景」前面開展（對地方、時間、人物以及風俗習慣的描述），好像在奏鳴曲裡面，各個主題總被主題外的音樂所包圍，例如橋段或者過渡元素。還有，它的主題具有強烈的「多元歷史」性質，也就是說：托瑪斯．曼自由引用各種科學知識（社會學、政治學、醫學、植物學、物理學、化學）來闡述某某主題；似乎藉由這種知識的普及化，他就能為主題的分析建立一個堅固的專業術語基礎，只是，篇幅經常過於冗長。依我看來，反倒使他的小說脫離了核心要點，而一本小說唯一能說的不就是這個核心要點？

在穆西勒的作品裡，主題的分析是不同的：首先，他不具有「多元歷史觀點」性質；小說家並未披上博學之士、醫生、社會學者或者歷史學家的外衣，他只是分析一些「人生處境」，這是不受任何科學領域所管轄的處境，很簡單的只是人生的一部分罷了。這是心理寫實主義的世紀過去以後，布羅赫和穆西勒對小說歷史使命的理解：要是歐洲哲學不知道思考人生，思考它那「具體的形而上學」，那麼就是小說注定要入主這片空盪的界域。而在這片界域之上，小說是完全無法被取代的（實體論哲學已反向提出證據確認了。因為對實體存有的分析無法成為系統，實體存有是不可系統化的，而海德格這位喜愛詩質的哲學家實在不該對小說的歷史漠不關心，因為在那裡面隱藏了實體存有智慧之最大寶藏）。

其次，穆西勒和托瑪斯．曼不同，他認為「一切都可變成主題」（對實體存有尋思）。要是一切都可變成主題，那麼背景就消失了。而且，就像一幅立體派的畫作一樣，畫面所有東西全在前景，我覺得穆西勒在小說結構上所進行的革命就是取消了背景。常常一些偉大的改變未必一定得要沸沸揚揚。事實上，思考的長度和句子緩慢的節奏使得《無用之人》一書帶有傳統散文的調調。不用倒敘法，沒有喬伊斯式的內心獨白，標點符號也都保留下來，動作人物也沒有被犧牲掉。在長達兩千頁的篇幅中，我們讀到了一位年輕知識分子烏爾利希平凡的故事，他時常去找幾位情婦，有時和幾位朋友碰面，並且在一個既嚴肅又怪異的協會裡工作（在這點上，這部小說以一種讀者幾乎觀察不出來的方式遠離了似真考量，同時變成一種遊戲），這個協會專門負責慶祝皇帝登基的週年紀念，一場計畫周詳的「和平慶典」（因此，一顆笑彈就被安置在小說基底了），在一九一八年舉行的「和平慶典」。

每一個小情狀好像都在它發展的過程裡面停格了（正因這種不尋常的緩慢節奏，我們常會想到穆西勒及喬伊斯的相似性），可是在這過程裡面又可以導入長長的審視，審視每個情狀的意義以及如何思考它、理解它。

在《魔山》裡，托瑪斯．曼將一九一四年大戰爆發的前幾年轉換成壯觀的道別慶典，對那一去不復返的十九世紀做道別。《無用之人》的時間背景大約也在那個年代，卻專門探討下一個時代將發生的人類狀況；所謂「下一個時代」係指現在的「結束階段」，大致上從一九一四年開始，今天才要在我們的眼前告終。事實上，在穆西勒的卡卡尼當中，一切都寫進去了：科技擅場的時代，沒有任何人能操縱它，而且它已將人轉換成統計數字（小說開始便是街上發生的一場意外；有個人倒臥在地上，而一旁有兩個人，一面評論這個事件，一面談起每年所發生的交通事故）；嚮往科技的世界將速度視為最高的價值；無所不在而又難以識透（穆西勒筆下的公家機構和卡夫卡筆下的可以說是互相呼應）；意識形態什麼也不能包容，什麼也無法指導，（塞坦布里尼和納夫塔的光榮時代已經過去）只是可笑的枯竭貧瘠而已；新聞事業已經繼承昔日所謂的文化；在人權思想的盲目表現裡，甚至和罪犯站在同一陣線（克拉希斯〔Clarisse〕和穆斯布魯格〔Moosbrugger〕）；童稚愛好以及童稚統治（漢斯．塞普〔Hans Sepp〕是法西斯一詞尚未發明前的法西斯主義者，他的意識形態即建立在崇拜你我內心中的赤子之上）。

11

七〇年代初，在寫完《再見的華爾滋》一書之後，我認為自己的作家生涯告終了。那時，俄軍佔領捷克，而我和我的妻子有許多其他的煩惱。過了一年，我們來到法國（真的感謝法國），我在完全停頓了六年之後，又意興不高地開始寫作。那時我還處於驚弓之鳥的狀態，為了讓自己覺得雙腳重新踏在實地，我於是想繼續從事以前做的：寫一本可算是《可笑的愛》的第二集。怎麼走起回頭路了！二十年前，我就是以那些短篇小說開啟我以散文寫作的事業。幸好，才開始構思這《可笑的愛》第二集裡的二、三個短篇，我就深深體會到，自己這次進行的是截然不同的事：這並不是一本短篇小說集，而是一本小說（後來起名為《笑忘書》），一本分為七個獨立部分的小說，可是又形成一個緊密的結合體，以至於每一部分要是單獨閱讀，就會喪失許多意義。

一時之間，存在我心裡那對於小說藝術的不信任態度突然煙消雲散：因為賦與每個部分短篇小說的特色，那表面看上去似乎不能避免的長篇小說文本構成技巧現在居然沒有用處了。我在這項探索裡面發現了那古老的「蕭邦策略」，也就是不需要「非主題性」段落的「小型文本構成」。（這樣看來，難道短篇小說就等同小說具體而微的形式？沒錯。短篇小說和小說之間並沒有本體論上面的差異，可是小說和詩歌之間，小說和戲劇之間都有。受限於字彙的不足，我們並沒有一個可以囊括相同藝術裡長短兩種不同形式的詞。）

那麼上述那七個彼此獨立的小部分既然沒有共同的故事情節，是如何串聯起來的？將它們串聯起來，使其成為一部小說的，事實上是相同主題的統一性。其實，在創作的過程中，我還遇到了另一個古老的策略：「貝多芬的變奏策略」；幸虧有它，我才得以和幾個使我深深著迷的實體存有問題進行直接而不間斷的接觸。在我這本變奏體式的小說裡，那些實體存有的問題從許多不同角度出發，漸次地被我進行探索。

這種對主題漸進式的探索是受邏輯所統攝的，正是這個邏輯決定了部分之間的脈絡。比方：第一部（〈遺失的信件〉）是探討人與歷史這主題的基礎想法：人類衝撞那使他顯得渺小的歷史。在第二部（〈媽媽〉）裡，相同主題顛倒過來了：對媽媽而言，蘇聯那鎮壓的坦克車隊還不及園裡樹上的梨子來得重要（「坦克車會朽壞，但梨子可是永遠的」）。第六部（〈天使們〉），女主角塔米娜淹死了，小說的結局看來應是悲劇；然而小說卻還沒有畫下句點，而是等到下面那既不辛辣，又不誇張，更不悲情的第七部，它敘述了一個新角色意央（Jan）的性愛生活。歷史的主題在那裡又短暫出現，不過是最後一次了：「意央有些朋友，他們和他一樣都離開了古老的祖國，並將所有時間奉獻在戰鬥上，為那被剝奪的自由戰鬥。他們所有的人都意會到一件事：以前在國內，將大家串聯在一起的關係不過是個幻象，而且如果他們隨時願意為一個自己都漠不關心的東西而死，那也只是對舊習慣的堅持不懈罷了。」於是碰觸到這形而上的「邊界」（邊界：從頭到尾，貫穿小說的另一個主題），在這邊界後面，一切都喪失意義。塔米娜喪生的那個島被天使的「笑聲」（另外一個主題）所主宰，而在第七個部分裡則迴盪著將一切化成雲煙的「魔鬼笑聲」（一切：歷史、性愛、悲劇）。到了這裡，主題之路才走到盡頭，書也可以畫下句點了。

12

在那六本代表他成熟階段的書（《黎明》、《人性，太過人性》〔Humain, trop humain〕、《喜悅的智慧》〔Le Gai Savoir〕、《善與惡的彼岸》〔Par-delà le bien et le mal〕、《道德的系譜》〔La Généalogie de la morale〕、《偶像之黃昏》〔Le Crépuscule des idoles〕）裡面，尼采繼續、發展、醞釀形成、確定唯一文本構成的原型。原理：書的基本單位是分章，它的長度從單一句子到數頁不等；他的分章毫無例外，只包含一個段落，而且總有編號；在《人性，太過人性》和《喜悅的智慧》裡，不但編號還有標題。一定數量的分章構成一個部分，一定數量的部分就構成一本書。書是建立在一個主要主題之上的，以標題加以明確定義（《善與惡的彼岸》、《喜悅的智慧》、《道德的系譜》等等）；不同的部分處理由主要主題衍生出來的子主題（這些部分也各自擁有標題，比方《人性，太過人性》、《善與惡的彼岸》、《偶像之黃昏》，或至少帶有編號）。有些衍生出來的子主題常是垂直分佈（也就是說：每個部分大多處理該部分標題所確立的主題），而其他的子主題則貫穿一整本書。因此一種分章、部分連結極好（分成相對獨立的許多單元）、而一致性又極高（一些相同的主題不斷重複）的文本構成於是誕生了。而同時，這也是一種擅長調和長章短章，具有絕佳節奏感的文本構成。因此，比方《善與惡的彼岸》的第五部分只包含了很短的警句格言（好像是首嬉遊曲，是首諧謔曲）。不過，我們尤其注意到：這是一種完全不必有填充，有過渡，有弱段的文本構成，而且其間張力從未鬆弛，因為我們只看到思想「好像事件，好像雷轟，從外部，從上部，從下部源源不絕跑來」。

13

如果一位哲學家的思想居然和作品文本的形式結構關係如此密切，那麼這個思想可以脫離文本而存在嗎？可否將尼采的思想從尼采的散文分離出來？當然沒有辦法。思想、表現以及文本構成是不可分割的。對尼采而言是正當有道理的是否普遍來講也是正當有道理的？換句話說：是否可以斷言，一個作品的思想（意涵）總是——而且原則上——和文本構成的形式密不可分？

說來奇怪，不是，我們不能那樣斷言。在音樂歷史上，有好長一段時間裡，作曲家的獨創性單純只看他如何將旋律及和聲上的創新安置在不是由他發明，而且在他之前老早固定下來的音樂構成模式裡面：比方彌撒曲、巴洛克組曲、巴洛克協奏曲等等。其中各個不同部分都根據傳統安置在固定的秩序裡面，以至於（例如）組曲總是千篇一律以快節奏的舞曲收尾。

貝多芬的三十二個奏鳴曲從他二十五歲寫到五十二歲，幾乎涵蓋了他整段的創作生涯，也顯示了奏鳴曲形式在這其間經歷了大幅度的改變。他最早的幾個奏鳴曲還遵守從海頓以及莫札特那裡繼續來的模式：四個樂章；第一樂章：快板，以奏鳴曲的形式寫成；第二樂章：柔板，以抒情曲的形式寫成；第三樂章：小步舞舞曲或者諧謔曲，是中速的；第四樂章：迴旋曲，是快速的。

這種樂曲構成法的缺點是一目了然的：最重要、最有張力、最長的樂章居然擺在開始第一的位置；也就是說，樂章的接續是種下降的開展：從最凝重的走向最輕盈的。此外，在貝多芬之前，奏鳴曲一直停留在小品集（當時大家經常只演奏奏鳴曲的個別樂章）和一氣呵成，不可分割的鉅製之間。在他那三十二首樂曲的演進當中，貝多芬漸漸用一種比較精簡的模式來取代傳統的樂曲構成模式（通常簡化成三個，甚至兩個樂章），此外，這個模式也變得比較有戲劇性（重心從此移向最後一個樂章），比較統一（尤其是由同一種情緒氛圍所統合）。不過，這種演進背後真正的意義（這種演進最後變成名實俱符的革命）並不是用另一個比較好的模式來取代不能令人滿意的模式，而是打破現成設定好的樂曲構成模式。

事實上，這種對約定俗成奏鳴曲或是交響曲既有形式的集體服從的確是可笑的一件事。我們試想，那些偉大的交響樂作曲家，像海頓、莫札特、舒曼和布拉姆斯等人，在前面樂章的柔板裡悲泣之後，居然要在最後一個樂章扮成小學生，衝到遊戲場裡手舞足蹈、蹦蹦跳跳，尖聲高喊：收尾收得好，一切都是好。這也就是大家所稱的「音樂中的蠢事」。貝多芬了解到，要解決這個問題，只能將「樂曲構成徹底地個人化」。這也就是他想留給所有藝術形式以及所有藝術家的遺囑裡的首要一條：不可將文本構成（作品整體的結構組織）視為先前就已存在的胎藏，只是呈在作者面前，將自己所發明的填充進去就好；文本結構本身就該是原創的，這種發明動用作者所有的獨特性。

我無法評估，這個看法能被聽從多少，了解多少。可是貝多芬本人卻令人稱奇地在他晚年所做的奏鳴曲中將這層道理發揮得淋漓盡致，因為每一首奏鳴曲都以前所未見的特殊方式寫成。

14

第一百一十一號作品；它只包括兩個樂章：第一樂章，具有戲劇張力，以多少帶有古典風格的奏鳴曲方式細心寫成；第二樂章，具有沉思特質，則以變奏方式寫成（在貝多芬以前，這種形式極少用在奏鳴曲裡）：不再在對比和差異上作文章，只有持續的漸強，總是為先前的變奏添加新的、不同的細膩變化，並且使得這個長樂章在調式上具有罕見的一致性。

只要每個樂章的統一性越完美，那麼它就越是和另外一個樂章產生強烈對比。時值的不相稱：第一樂章（在施納貝〔Schnabel〕的指揮下）：八分十四秒；第二樂章：十七分四十二秒。也就是說，該奏鳴曲的第二部分是第一部分的兩倍長（在奏鳴曲的歷史上，這例子是絕無僅有的！）此外，第一樂章是饒富戲劇力的，而第二樂章卻是平靜的，沉思的。可是以戲劇性起始，卻以如此長的沉思收尾好像和所有的結構原則背道而馳，而且讓奏鳴曲注定要喪失昔日貝多芬最珍視的戲劇張力。

可是，正因為這兩種樂章出人意表地並列在一起，結果才能這樣動人，才能有所表達，才能變成奏鳴曲的「語意動作」，它的隱喻內涵喚起了辛苦而且短暫的生命以及隨之而來，沒有盡頭的懷舊歌曲。這個隱喻式的內涵，雖然無法用文字描述，卻是有力而且反覆出現，使得這兩個樂章產生了統一性。不可模仿的統一性。（以前，人們可以無止境地模仿莫札特那不具個人色彩的樂曲結構；然而第一百一十一號作品的個人色彩如此濃烈，以至於模仿它應該可以稱為偽造罪。）

貝多芬的一百一十一號作品讓我想起了福克納的小說《野棕櫚》（Palmiers sauvages）。書中交替敘述一個愛情故事和一個囚犯越獄的故事。這兩個故事沒有任何共通之處，沒有任何相同人物甚至沒有任何可以觀察得到的主題相關性。這個文本構成模式完全無法為其他的小說家所採用；它只能夠存在一次，而且具有任意性，不能向人推薦，無法證明它適切不適切；說無法證明它適切不適切，那是因為在它背後，我們只聽到「它本該如此」，所以任何評論完全都是多餘的。

15

尼采排拒系統，因為這樣，他把哲學思考的方式給深化了。一如漢娜・阿杭特[61]所下的評語：尼采的思想是一種「實驗性的思想」。他的首要目的在於摧毀僵化的東西、破壞那些被視為理所當然的系統，以便穿過舊系統牆面的裂縫，走向未知。未來的哲學家，尼采說道，將是「實驗者」；自由自在前往各個不同方向，而這些方向在必要時可以是對立的。

如果說我比較贊成一本小說裡面應有思想成分，這並不意味我也喜歡人家所謂的「哲學小說」，這將小說置於某種思想的羽翼之下，將道德或者政治理念「以小說形式加以呈現。」真正的小說思想（就像拉伯雷以來的小說所認知的那種）總是非系統性的，不守紀律的；它很接近尼采的思想，它是實驗性質的，它在圍繞著我們的理念系統高牆上打開突破口；它檢視（特別是透過人物角色）所有省思的路徑，試著走到每一條路徑的盡頭。

在系統性的思考方面還有這點：所有思考的人自動會將所思考的事情加以系統化；這是一種永遠的誘惑（甚至是我的思考，甚至寫這本書的過程亦不能免）：要將自己理念的邏輯推理所產生的結果加以描述，預想所有可能引發的非難並且搶先一步加以反駁；也就是說，將自己的理念用路障街壘將它保護周全。然而，一個思考者不應該要強迫別人來信服自己所認定的真理；否則，他就走上系統的道路，走上「有信念的人」這條可悲的道路。很多政治人物都喜歡自詡「有信仰的人」；可是，所謂的信仰又是什麼？就是一種停滯不前，已僵化了的思想，而「有信念的人」常是格局小的庸人；所謂實驗性的思考並不想說服而只想激發靈感，誘導另外一個思考，讓思考活躍起來；因此，一個小說家必須有計畫地為他的思想去系統化，在自己為自己思想所建立的路障街壘上狠狠踹上兩腳。

61. Hannah Arendt，德國政治學家，一九〇六～一九七五年。

16

尼采拒絕系統化的思想也導致了一個結果：主題的可觀擴張。哲學不同領域間的隔閡常使得人們無法看到真實世界的全貌，而尼采的態度使得造成隔閡的牆壁傾倒下來，從這一刻開始，所有人生的事都可成為哲學家思想所及的客體。如此一來，哲學就離小說不遠了：人類有史以來，哲學思考的對象不再是認識論，也不是美學、倫理、心靈的現象學、理性的判評等等，而是與人生有關的一切。

歷史學家或者大學教授在闡述尼采哲學的時候，其實不僅將它簡化了（這點不言自明），而且將它扭曲為相反面的東西，也就是說，用一個系統將它束縛住了。自從他們將尼采予以系統化之後，難道還有空間留給對女性、對德國人、對歐洲、對比才、對哥德、對雨果式的拙劣作品、對亞里斯多芬[62]、對風格的輕盈、對愁的、對服從心態、對占有他人以及這種占有慾的心理型態、對飽學之士以及他們心智的局限、對在歷史舞台上拋頭露臉的演員等等的主題？難道還有空間留給千百種的心理觀察？這些觀察除了在少數一些小說家的作品以外，其實是千載難逢的。

就像尼采將哲學向小說拉近一樣，穆西勒也將小說向哲學拉近。這類接近並不意謂著穆西勒不如其他小說家那樣像小說家。同樣，我們也不能妄下斷言，說尼采不像其他哲學家那樣像哲學家。穆西勒的「思考小說」也完成了前所未見的主題擴張；凡是能夠被思考的，從此以往，沒有哪一項會被排拒在小說藝術的大門之外。

17

我在十三、四歲的時候曾經上過作曲課程。原因不是因為我是個天才兒童，只是由於我父親那謹慎而細膩的心思。那時大戰方酣，家父有位猶太朋友是作曲家，胸前老是得佩戴黃星標幟；四周的人開始疏遠他。我的父親因為不知道如何向他表達安慰支持，於是突發奇想，在這極度敏感的時刻，請他為我上作曲課。那時，猶太人的住所一律被充公，於是那位作曲家就不停換新住所，而且越換越小，最後在出發前往特雷辛集中營以前，更換到一層每個房間都塞滿人的狹隘住所。可是不管搬到哪裡，他總設法保住他那台小鋼琴，而我便是用他那台鋼琴彈奏和聲和複調練習，在那過程當中，我們身邊則是一干不認識的人各自忙碌自己的事。

62. Aristophane，希臘劇作家，約西元前四五〇～三八六年。

目前留在我心中的唯有對他的敬仰以及三、四個景象。尤其是這一幕：有一次上完課之後，他送我出門。走到門邊的時候他突然停下腳步並且對我說道：「貝多芬的作品裡有許多段落弱得令人驚訝。可是沒有這些弱的段落，那些強的段落就無法襯托出來。這就像草坪和從它中間長出來的大樹一樣，草坪可以增強大樹的美。」

多令人玩味的想法。但能夠深深印在我的腦海中，這就更加令人玩味。或許是由於我能親耳聽見良師因信任我而透露給我的祕密，一項專業的認知，只有已經入門的人才配享有的。

不管怎樣，我老師那短短的省思日後卻一直跟隨著我（從此，我都為這想法辯護，雖然後來開始挑戰這個想法，但我從未懷疑過它的重要性）。沒有老師的啟發，今天這篇文章極有可能寫不出來。

老師這個想法固然寶貴，但更寶貴的是老師本人留給我的印象：一個即將被送上死亡之旅的人，在一個小孩面前披露自己的省思，關於藝術作品構成的省思。

第七部

不受家人寵愛的小孩

我好幾次舉亞納切克的音樂為例。在英國，在德國，大家對他所知甚深。可是在法國呢？在其他拉丁語系的國家呢？還有，我們到底能認識有關他的什麼？一九九二年二月十五日我去了一趟法雅客書店，看看到底能找到他的什麼作品。

1

我立刻就找到了《塔哈斯．布爾巴》（Tarass Boulba，一九一八年）以及《小交響樂》（Sinfonietta，一九二六年）：都是他巔峰時期的管弦樂作品；因為都是最膾炙人口的作品（對一般樂迷來講，最容易接近），所以幾乎一定收錄在同一張唱片上。

〈弦樂組曲〉（Suite pour orchestre à cordes，一八七七年），〈弦樂牧歌〉（Idylle pour orchestre à cordes，一八七八年），〈拉希克舞曲〉（Les danses lachiques，一八九〇年）。這些可以視為亞氏創作史「史前史」的作品，其中的藝術價值不高，會讓以為只要是亞納切克所作必為曠世傑作的人大吃一驚。

這裡我要討論一下「史前史」和「巔峰時期」的意義：亞納切克生於一八五四年。所有的矛盾都在這裡。這個現代音樂的巨擘其實是最後一批浪漫主義音樂家的老大：他比普契尼長四歲，比馬勒長六歲，比理查．史特勞斯長十歲。

在一段很長的時間裡，由於他對過度的浪漫主義反感，因此只寫一些突顯古典傳統的音樂。因為對自己的創作不滿意，亞納切克不知撕毀過多少自己寫的樂譜；一直等到十九世紀末二十世紀初，他才找到自己的風格。到了二〇年代，他所作的曲子已能在現代樂的演奏會上和史特拉汶斯基、巴爾托克以及亨德密斯[63]等人的作曲平起平坐，可是和這些後生相比，他比他們足足長了三、四十歲。年輕時代，他是個孤獨的保守主義者，到了年邁時代，他又變成尖端的創新者。可是不論哪個年代，他都是孤獨的。因為他雖然支持那些現代主義的大師，但實質上與他們是不相同的。即使沒有他們，他也能走出自己風格，他的現代主義具有另一種特質，另一個源頭，另一些根基。

2

我繼續在法雅客書店的唱片架間閒步，很容易便找到兩件《四重奏》（一九二四年及一九二八年），這是亞納切克創作的峰頂了；他所有的「表現主義」都在其中凝聚成完美的狀態。五個演奏版本，都是可圈可點。不過我還是遺憾

63. Paul Hindemith，德國作曲家、小提琴家，一八九五～一九六三年。

沒能找到（長久以來到處尋覓，就是沒能找到CD版的）這些四重奏最真實的（也是最好的）詮釋版本，也就是亞納切克四人樂隊的演奏（Supraphon公司出品，編號五〇五五六；獲得沙賀勒・克侯學院大獎〔Prix de l'Académie Charles-Cros〕、德意志唱片評鑑大獎〔Preis der Deutschen Schallplattenkritik〕等等。）

我要停下來解釋「表現主義」一詞：

雖然亞納切克本人從來沒有提到這點，可是，人家卻可以將這個詞加在這偉大作曲家的身上，而且完整的，按照這詞的字面意義：對他而言，一切都是表現，任何音符，如果不為表現，根本就沒有存在的理由。因此純粹「技巧性」的東西是完全不存在的：過渡、開展、對位中音部機制、管弦樂法的常規等等。這樣一來，對一位樂團指揮而言，因為每個音符都是表現，所以每個音符（不僅每個主題，而是主題裡的每個音符）就必須具有最大的、表現上的清晰度。還要注意一點：德國的表現主義最喜歡探索處於過激狀態的靈魂以及伴隨來的譫語、瘋狂，這是它的特色。我所謂的亞納切克式的表現主義和上述單邊性的表現主義並無共通之點：這是異常富饒的情緒扇狀表現，是無過渡階段的交鋒，密實的程度令人看了頭會發暈，包含溫柔亦包含急遽，狂亂與和平並存。

3

我也找到精采的《小提琴奏鳴曲》（Sonate pour violon et piano，一九二一年），《大提琴和鋼琴寫的故事》（Conte pour violoncelle et piano，一九一〇年），《失蹤者日記》（Journal d'un disparu，為鋼琴、男高音、女低音及三個女聲而寫，一九一九年）。接著，還有他生命最後那個年代的曲目。這是他創作力的大爆發；一位七十歲左右的老人尚能如此自在揮灑，作品洋溢幽默與新意，《格拉果利提克彌撒曲》（La Messe glagolitique，一九二六年）：絕無僅有的作品，比較像是狂歡而不像彌撒曲，一聽就讓人著迷。在同一個年代裡，他也寫出：《管樂六重奏》（一九二四年），《童韻》（一九二七年）以及兩件為鋼琴及不同樂器所寫的作品，雖然特別討我喜歡，但很難找到合意的詮釋：《小協奏曲》（Concertino，一九二五年）以及《隨想曲》（Capriccio，一九二六年）。

經我算了一算，總共有五種鋼琴獨奏曲版本：〈奏鳴曲〉（Sonate，一九〇五年）以及兩套樂曲集：〈在被覆蓋的小徑上〉（Sur le sentier recouvert，一九〇二年），和〈在霧中〉（Dans les brumes，一九一二年）。這些動人的作品總是收錄在同一張唱片上，並且幾乎以次要的小品，屬於他「史前史」期的小品來填滿空白。另外，鋼琴演奏者特別會誤解亞納切克音樂的結構以及精神；他們幾乎所有的人都會以矯飾的、浪漫化的手法詮釋亞納切克：將這種音樂急遽粗糙的一面加以柔化，同時冷落他的強段，並且幾乎千篇一律恣意揮灑他的散板（一般而言，鋼琴曲對於散板特別寬鬆。事實上，很難叫樂團將節奏不精確的東西組織起來。可是鋼琴獨奏曲裡只有鋼琴演奏者單獨一位。他那驚人的心志可以在樂曲中隨意，不受任何限制）。

再來談談「浪漫化」：

亞納切克的表現主義不是延伸浪漫主義裡那激化了的溫情主義。正好相反，那是可以藉以脫離浪漫主義的一種可能性。這可能性和史特拉汶斯基所選的可能性是相對的：亞納切克和史特拉汶斯基不同，前者根本不會怪罪浪漫主義者談論溫情；只是不滿他們虛假處理溫情，不滿他們比手劃腳，大動作地表達情緒（賀內·吉哈賀[64]可能要說這是「浪漫主義的謊言」），而不是表達情緒直接的真理。他熱中於激情，但更關心如何以精確的方式將這些激情表達清楚。是斯湯達爾，而非雨果。他的心靈，他的架構，他過度發展的音響（亞納切克在音響上的效益讓當時許多人震驚）意味他和浪漫派音樂的分道揚鑣。

4

我來談談「架構」一詞：

浪漫派的音樂一直試著要使一個樂章成為一個情緒單元，而亞納切克的音樂結構卻經常植基於不同（甚至是矛盾的）情緒段落的交替，甚至在同一樂章、同一樂曲裡面；

與情緒分歧性相呼應的是節奏以及韻律的多變，彼此更迭交替的頻率是不尋常的；幾種矛盾的情緒並存在有限的空間裡，造成了獨特的語意（各種情緒「出人意表的並列」讓聽者驚訝著迷）。情緒的並存是水平式的（一個接著一個），可是也可以是垂直式的（這點比較少見），這些情緒可以同時鳴響，好比「情緒的複調音樂」。例如：我們聽見一個憂傷旋律的同時，在它下面另有一激昂的主題，此外在它上面也有一個類似尖叫的旋律。如果指揮者不了解這三條軸線在語意層面上都具有相同的重要性；因此不能輕率將其中一條貶抑為單純的伴奏或是印象派式的呢喃，要是這樣，他就偏離了亞納切克音樂的結構。

64. 作者註：我終於有機會提及René Girard了；他的著作Mensonge romantique et vérité romanesque是我讀過關於小說藝術，寫得最好的一本書。

亞納切克音樂裡那永遠並存的對立情緒使得這種音樂帶有戲劇張力的特質。所謂「戲劇張力」指的就是它最平實的字面意義；這種音樂不在喚起一個說故事的敘述者，而是呈現一個場景，一個有好幾位演員同時出現，說話，對峙的場景；這種「戲劇空間」，我們通常可以在單一旋律的主題裡看出端倪。就像在下面這〈鋼琴奏鳴曲〉裡一開始的幾個小節裡：

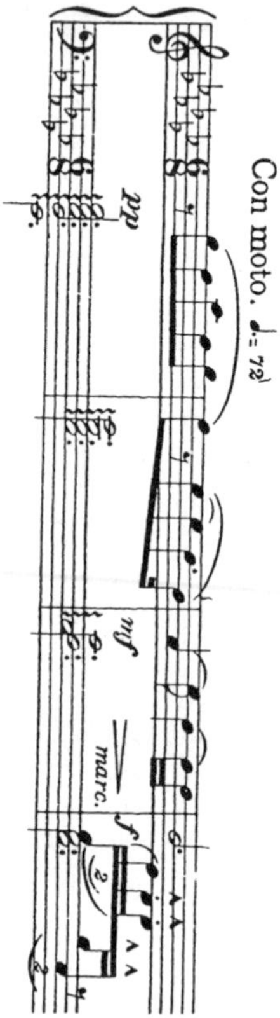

第四小節裡面那六個十六分音符的強奏主題其實還是先前幾個小節裡所開展的旋律主題的一部分（它們以相同的音程寫成），可是這個第四小節卻在情緒上與先前的小節對立。再往下幾個小節，我們可以看到，這種「分裂性」主題以什麼樣的劇烈性來和它所源自的輓歌旋律產生對立：

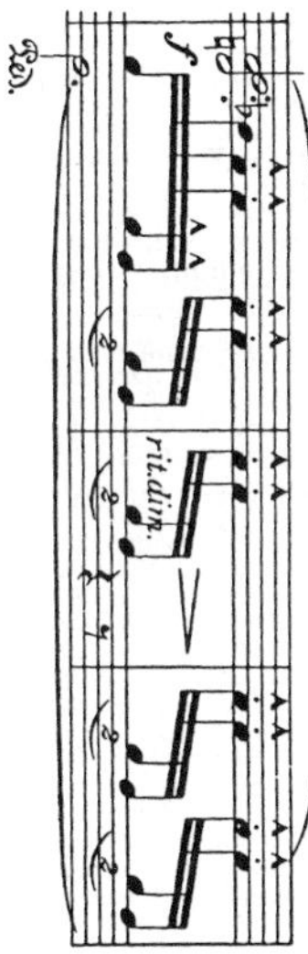

在下一個小節裡，這兩種旋律，原始的以及「分裂」的又重新聚合，但並非情緒的和諧一致，而是情緒相對立的複調模式，好像憂傷的哭泣和激烈反叛都摻雜在一起了：

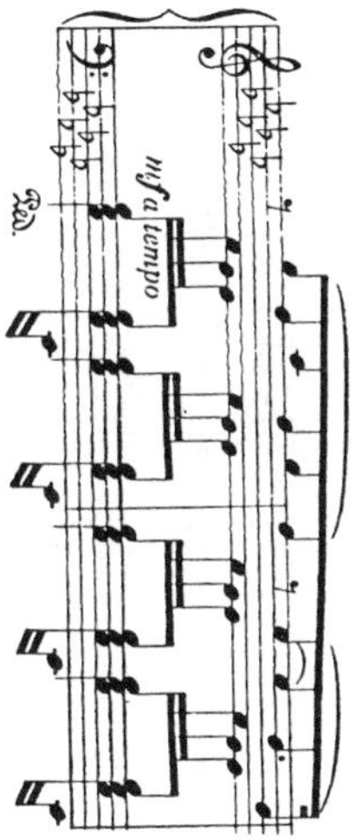

我在法雅客找到的那些鋼琴家的詮釋作品清一色都想賦與這些小節一種情緒的一致性，因此全都忽略了亞納切克在第四小節所屬意的強奏；以至於他們都剝奪了那個「分裂主題」的劇烈個性，並弱化了亞納切克所有音樂中那不可倣效的

張力。由於有這種張力（而且遇到了解它的慧眼），他的音樂立刻就可被人認出，即便只演奏起始的那幾個拍子。

5

歌劇部分：我沒找到《布魯切克先生的遠足》（Excursions de Monsieur Broucek），但是一點也不覺得遺憾，因為我認為這個作品是失敗的；除此之外，其他的歌劇作品都在陳列架上，例如查爾斯・馬克拉斯爵士（Sir Charles Mackerras）所指揮的《命運》（一九〇四年推出，腳本以韻文寫成，幼稚得令人不敢恭維，這歌劇在《葉努法》演出兩年後才面世，不僅歌詞部分，連音樂都是大大倒退）；接著還找到了五個我讚賞有加的傑作版本：《卡提亞・卡巴諾娃》、《狡猾母狐》、《馬克普洛斯事件》，還有《葉努法》：查爾斯・馬克拉斯爵士終於將一九一六年布拉格時代強加在它上面的修改給移除掉了（時間是一九八二年，這一等就是六十六年），真是功不可沒。馬克拉斯的成功詮釋在他對《死者之屋》樂譜的修訂上表現得尤其出色。幸虧有他，聽眾才恍然大悟（時間是一九八〇年，五十二年的等待！）昔日改編者的改編動作是如何地弱化了原作。一旦能以原始的獨創性示人，這歌劇即展現了它那既不尋常又極有效率的音響（和浪漫派的交響樂實在大異其趣），《死者之屋》可以和伯格的《伍采克》相提並論，同為二十世紀最真實，最偉大的歌劇作品。

6

難以解決的困難：在亞納切克的歌劇裡，歌曲的魅力不僅出現在旋律的優美上，而且也出現在心理層次的意義上（這種意義總在意料之外），並且這種意義並不是由旋律賦與整個場景的，而是由旋律傳導給每一個唱出來的句子，甚至每一個唱出來的字。可是，在柏林或是在巴黎演出該怎麼辦？腳本係以捷克文寫成（馬克拉斯的版本即保留原文），這樣一來，灌進聽眾耳朵裡的可能只有意義空白的音節，根本無法理解在每個旋律結構中所存在的心理層次上的細膩特點。還是將這些作品的腳本譯成外文；就像歌劇要在國外發揚光大時的做法？這也是見仁見智：比方法語絕無法像捷克文一樣，將重音放在字首第一個音節上，將捷克語的聲調原封不動搬到法語可能會產生截然不同的心理效果。

（亞納切克將他大部分的創作精力放在歌劇上面，因此得要受品味最保守的中產階級所左右，這種情況如果不想誇張說它具悲劇性，至少是很令人痛心的。）另外：他的創新才華在於對唱出的字詞做前所未見的評價，說實際些，歌詞以捷克語唱出，這是世界上百分之九十九的歌劇院聽眾聽不懂的。我們很難想像要推廣它得要克服多少障礙。他的歌劇作品是有史以來對捷克語最美好的讚頌。讚頌？是的，是以犧牲做為代價。亞納切克為了一個幾乎沒人能懂的語言，「犧牲」了他那具普世特徵的音樂。

7

問題：如果說音樂是種超越國界的語言，那麼口語聲調的語意是否也具備超越國界的特質？是完全沒有呢？還是在某些情況下具備？這些問題曾經深深吸引過亞納切克。因為這樣，他在遺囑中交代把幾乎所有的錢捐贈給布爾諾（Brno）大學，用以研究口語的音樂特質（節奏、聲調）。可是誰理遺囑說些什麼！

8

查爾斯．馬克拉斯爵士對亞納切克作品那令人激賞的忠實態度意味著：把握並且保護實質的、基本的東西。只管基本實質，這就是亞納切克的藝術道德。金科玉律：一個音符只有當它絕對需要（語意上的需要）時，才有存在的權利；因此它的管弦樂法必須具有最高度的儉省特色。馬克拉斯將昔日強加在亞氏作品上的樂譜都刪去了，並且恢復了它的儉省效益，同時又讓亞納切克的美學概念變得易於理解。

可是另有一種與此相反的忠實態度，就是熱切地想把能從作者後面挖掘出來的東西聚攏蒐集起來。既然每個作者生前都嘗試將最基本實質的東西公諸於世，那麼這種「垃圾桶搜尋者」的工作就是孜孜不倦去找出非實質、非基本的東西。

這種善於翻找的手法，模範式地呈現在為鋼琴，為小提琴及為大提琴所寫作品的錄音裡（ADDA581136/37）。透過這項工作，那些次要或者不重要的樂曲（比方民俗音樂紀錄，年輕時代的小型作品，丟棄了的異本，草稿）林林總總加起來大概也有五十分鐘的長度。比方，我們可以聽到六分三十秒為體操練習而寫的配樂。各位作曲先生啊，運動俱樂部要是哪個如花似玉的女士前來向你要求小小協助時，你可要把持住啊！以免日後你的好心卻淪為笑柄！

9

我繼續查看陳列架。我試著找出他成熟年代的管弦樂作品：《鄉村樂師的稚子》（L'Enfant du menetrier，一九一二年），《布拉尼克歌謠》（La Ballade de Blanik，一九二〇年），他的大合唱作品，特別是《阿瑪魯斯》（Amarus，一八九八年），以及幾件他風格形成時期的作品，其特色是感動人心、無可比擬的簡潔：《我們的天父》（Pater-noster，一九〇一年），《聖母頌》（Ave Maria，一九〇四年）。貨架上缺少的，而且令人遺憾的是他的合唱曲；因為綜觀整個二十世紀，在這個領域內，沒有任何作品能與亞納切克巔峰時期的這四個作品媲美：《瑪麗卡·瑪格朵諾瓦》（Marycka Magdonova，一九〇六年），《康朵爾·哈爾法》（Kantor

Halfar，一九〇六年），《七萬》（一九〇九年），《遊蕩的瘋子》（Le Fou errant，一九二二年）。就技巧層面來講，這些作品實在難得令人咋舌，可是捷克卻出版了品質上乘的版本；當然，這些版本只以黑膠唱片的形式面世，灌製的公司是捷克的Supraphon，不過好幾年以來，市面上根本買不到了。

10

這次搜尋的結果並不算太差，但也稱不上好。亞納切克的作品從一開始就是受到這種對待。《葉努法》寫成之後足足等了二十年才被搬上舞台。為時已晚。因為二十年的間隔，當時它在美學上受爭議的特質已經不復存在，它的新穎之處也就難以觀察出來。這就是亞納切克的音樂經常被人誤解，被人不當詮釋的原因了。它的歷史意義被埋沒了，看上去好像不知該歸進哪個流派，好像是位於歷史主軸外的一座漂亮花園；關於他在現代音樂演進（更確切說：源頭）中所占地位的問題則從來無人過問。

世人對布羅赫、穆西勒、龔布洛維次以及巴爾托克才華的肯定來得很晚，那是由於歷史變故的影響（納粹主義、戰爭），而亞納切克不為世人所理解，完全是因為他生在小國。

11

小國。這個觀念不是和量有關：它指的是種情勢；命運：小國人民常常感受不到國家自始以來便已存在，千秋萬世以後還在那裡的幸福感覺。這類國家在自己歷史上的某一時刻終要走進死神的門廳；總是得面對大國那種氣勢凌人的無知，總感到自己的存在一直受質疑，一再受威脅；因為它們的存在本身就是問題。

歐洲絕大部分的小國都是在十九、二十世紀這兩百年當中爭取解放並且達成獨立願望的。它們演化的節奏是很獨特的。在藝術上，這種歷史的異時性其實是片沃土，它能透過奇異的望遠鏡般的現象觀察不同時代，因此，亞納切克和巴爾托克都滿懷熱情地參與同胞的國族戰鬥；這是他們接近十九世紀的一面：一種對現實非常了不起的感覺，對平民階級的依戀，對民間藝術的偏好，以及和群眾較自然的關係。這些長處我們在大國藝術家身上是已經消失了，但在小國藝術家身上卻與現代主義緊密結合，其成果令人驚奇，不可模仿且是極歡愉的。

這些小國構成了「另類歐洲」，它們的發展和大國的發展是處於對位關係的。從外部觀察它們的人必會對於其國民活躍的文化生活感到驚奇著迷。這裡，顯示出了小國的優點：文化事件的豐富性是可以用「人的尺度」去評估的；所有國民都可以擁抱這種豐富性，可以完全參與文化生活。因此，時機最好的時候，一個小國會讓人想起古希臘的城邦生活。

這種所有國民都可以納入文化生活的情況也讓人想起了家庭；一個小國好比一個大家庭，而且它也喜歡以這種身分看待自己。在歐洲，最小民族的語言應屬冰島語，在這種語言裡，「家庭」稱作fjölskylda：這個字的字源是很具說服力的：skylda的意思是責任義務，fjöl則是多重的。「家庭」因此等於「多重責任義務」。對於家庭成員間的關係，冰島人也只用了一個字來表達：fjölskyldubönd，多重責任義務的「繩索」（bond）。在小國這個大家庭裡，藝術家因此以各種方式，被許多繩索綑綁起來。當尼采悍然指責「德國特性」的缺失時，當斯湯達爾宣稱自己喜愛義大利勝過喜歡自己的祖國時，沒有一個德國人，沒有一個法國人會感覺不悅，但是，假設哪個希臘人或是哪個捷克人膽敢說出同樣的話，他的家庭一定像對一個可恨的叛徒一樣高聲地咒罵他。

歐洲各小國躲在自己那不可為外國人接近的語言背後，它們的生活、歷史、文化實在難為世人所知；因此，大家自然而然便會認為，這是它們的藝術難以推向國際舞台的最大障礙。可是，情況恰巧相反：這種藝術之所以寸步難行，走不出國門，那是因為所有的人（藝評家、歷史家、本國人還有外國人）把它黏貼在國族那張大相片上，因此妨礙它走出框框。龔布洛維次：外國的評論家毫無益處地（再說他們的能力也不足）誇誇其談，以波蘭貴族、波蘭巴洛克等等的切入點來對他的作品發表議論。文評家普侯吉地斯[65]說得好，那些人將龔布洛維次「波蘭化」，將他「再波蘭化」，將他推回國族的狹隘背景裡去。其實，要了解龔布洛維次小說的價值並不是從對波蘭貴族的認識著手，而應從現代世界小說潮流（換句話說，對「大背景」的認知）切入才對。

12

哦，諸小國啊！在溫暖的親密氛圍裡，人人彼此妒羨，大家互相監視。「家庭，我恨透你！」另外還有紀德這幾句話：「沒有什麼東西比起你的家庭、你的房間、你的過去（……）對你更危險的了。你應該離棄它。」易卜生、史特林堡[66]、喬伊斯、塞斐利斯[67]全都知道這個道理。他們的一生中有大部分時間是在國外度過的，遠遠離開家庭勢力的影響。對於亞納切克這個耿直的愛國主義者而言，那是不可思議的事。因此，他付了代價。

當然，所有的現代藝術家都承受過加諸在他們身上的不了解以及仇視；可是，他們身邊同時又圍繞著許多門徒，許多理論家，許多演奏者來為他辯護，並且從一開

65. 作者註：見Lakis Proguidis : Un écrivain malgré，Gallimard出版，一九八九年。
66. August Strindberg，瑞典劇作家，一八四九～一九一二年。
67. Georges Seferis，希臘作家，一九〇〇～一九七一年。

始就鼓吹他們藝術的真正理念。亞納切克在捷克布爾諾省度過他的一生，在那裡，他也有自己的忠實支持者，也有不少能力經常令人稱羨的演奏者（「亞納切克四人樂隊」則是這傳統的最後承繼者），可是這些人的影響力畢竟太小。

從二十世紀開始的那幾年起，捷克官方的音樂學界就對亞納切克投以不屑的眼光。國族意識形態者在音樂這領域中只把史梅塔納視為唯一宗師，凡是不走史梅塔納風格路線的，他們就把那差異性看作眼中釘。當時布拉格音樂界的教皇是個名叫奈傑得里（Nejedly）的教授，並在一九四八年他死前被任命為文化部長，是史達林羽翼下捷共政權的萬能人物。在他晚年的階段，好尋釁的癖習不減當年，用盡心力從事兩件事情：崇拜史梅塔納，詆毀亞納切克。亞納切克生前對他最有用的支持者應屬馬克思・布羅赫了；他在一九一八到一九二八年間將亞納切克所有的腳本譯成德文，因此為這承受大家庭妒意的音樂家打開國界。

一九二四年，他以亞納切克為主題寫了一本專書，這是介紹這位音樂家的首部著作；可是布羅赫不是捷克人，因此那本專書以德文寫成。第二本專書則以法文寫成，於一九三〇年在巴黎出版。在布羅赫的專書出版三十九年後，捷克文的第一部有關他的完整專論才姍姍來遲面世[68]。卡夫卡把布羅赫為亞納切克所做的辯護比做昔日法國思想界為猶太軍官德雷福思（Dreyfus）所做的辯護。這種比較令人十分吃驚。它揭露了當時捷克加在亞納切克身上的敵意嚴重的程度。

一九〇三到一九一六年間，布拉格的國家劇院頑固地拒絕演出亞納切克的首部歌劇《葉努法》。在都柏林的一九〇五到一九一四年間，喬伊斯的同胞不也杯葛他的第一本散文小說《都柏林人》，甚至在一九一二年還燒燬小說的校樣。

亞納切克的下場和喬伊斯畢竟有點不同；前者後來還要忍受一件居心叵測的事：他得眼睜睜看著《葉努法》的首演被那個十四年之間刻意打壓、輕視他的樂團指揮所操縱。雖然這樣，亞納切克還不得不對他打躬作揖表示感謝。這場勝利其實是以屈辱換來的（他的原稿被改得滿紙通紅，刪除掉的、補充上的地方多到不可勝數），但從那時開始，波希米亞的音樂總算容忍他了。

我說：容忍。一個家庭如果無法消滅那個沒人愛的孩子，那麼它也會用母愛的縱容戕害了他。當時在波西米亞所盛行的，對他友善的輿論則把他從現代音樂的大背景硬扯出來，然後將他禁閉在地方性的議題上：他對民俗文化的愛好，他對摩拉維亞的愛國情操，他對女性、自然、俄羅斯、斯拉夫特質的讚賞，以及其他一些荒誕不經的話。家庭，我好恨你。直到今天為止，沒有任何一本夠分量的，討論亞納

68. 作者註：賈侯斯拉夫．佛葛勒：《亞納切克》（布拉格，一九六三年；英文版，一九八一年由W. W. Norton and Company出版），是一本詳盡的專書，整體而言，立論還算持平。不過有時受限於國族主義的視野，評斷的深度有限。巴爾托克和伯格是國際樂壇上和亞納切克最接近的兩位作曲家：前者隻字未提，後者則是一筆帶過。如果不順便討論上述兩位作曲家，又如何能在現代音樂的領域裡將亞納切克加以定位？

切克美學創新性的音樂學專書是出自他同胞的手。詮釋他音樂的人也無法形成夠影響力的流派，將那奇特的審美理念介紹給世人。也沒有人擬出一套推廣他音樂的策略。也沒有以唱片錄製他的音樂作品全集。也沒有出版他的理論性及批評性文字。

13

算了，不提也罷。我只想到他生命最後的十年歲月：他的國家獨立了，他的音樂總算贏得掌聲，同時也獲致一位年輕女子的青睞；他的作品變得越來越大膽，越自由，越歡樂。近似畢卡索的晚年。

一九二八年夏天，他的愛人由小孩陪同來到他的鄉間小屋探視他。小孩在森林裡迷路了，他出去找，到處跑來跑去，結果害了傷風，得了肺炎，被人送往醫院，結果不出幾天就過世了。

他的愛人一直隨侍在側。從我十四歲開始，就聽見人家耳語，說他是和愛人在病床上交歡時死的。聽來不像真的，不過，就像海明威說的，比真相更要真實。對於垂垂老矣的他來講，有什麼冠冕更適合他那發揮得淋漓盡致的昂奮心情？

這至少證明，在他那個像大家庭的小國裡，還是有愛他的人。這個傳說好比放在他墳前的一束花。

第八部

霧中道路

何謂諷刺？

在《笑忘書》的第四部裡，女主角塔米娜需要一位女性朋友畢比（Bibi）的協助（畢比是個酷嗜塗塗寫寫的人）；為了博取她的好感，塔米娜特別安排她與一位住在首都以外地區的作家巴那卡（Banaka）見面。作家向畢比解釋道，今天真正的作家已經放棄小說這種過時的藝術形式：「妳也知道，小說是人類愛抱幻想的結果。幻想著能夠了解別人。可是，你我如何能了解對方呢？（……）我們所能做的，只是交出一份對自己所做了解的報告。（……）除此之外，其他一切都是謊言。」巴那卡的一位哲學教授朋友則補充道：「從詹姆斯·喬伊斯以來，我們就很明白，我們這一生最大的奇遇便是我們這一生根本沒有奇遇。（……）荷馬筆下的驚險旅程就是落在奇遇幻想裡面。」這本書出版之後不久，我在某本法文小說的題詞裡看到這些文字。乍見之下，讓我有點沾沾自喜的感覺，繼而仔細一想，卻覺得難為情了，因為在我眼裡，巴那卡和他那教授友人所說的不過只是精雕細琢的一番蠢話而已。在七〇年代那時候，這類的話我是走到哪裡都聽得見：大學裡的絮叨言語，只是添了結構主義和心理分析的詞彙。

在捷克，《笑忘書》的第四部是以抽印本的方式單獨出版的（我的文章被禁了二十年之久，這是解禁後首次出版的東西），人家將一份有關的剪報寄來巴黎給我：執筆的評論家對我相當滿意，為了證明我的才智，他引述了那段他認為文采逼人的話：「從詹姆斯・喬伊斯以來，我們就很明白，我們這一生最大的奇遇便是我們這一生根本沒有奇遇。」等等。看到這裡，我的心裡油然生出一種不很正道的快感，彷彿看見自己騎乘著一頭誤解的驢子回到故鄉。

這種誤解不難明白：因為我沒有露骨地用文字來嘲諷巴那卡以及他那個教授友人。我沒有對他們表示保留的態度。相反地，我還盡力掩飾，讓他們的意見帶有知性論述的高雅調調，這種調調在那時所有人看了都敬畏三分而且熱忱地加以模仿。如果我故意讓他們的言論顯得荒謬可笑，誇大其中的過分之處，那麼我用的手法就是所謂的「明諷」。明諷是一種主題藝術；它對自己抱持的真理很有信心，於是公開譏諷它要打擊的對象。一位真正的小說家和他筆下人物的關係絕不能是「明諷」，而應該是「暗諷」。可是，如果「暗諷」的定義是謹慎運用諷刺，那麼讀者如何看得出來？那就得靠背景上下文的輔助：巴那卡以及他友人的議論是放在手勢、動作、言談的相對環境裡的。圍繞在塔米娜身邊那個鄉下的小圈圈最明顯的特色便是天真的自以為是：每一個人對她都具誠摯的好感，可是沒有一個人嘗試去了解她，因為他們甚至不明白「了解」究竟什麼含義。如果巴那卡斷言，因為試圖了解別人不過是個幻覺，所以小說藝術已經落伍，那麼他不僅表示了當時風行的美學態度，而且還不知不覺洩露了自己以及他那圈子的猥瑣：沒有欲望了解他人；對現實世界自以為是的盲目。

「暗諷」意味：小說裡沒有任何一句斷言是可以獨立起來看待的，每句斷言都處在與其他斷言、其他情狀、其他動作、其他理念以及其他事件複雜和矛盾的對照關係之中。只有耐心慢慢閱讀文本，一回，兩回，讀好幾回，這樣方能讓小說內部的「暗諷關係」突顯出來，若看不出這些關係，那麼這小說我們是無法讀懂它的。

K被逮捕時表現出的奇怪行為

K一早醒來還賴在床上便搖鈴叫人將早餐送進房裡。結果女傭沒來，倒是闖進幾個陌生男子，模樣正常、穿著正常，可是見到了他立刻擺出老大的姿態，以至於K沒辦法不感受到他們的力量，他們的權勢。雖然他心裡快要氣瘋，可是既然無法將對方攆走，只好低聲下氣，很禮貌地問道：「請問各位是誰？」

從一開始，K的舉止就擺動在兩極之間：一方面覺得自己弱勢，隨時準備屈服於這些不速之客不可思議的厚顏無恥行為（他們進來是為了通知K被逮捕的消息）；另一方面，他又擔心自己的舉措顯得可笑。例如，他語氣堅定回答道：「我不想待在這裡，也不同意你們沒有自我介紹就擅自開口對我說話。」如果我們將這番言詞從它所處的「暗諷關係」孤立出來，只以字面的意思來理解它（一如有些讀者按照字面意思解讀巴那卡的話），那麼在我們眼中，K（一如對奧森．威爾斯而言，將《審判》一書改編成電影的威爾斯）可能要成為一位「堅決反對暴力」的人。然而，只要細心閱讀原文我們就可以發現，這位表面似乎愛反抗的人其實繼續服從那些不速之客，而這些人不但不屑自我介紹，甚至還吃掉他的早餐，同時在這過程中，又令他穿著睡衣站在一旁。

在這屈辱的場景最後（他伸出手，可是對方拒絕去握），其中一人對K說道：「我猜你會想上一趟銀行？」K回答道：「上銀行？我還以為自己已經被逮捕了！」」

各位看，這可不是什麼反抗的舉動！他表現出好挖苦人，好挑釁人的性格！此外，卡夫卡也曾針對這點明白講道：「K在他的反問中放入一種挑戰意味，儘管對方拒絕與他握手，他卻感覺到（特別是監視他的人走開後）面對這些人他越來越獨立了，而且開始和他們周旋著玩。萬一他們要走，他還決定跑去跟在後面，跑到大廈入口，要求對方務必真正將他逮捕。」

多麼精巧的暗諷：K屈服了，可是卻還將自己視為強者，和他們「周旋著玩」，假裝把逮捕認真當一回事，藉此來調侃對方；他是投降了，可是以一種在他看來尚能保有尊嚴的方式詮釋自己的投降。

起先，大家是帶著沉重心情閱讀卡夫卡的。接著，大家聽說卡夫卡本人曾將《審判》的第一章親口唸給他的朋友們聽，而且逗得大家哈哈大笑。於是，大家以後閱讀這本書的時候，無論如何也要強迫自己笑，至於笑什麼確切也說不上來。事實上，這章裡面到底什麼如此好玩？K的行為。可是他的行為哪一點好笑呢？

這個問題使我想到自己在布拉格電影學院的那幾年。每次在開教員會議的時候，我和一位朋友總會帶著不懷好意的同情心看著在座的一位同事。他是一位五十來歲的作家，個性細膩，做人規矩，可是我們都覺得他的懦弱世間罕見，令他自己束手無策。我們經常幻想一個場景，但從來沒有機會演練一次（可惜！）：

我們其中一個人突然站起來，不管會議開到一半，衝到他面前說道：「給我跪下！」起先，他一定丈二金剛摸不著頭腦，到底我們想要怎樣；或是說得更精確些，在他那膽怯到敏銳過人的心眼裡，其實他立即就明白怎麼回事，只是他認為只要裝作不明白怎麼回事，就可能可以爭取多一點時間。於是，我們不得不將音量提高再重複一次：「我說跪下！」這時，他應該無法再佯稱聽不懂這命令。然後，他準備服從命令，不過心裡還有一個問題沒能解決：要如何跪？如何當著同事的面跪下而又不致屈辱自己？他必然會在跪下的過程當中，絞盡腦汁，找出一句可笑的客套話：「親愛的同仁，各位是否准許我在膝蓋下放一塊軟墊？」「跪下，給我閉嘴！」這時，他必然雙掌合攏，將頭略偏左邊垂下並且說道：「親愛的同仁，如果各位研究過文藝復興時期的繪畫，一定知道，拉斐爾描繪的聖夫杭索瓦．得．阿濟斯（saint François d'Assise）正是我這姿態。」

日復一日，我們腦海中不斷盤旋著這個饒富滋味場景的各種變體，發明一個又一個才情洋溢的套語，透過我們那位同事的嘴巴說出，以便保有他的尊嚴。

對約瑟夫・K的第二次訴訟

和奧森・威爾斯相反，卡夫卡第一批的詮釋者一點也不認為K是一個反抗專橫的無辜者。對於馬克思・布羅赫而言，約瑟夫・K無疑是有罪的。那麼他到底做了什麼？根據布羅赫的看法（《法蘭茲・卡夫卡作品中的絕望及救贖》，一九五九年），他的罪在於無法真心去愛別人：「約瑟夫・K不愛任何人，只能與他人輕浮調情，所以，他必須死。」（我們特別記住這句蠢到不行的評論！）布羅赫立刻指出了K兩點無法真愛別人的證據：根據小說一個原本未寫完，因此沒有收入正文裡的分章（出版的時候最多將它放在附錄裡面）顯示，約瑟夫・K三年以來根本沒去探望母親；偶爾給她寄點錢去，並向一位表兄弟打聽她的健康狀況（好奇妙的組合：《異鄉人》裡的穆爾梭也因沒去探視母親而落人口實）。第二個證據就是約瑟夫・K和布爾斯特納小姐的關係。根據布羅赫的看法，那是一種「最下流的性關係」。「約瑟夫・K被性愛搞得神魂顛倒，以至於不將女人當作人看。」

捷克籍的卡夫卡學學者艾都瓦・郭爾德斯突克（Edouard Goldstücker）在一九六四年布拉格版的《審判》的序文裡竟也以同樣嚴厲的態度譴責K，當然他所用的文字不像布羅赫的文字一樣透著濃厚的神學味道，但自有馬克思主義社會學色彩的：「約瑟夫・K因為放任自己的生活機械化、自發化、疏離化，放任它去迎合社會機器的原型化節奏，使它喪失所有屬於人性的東西，因此他是有罪的；因此K違反了卡夫卡的金科玉律，那條所有人都該受它管轄的律條：『要有人性。』」郭爾德斯突克曾受史達林式的司法體系迫害，妄加一堆罪名在他頭上，使得他在五〇年代含冤坐了四年的牢。我心裡想：他自己曾是不實指控的受害者，怎麼十年過後，竟然能夠利用一篇控訴來打擊另外一位像他一樣無辜的人？

根據維阿拉特的看法（《審判一書的祕密故事》，一九四七年），卡夫卡小說裡的那個訴訟，其實是卡夫卡造出來針對自己的。K不是別人，正是卡夫卡的替身：卡夫卡取消了自己和菲麗絲的婚約，結果他的準岳父「特地從巴爾摩趕來，親自審問這個罪人。阿斯卡尼旅館發生這個場面的房間（一九一四年七月）在卡夫卡眼裡看來好像審判庭一樣。（……）隔天，他立刻著手寫作《懺悔營》和《審判》。我們不知道K真的有罪，再說當時的道德標準會原諒他。可是他的「無辜」不免帶有邪惡色彩。（……）K以神祕的方式違反了一種神祕正義力量的律法，這個律法和我們的律法並不相同。（……）法官是卡夫卡，被告也是卡夫卡。他認定自己犯罪，犯了邪惡的無辜。」

在第一場審判中（卡夫卡小說中所描述的），庭上指控K有罪，可是卻「沒有指出罪名」。對於指控他人有罪，卻不說明原因這一事，那些卡夫卡學者似乎不覺驚訝，當然也就不去思考這種在先前任何文學作品裡都不曾處理過的情況。放著這種正事不辦，他們反而扮演起檢察長的角色，開啟另一場審判，並且對於被告K明白指出他真正的罪名。布羅赫：他沒有真愛別人的能力！郭爾德斯突克：他放任自己的生活被機械化！維阿拉特：他取消了婚約！這些批評我們真服了它：他們對K的審判和第一場審判都很卡夫卡式。因為，K在第一場審判裡沒有被定任何罪名，可是在這第二場裡卻被胡亂冠以罪名，不過兩種情況到頭來是一樣的，因為其中有件事情非常清楚：K會有罪並不是因為犯了錯，而是因為被人指控。既然受到指控，就只有一死了。

犯罪感的產生

想要了解卡夫卡的小說，方法其實只有一個。

就像讀一般小說一樣去讀他的小說。不要在K這個角色上硬要找出作者的影子，也不要在K的言語中，自以為將什麼神祕的訊息給解碼了，而是要仔細觀察角色們的行為，他們的言語，他們的思想，然後試著在眼前將他們的形象勾勒出來。如果我們以這種方法閱讀《審判》，那麼從一開始，我們就會對K受到指控時的怪異反應感到好奇：K壓根沒有作惡（或者說他壓根不知道自己何罪之有），可是卻立刻使他在行為上表現出好像有罪。他開始覺得自己有罪。大家讓他有罪。讓他產生罪惡感。

以前，在「有罪」和「自覺有罪」之間，人們只看出一種簡單的關聯：犯罪的人會有犯罪感。「使產生犯罪感」這一個詞事實上是很晚才出現的。在法文中，由於心理分析這門學問以及它在新造專業術語上的貢獻，一九六六年才首度出現了這個詞；到了一九六八年，這個動詞（culpabiliser）的名詞形式culpabilisation也造出來了。可是，在此之前很久，在這個「使產生犯罪感」的字眼尚未問世之前，卡夫卡的這本小說透過K這個人物以及他變化的各個階段便已闡述、描寫，開發這個概念了：

第一階段：對失去之尊嚴的無益抗爭。一個人被以荒謬方式指控，但是對自己的無辜尚未存疑的時候，卻很難為情地發現自己必須像罪人一樣過活。像罪人一樣過活，可是又明明無罪，這種屈辱的感覺是他努力想掩飾的。小說的第一個場景將這情況加以描述之後，在下一個分章裡，就以一個具有高度暗諷意味的玩笑簡潔加以說明：

有個陌生人打電話給K，K得在接下去的禮拜天到市郊一間屋子裡應訊。他毫不遲疑就答應去了；出於服從？出於恐懼？哦，不，自我欺騙的機制總會不知不覺地啟動：他只想趕快和那些討厭鬼把事情弄個水落石出，否則不斷接受盤問，把時間都耗在這蠢事上頭了（「訴訟過程越來越複雜，現在得要勇敢面對，希望這第一次應訊也是最後一次。」）可是才過不了多久，K的主管約他同一個星期天到家裡作客。這次的邀請對K事業的發展是很重要的。如果要去，是不是就放棄原先應訊的計畫？不可以；他於是婉拒了主管的邀請，但又沒向對方說明，現在他自己是官司纏身的人。

因此，禮拜天一到，他就出發去應訊了。可是他才發現，那天電話裡的陌生聲音忘記告訴他確實的時間是幾點鐘。不要緊；他覺得時間緊迫，於是跑著（是的，德文原文寫做：erlief，意即：跑）穿過整片市區。雖然人家沒告訴他精確時間，他還是跑著趕去，唯恐無法及時趕到。當然，早到早好，這個理由我們覺得說得過去；可是既然緊急，為什麼不捨用雙腳，改搭電車？再說電車和他跑的路徑是一樣的。他的理由如下：他拒乘電車，因為「他不想讓人家看出他過度守時，因為這樣沒有尊嚴」。他雖是跑著前去應訊，不過是帶傲骨跑的，他絕不肯自貶身價。

第二階段：力量展現。最後，他進到一間大廳，有人等他。法官問他問題：「您是油漆工嗎？」面對擠滿黑壓壓人群的大廳，他精采地回擊了那句帶有蔑視色彩的可笑問題：「不是，我是某大銀行的首席代理人。」接著，他又發表長篇大論，把庭上的無能結實數落一頓。由於旁聽席的掌聲響起，他覺得膽子越發壯了，接著，場景變成人盡皆知的陳套，就是被告反而變成指控別人的人（威爾斯竟沒讀出這種卡夫卡式的暗諷，被這陳套糊弄過去了，真有他的），於是他公然挑釁法官。這時，發生了情節的第一個急轉：K一眼瞧出旁聽席所有人的領口都飾有徽章，那些他原來以為對他言論欽佩得五體投地的人不過就是「其他在法院供職的人（……），聚攏在這裡專門聽他說話、監視他的」。他決定離開，一走到門口，預審法官已經等在那裡並且告知他道：「被告預審時該有的權益您自己放棄了。」K聞言高聲嚷道：「你們這群癩蛤蟆！這些權益你們自己留著受用！」

K此話一出，這個分章就結束了。如果讀者不去思考這話和下一分章開頭文字之間的暗諷關係，那麼方才那場景可能教人看了滿頭霧水。現在就引述下一分章開頭的文字：「到了下一個星期，K每天都在等新的傳喚；他無法明白，別人說他自動放棄被法庭訊問的權益原來是玩真的。到了週六晚上，他還等不到傳喚通知，於是就猜想，可是只是不發通知而已，審訊應該還是會在相同時間，相同的那棟建築物裡進行。因此，禮拜天早上，他又重新上路……」

第三階段：訴訟的社會化。K的叔伯聽說有人告他姪兒，緊張地從鄉下趕來。這是一件值得注意的事：人家不是說，審訊不應公開，所以它的過程應該再祕密不過的，可是怎麼最後弄得人盡皆知？另一件值得注意的事：沒有人懷疑，K可能是無辜的。整個社會已經相信那個指控，並且加進自己的默默贊同（或至少不表示表對）。他叔伯照常理來說應該既驚訝又氣憤地對他說：「他們怎麼可以控告你？你到底犯了什麼罪？」可是事實並非如此，他並沒有一點驚訝。他只是對這場官司可能對家族所造成的後果感到害怕而已。

第四階段：自我批判。由於官方拒絕再發出傳訊通知，K最後只得思量自己到底犯了什麼錯事。這個錯誤藏在何處？當然，一定在他經歷裡面。「他不得不努力回想自己的一生，包括所有雞毛蒜皮的事，然後從各角度加以審視。」

這種情況絕非遠離現實，事實上，也有單純女人走了霉運，只能在心裡詰問自己：我到底做了什麼惡行？然後開始回憶她的過去，不僅追想自己的行為，甚至懷疑自己曾說過的話，心裡面曾閃過的念頭，希望藉此明白上帝的憤怒。

共產政權的政治實作為這種態度造了「自我批判」一詞（在法文中，這一個詞在一九三〇年左右開始染有政治意涵；卡夫卡本人倒是沒用過它）。這個詞的用法和它的字源所代表的意義其實並不相符。其意非指「檢討反省」（將所作所為的好壞分清楚，希望藉此去過存善），而是「找出自己的錯誤」以便幫助原告，以便自己能夠接受並且同意對方的指控。

第五階段：犧牲者對劊子手的認同。在小說最後的分章裡，卡夫卡的暗諷達到了最駭人的巔峰：兩位身穿禮服的男子來找K並將他領往街頭。起先他想抗拒，不過繼而又想：「現在我唯一能做的事就是直到最後都有保持推理的冷靜（……）我是不是該表示，這一年來的訴訟過程自己一無所悉？我難道該像一個什麼也不懂的蠢蛋跟著人家的背後走？……」

接著，他遠遠看見一些警察在那裡踱來踱去。其中一位認為K一行人形跡可疑，便朝他們走來。這個時候，K居然帶頭強行將身邊兩位男子拉走，然後和他們一起沒命地跑。可是那些警察也許可干擾，甚至阻止處決的進行也說不定？

最後，他們到達了目的地。那兩位男子開始準備將K處死的事，這時，K的腦際閃過一個想法：「本來自己應該接過刀子，然後將它插進自己的身體（……）」可是他又哀嘆自己的虛弱：「讓他無法完全展現自己的能力，讓他無法替公權力分擔辛勞，誰該負責，就是那個害他跑得上氣不接下氣，耗盡所有力氣的警察。」

在多長的時間裡，一個人可被視為對自己忠誠

杜斯妥也夫斯基筆下角色的認同乃在於他們個人的意識形態，而這意識形態多少都以直接的方式去主宰他們的行為。《魔鬼》裡的基里羅夫完全沉溺在自己的自殺哲學裡，他認為自殺是展現自由的極致表現。基里羅夫：思想造就個人。可是個人，在他實際的生活裡面，是不是真是他個人意識形態直接的投射呢？在《戰爭與和平》裡，托爾斯泰筆下的人物（尤其是彼埃爾．貝祖訶夫和安德黑．博爾孔斯基）都具有高度開展的知性，可是這種知性很善變，又很多樣，以至於根本無法從他們的想法去確定他們的個性。因為，在他們人生的不同階段中，想法總不一樣。托爾斯泰對於「人」這概念另有看法：一道軌跡；一條曲折的道路；在這個旅程裡，每個前後接續的階段不僅相異，甚至後者還是前者的全盤否定。

我說「道路」，但這個詞很有可能誤導我們，因為「道路」這個意象隱含著「目的」。可是，人生這條道路常常以出人意料之外的方式前行，到底要通往什麼目標？而且半途常被死亡終結。當然，彼埃爾．貝祖訶夫的確最後達到了一個看上去是

完美的、終結的態度：他認為自己已然了解，為生命尋找意義，為某種目標而努力根本是虛妄的；上帝無所不在，在整個生命的過程裡，在每一天的生活裡，所以只要經歷你該經歷的，而且用愛去過活便已足夠。而他也只是滿懷幸福感受，依戀他的妻子以及家庭。目的算達到了？如果這算達到巔峰，那麼回顧起來，先前旅程的每一個階段不就僅僅像樓梯的一階階而已？如果情況真的如此，那麼托爾斯泰的小說就喪失了它最具本質性的暗諷，近似於被編寫成小說的道德教訓而已。可是情況並非如此。在小說的後記當中，我們讀到貝祖訶夫八年後的情況。那時他得離開妻子和家庭一個半月，為的是要去聖彼得堡參加一個半地下的政治活動。於是，他得重新為自己的生命尋找一個意義，並為一個新的理想戰鬥。所以，道路並無止境，也不知目標何在。

我們不妨認為，一條軌跡的不同階段彼此是處於暗諷關係裡的。在暗諷的國度裡，平等是統治一切的律條；這意味著，軌跡沒有任何一個階段是在道德上優於另一個階段的。博爾孔斯基辛勤工作，只圖對祖國有用，這意味著他要為先前憤世嫉俗的人生態度「贖罪」嗎？不是，那不是所謂的自我批判。在道路的每個階段中，他凝聚了自己所有的道德力量、知性力量以便選擇自己的態度，而且他知道這態度究竟為何；因此，他如何能夠指責自己今是昨非？一如我們沒有辦法從道德的觀點來評斷自己生命中的每個階段，我們也沒辦法從真誠性的角度加以評斷。很難斷定到底哪個階段的博爾孔斯基對他自己最為真誠：是離群索居的時候還是投身於社會的時候。

既然生命的各階段彼此相較如此矛盾，那麼該如何決定其間的共同點呢？在無神論的貝祖訶夫和信仰虔誠的貝祖訶夫之間，做為同一個體，到底共同的本質是什麼呢？「我」恆常不變的本質究竟為何？那麼第二階段的博爾孔斯基對於第一階段的博爾孔斯基要不要擔負什麼道德責任？將拿破崙視為讎寇的貝祖訶夫是不是對先前崇拜那位英雄的貝祖訶夫得有個交代？在多長的時間裡，一個人可被視為對自己忠誠？

具體而言，只有小說可以審視這個人類認知裡面數一數二的大祕密；首先進行這項剖析的大概是托爾斯泰了。

細節協同

托爾斯泰筆下人物的蛻變並非長時期的演變所獲致的結果，而是由突然的感悟所造成。彼埃爾・貝祖訶夫輕而易舉就從無神論者搖身一變成為信教者。其中並無什麼驚人祕密，只是他和妻子關係決裂，然後在郵務驛站遇見一個四海為家的共濟會會員並且和他談話。階段如此容易轉變並不意味那人膚淺善變。應該說是，這可見的改變長久以來已在人的潛意識裡醞釀成形，最後時機成熟，猛然顯現出來。

安德黑・博爾孔斯基曾在奧斯特利茲戰役裡身受重傷，現在甦活過來，準備重新過起生活。

不過在這時候，這個優秀年輕人的世界已經起了劇烈變化：不是因為做了什麼有理性、合邏輯的沉思冥想，而僅僅是因為曾和死神擦肩而過，並且仰望天空良久。這些細節（比方仰望天空）對托爾斯泰筆下的人物而言，都在決定性的時刻中扮演了極重要的角色。

稍後，安德黑從他原先那深沉的懷疑主義裡改變過來，重新積極投入生活。這個改變是在他和彼耶賀在坐渡船時的一番對話之後才發生的。在那時候，彼埃爾（也只是他生命中的一個階段而已）的人生態度是正面的、樂觀的、利他的，和安德黑厭世的懷疑精神正好相反。可是在兩人討論的過程中，彼埃爾的表現只算幼拙，嘴裡滔滔不絕講的淨是陳腔濫調，可是卻使得安德黑在這同時心靈明燈大放光明。兩人結束對話後的靜默其實遠比對話本身來得重要：「離開渡船之後，他順著彼埃爾手指的方位望向天空，在奧斯特利茲戰後，這是他第一次看到那深邃永恆的天空，那片他曾在戰場上仰視的天空。突然，他的心靈重新湧進歡欣，湧進溫情。」這種感覺相當短暫，才一出現，轉瞬就消失了，可是安德黑已經明白「這種感覺其實一直藏在他內心裡，只是他不知道如何讓它開展出來」。過了很久，某一天裡，有如火花迸射，這種「細節協同」（看見橡樹頂端的葉簇，湊巧聽見年輕姑娘們的快樂言語，腦中不經意浮現的記憶……）驀然點燃了這種感覺（本來就「藏在他內心裡」），並讓它以燎原之勢蔓延開去。才前一天，安德黑才對自己的遁隱沾沾自喜，可是現在卻突然決定

「秋天動身到聖彼德堡，並在那裡找份工作（……）這時，他將兩手叉在背後，在房間裡踱起方步，有時蹙緊眉頭，有時臉露笑意，心裡混雜著所有不可言喻，超乎理智的想法，有如罪惡一般不能明示於人，彼埃爾、光彩前程、窗前那位姑娘、橡樹、愛情和美全都奇異地糅合在一處。可是在這時刻，如果有人進房，他一定立刻斂起笑容，以特別冷漠、嚴苛、令人不愉快、講邏輯的態度應付（……）好像他想藉著過度講究邏輯，在某人身上報復在他內心中所作用的那祕密的、不合邏輯的現象。」（我們記得，在托爾斯泰下一本小說《安娜．卡列妮娜》裡，主人翁安娜會走向自戕一途也是由於這種「細節協同」的現象所導致，因為一些細節湊合〔遇見的人臉龐醜陋，在火車的隔間裡無意中聽見的言語、揮之不去的回憶等等〕所刺激。）

下面又是安德黑．博爾孔斯基內心世界的一個大改變：他在波羅丁諾戰役中受到重傷，被人抬上野地醫院的手術檯上的時候，心中突然充滿寬容和平的奇妙感覺，充滿一種不再離他而去的幸福滋味；在那麻醉術尚未發明的年代，手術的場景是以極端殘忍，而且精確到令人頭皮發麻的文字來描寫，於是上述那種幸福的滋味更顯得離奇了，但在這種離奇狀況之中最離奇的還是：他的腦中突然閃過一個意料之外，不合邏輯的回憶：當男護士幫他脫去衣物的時候，「安德黑想起童年最遙遠的日子」。過了數行，我們又讀到：「在所有這些苦難過後，安德黑感受到一種他許久以來未曾有的幸福感覺。那是以前他生命中最美好的時刻，在他童年最早期的階段，每次只要有人幫他脫去衣物，服侍他躺在自己那張小床上，只要他的保母為他唱起催眠歌謠，只要他把頭埋進枕頭裡面，就自然而然覺得：感覺活著真是一件幸福的事，而這些時刻並不是以昔日往事的形式出現在他的想像中，而像是此時此刻發生在眼前的真事。」過了片刻，安德黑才發現鄰床躺著和他競爭追求納塔莎的情敵安那托勒，正由醫生對他進行腿部的截肢手術。

一般對這場景的解讀是：「安德黑受了傷，看到他的情敵正要被鋸掉一條腿；這幕景象使他生出無限的憐憫，不但對這情敵，也對全體人類。」可是托爾斯泰深知這種突然醒悟應該不由一些明顯而且合邏輯的原因所造成的，其實只是被一個稍縱即逝的意象（想起小時候人家像那男護士一樣，幫他脫去衣物）所觸發，進而引起他新的蛻變，改變他對事物的視野。又過了幾秒鐘，這個奇蹟式的細節已被安德黑自己給拋在腦後，就好像大部分的讀者讀過去也就忘掉一樣。大部分的人閱讀自己的生命就像閱讀小說一樣，隨隨便便，漫不經心。

另外尚有一項大的轉變，這一次是彼埃爾．貝祖訶夫。他決定要殺掉拿破崙，而在做出這決定前發生了一個插曲：他從那些共濟會成員的朋友處得知，根據《啟示錄》的第十三章，拿破崙就好比基督的敵人：「凡是聰明人都能夠算出獸的數字，因為這數字代表一個人。這個數字是六百六十六。」如果用數目字譯出法文字母，那麼「拿破崙皇帝」幾個字合起來正好是六百六十六這數字。「這段預言著實讓彼埃爾大吃一驚。他常自問，到底有誰可以摧毀那獸的力量，也就是摧毀拿破崙的力量；他於是以同樣的計數方式，細心推算，想要替這問題找出答案。他先算過『亞歷山大皇帝』的組合，接著又算『俄羅斯國族』。可是所得數目不是多於就是少於六百六十六。有一天，他突發奇想，將自己的名字：『彼埃爾·貝祖訶夫公爵』寫下，可是還是得不到想要的那數目字。他不死心，把字母S抽掉，換上Z，將表示貴稱號的介系詞de加在姓和名之間，並且在頭銜前面用了定冠詞，但依舊得不到令他滿意的答案。這時他想，如果問題的答案真的藏在自己的姓名裡，那麼就應該將國籍一併記入名字。如此一來，他的名字成了：俄國人貝祖訶夫（le Russe Besuhof）。結果得到的數目字是六百七十一，比理想中的數目字多了五。五代表字母E，就是先前定冠詞le和empereur（皇帝）一詞縮寫時省去的e所代表的數目字。於是他也不管不合文法，只顧把Russe前面定冠詞le裡的e也省去，得到的結果是l'Russe Besuhof——六百六十六。這個發現讓他內心十分激動。」

托爾斯泰不厭其煩描寫彼埃爾對自己姓名頭銜所做的更動——只為湊成六百六十六這個數字——結果卻得到個四不像的l'Russe。這真是一個絕妙的拼字搞笑。一個聰慧無庸置疑而且引人好感的人所做的這種嚴肅而勇敢的決定居然是受愚蠢的想法左右？

這個人在你的觀感之中如何？而你又如何看待你自己呢？

為了跟上時代精神而改變了意見

某天，有個女人容光煥發地來向我宣告：「這下好了，再不叫列寧格勒，改回聖彼得堡了！」城市或者街道重新命名，這碼子事我從來不感興趣。本來有些話幾乎要脫口而出對她講，不過到了嘴邊又吞回去了：在她那被歷史輝煌進展迷炫得睜不開的眼裡，我覺得自己的看法必然不獲同意，而我又不想因此與人爭論不休，更何況在這時候我猛然想起一個對方一定早已忘得一乾二淨的插曲。一九七〇年或一九七一年的時候，也就是在俄軍入侵捷克後，這位女士曾來過布拉格探望我和我的妻子，那時我們正處於被當局視為異議分子的艱難階段。這是她對我們支持與肯定的表示，我們心存感激，就想說些快樂的事來回報她。我的妻子說了件有趣的事給她聽，主角是一位住進莫斯科旅館的美國闊佬。人家問他：「您可去了陵寢看過列寧？」結果闊佬答道：「哦，有！我花了十塊美金讓人送來旅館。」此語一出，我們卻發現這位女客人的臉整個緊繃起來。身為左派分子（今天還是），她認為蘇聯侵略捷克是背叛了那些她認為彌足珍貴的理想。更不可接受的是，她本來是要來為我們這些受難者加油打氣，誰想到我們居然嘲弄起她那些被出賣的理想。結果她冷冷回答：「我一點都不覺得這個好笑。」後來多虧我們那受難者的身分，我們和她的情誼才不至於破裂。

像這類的故事我可以說上三天三夜。人會改變意見，但並不只限於政治方面，在一般的風俗習慣方面也會。女性主義起先蓬勃發展，繼而往下坡走，「新小說」一剛開始普獲讚賞，接著又被棄如敝屣，接續富有革命精神清教徒精神的竟是放浪形骸的色情文化，那些起初數落歐洲的理念，說它是反動的，新殖民主義的，現在卻又將它當做進步旗幟舞動起來，等等。於是我不禁要問：他們到底有沒有回想起自己往日的立場？在他們的腦海中是否還殘存自己思想變遷的歷史？倒不是我看到人們改變思想就會憤憤不平。貝祖訶夫這位昔日拿破崙的崇拜者居然搖身一變成為可能刺殺他的人，不管是這個例子或是其他例子，我其實聽起來都感到愉快。一位在一九七一年將列寧當做偶像崇拜的人難道一九九一年對於列寧格勒易名一事無權表示喜出望外？當然，她有權利。然而，她的改變和貝祖訶夫的改變其實並不相同。

貝祖訶夫或是博爾孔斯基是正好在他們內心世界起變化時，方才從個體的身分對自己加以肯定的，不管他們使人驚訝也好，讓自己與眾不同也好；不管他們的自由像火熊熊燃起也好，讓自己對於「我」的認同隨之熱烈起來也好，總之，這些都是詩意飽滿的時刻。他們都以如此強的張力去經歷，以至於整個世界都帶著神奇的細節，好似一列迷醉的行伍，前來迎逢他們。在托爾斯泰的筆下，一個人越是做他自己，他就越有力量，越有智力，越有想像力來改變自己。

相反地，我所看到一般人對列寧，對歐洲等等的態度改變其實都以非自我性將它顯露出來。這種改變既非他們所創造，亦非他們所發明，更不是他們的心血來潮，他們出其不意的行動，他們的思考，他們的狂熱所成就；所以其中毫無詩意可言，這只是從歷史善變精神出發，極其乏味的調整罷了。這也就是為什麼他們連這種調整都察覺不出來的原因了；到頭來，他們還是和以前一樣，沒有改變：總是自認站在真實這邊，總是覺得在自己的地位階層中，人都應該思考；如果他們有所改變，並非為了更接近他們自我的某些本質，而是為了和別人混同起來；改變能夠讓他們保持不變。

我可以換個方式解釋我的想法：他們其實都根據那個不可見的審判庭在改變自己的想法，而這個審判庭本身也不停在更換自己的觀點；因此，他們的改變只是對審判庭明天要宣佈的真理進行押寶的動作。我想到自己在捷克經歷的青少年時代。從最早期對共產主義的迷戀中走出來後，我們把對官方教條的每一小個挑戰看成勇氣的表露。我們抗議當局對信教者的迫害，為那遭受排斥的現代藝術請命，對官式宣傳裡的蠢言愚行提出反駁，批評祖國對蘇聯的依賴等等。因為做了這些事情，我們於是冒了危險，不算太大危險，可是還算麻煩，而這個（小小）危險給予我們很愉快的道德滿足感。有天，我的心裡興起了一個可怖的念頭：如果這些抗爭行為並不是由一種勇氣，或由內在對自由的企盼所支使，而只是為了取悅於另一個已在暗處準備登場的審判庭？

窗

我們無法比卡夫卡的《審判》寫得更深入了；他為一個極無詩意的世界創造了極有詩意的意象。我說：「極無詩意的世界」，意即：這個世界已經沒有空間保留給個體的自由，給個體的原創性，而且身處其中，個人不過就是超人類力量的工具：比方官僚體系、科技以及歷史。我說「極有詩意的意象」係指：卡夫卡在不改變世界無詩意的本質和特徵的前提下，以他詩人無邊的瑰奇思想轉化了、重塑了這個世界。

K的心思完全被那樁強加在他身上的訴訟所佔據了；他連思考其他事情的一點時間也都沒有。可是，即使在這毫無出路情況中，還是存在著幾扇窗戶，會突然短暫開啟的窗戶。他無法跳出窗戶逃逸出去；因為才開一半立刻又會關閉。儘管如此，他還是可以在開關的瞬間領略外面世界的詩意，不管怎樣，這點新意總是代表一種存有的可能性，在這個被圍剿的人的生命裡閃爍銀亮的反光。

這些短暫的開啟，比方就像K的眼光：他來到郊區那條街上，第一次應訊所在地的那條街道。才前一刻，他還跑得氣喘吁吁，唯恐趕不上時間。現在，他停下了腳步，站在街道中央，並且左顧右盼起來，暫時把訴訟的事拋在腦後：「幾乎所有的窗口都站滿了人，穿襯衫的男人雙肘支在窗框並抽著煙，或是帶著溫柔與戒慎參半的表情，將小孩抱坐在窗沿上。在其他的窗口則看見晾著的床單、被褥，有時從那上面會探出一頭亂髮的女人。」接著，他走進建築物的中庭。「離他不遠的地方，有個打赤腳的男人正坐在一只箱子上面閱讀報紙。另有兩個男孩各自坐在手推車的一邊，像坐蹺蹺板似地玩耍著。另外一邊，水泵旁站著一個瘦弱的女孩，身上還穿著睡衣，目不轉睛看著K，這時，水罐正注著水。」

這些句子使我想起了福婁拜的描寫：簡潔、視覺飽滿度高、描寫細節卻不落入窠臼。這描寫的力量讓讀者感覺到，K是多麼渴望現實，懷著多貪戀的心情想要一口飲下世界，不過才前一刻，這個世界還因他擔心訴訟結果而被遮隱住了。只可惜，這個停頓何其短暫，因為K的心思重新被訴訟一事席捲，眼裡再看不見那個穿睡衣的瘦弱女孩以及一旁注著水的罐子。

小說裡的幾個性愛場面也像霎時半開後又關上的窗戶，只在眼前晃過一下就沒有了：K只遇見和那樁訴訟多少有些關係的女人。比方他的鄰居布爾斯特納小姐，K正是在她的房間裡被逮捕的；K思緒混亂地向她敘述過去發生的事，最後在門邊成功地擁吻了她：「他一把將她摟過來，先是吻她嘴唇，接著再吻她的臉龐，好像一隻**口渴**的野獸，不停伸縮舌頭，飽嚐牠終於發現到的水源。」我特別將口渴兩字加粗以示強調，彷彿那個男人失去了他正常的生活，只能以迅雷不及掩耳的方式，好像透過一扇窗戶與她溝通。

在第一場應訊中，K開始發表議論，可是才過不久，卻被一件怪事給打斷了：大廳裡面執達員的妻子亦在旁聽之列，忽然一名相貌醜陋、乾乾瘦瘦的男學生過來將她壓倒在地，並且當著眾人的面和她交歡。原先彼此不能並存的事件現在居然不可思議地併在一起（卡夫卡式的了不起詩意，怪異而且反似真！），又是一扇新開的窗，窗外風景離那訴訟很遠，窗前一派歡愉的粗鄙，快樂行那粗鄙行為的自由，那是K被人沒收掉的東西。

這種卡夫卡式詩意讓我想起一本與它精神相反的小說，內容也在描寫逮捕以及訴訟：歐威爾的《一九八四》，這本數十年來一直成為反極權政治的標竿作品。這本小說描述了一個想像中集權社會的可怕景象，但是書中沒開任何窗戶；那裡，讀者看不到那個用水罐裝水的瘦弱女孩。這本小說好似銅牆鐵壁，就連一絲詩意也滲不進去；小說？其實只是穿上小說外衣的政治思想罷了。當然，他的思想本質既澄澈又適切，可是卻被小說形式的外衣給扭曲了，反而變成有失精確的差不多態度。如果說小說形式模糊了歐威爾的思想，那麼是不是失之東隅，收之桑榆，另有什麼回報？它是不是照亮了某個社會學或政治學都無法觸及的人性奧祕？不是。他那小說裡的人物以及情境都平板得像張海報。可是至少它該有將偉大理念通俗化的優點吧？也沒有。因為理念一旦寫入小說就不再是理念，僅能以小說的身分加以看待。在《一九八四》裡，這些理念是以「壞」小說的身分面世，所有壞小說能發揮的惡質影響它都盡使出來了。

歐威爾這本小說的惡質影響在於他將現實毫無商量餘地的簡化成純粹的政治面向，然後又將這個單一面向簡化成具樣板性的負面東西。即便他的藉口是為了打擊極權政治的惡才寫出這種有用的政治宣傳作品，我還是無法原諒這種簡化。因為這惡正好就源自於將生活簡化成政治，然後再把政治簡化成宣傳。不管背後的動機為何，歐威爾的小說本身即是一種極權主義的心態，好做宣傳的心態。他簡化（而且教人簡化）了一個受憎惡社會的生活，以幾項列舉出來的罪狀就要把它打發掉了。

在共產政權瓦解的一、兩年後，每次我和捷克人一聊起來，就千篇一律在每個人的嘴裡聽見這句幾乎已經儀式化的言語，好像所有的回憶，所有的思考都非得用它來開場不可：「在共產黨四十年的恐怖統治之後……」或是：「恐怖的四十年。」尤其是：「浪費掉的四十年。」只要聽見這話，我就會看著與我談話的對象：在那段所謂恐怖統治的期間裡，沒有人逼他們流亡海外，他們沒有坐牢，沒有被剝奪工作，甚至沒被視為壞人；他們一個一個都在自己的國家過自己的日子，在他們的公寓裡，在他們的職場上，可以度假，擁有朋友，還有愛情可談；一旦說出「恐怖的四十年」，他們只把自己的生活局限在政治的單一面向。而這四十年的政治史，他們難道從頭到尾不分時間都過著清一色恐怖的日子？難道他們忘了在那年代裡曾經看過福曼[69]的電影，讀過赫拉巴爾[70]寫的書，出入具異議精神的小劇場，流行幾百條的笑話，並且興高采烈地嘲諷政治當局？如果他們所有的人都是「恐怖的四十年」不離口，那是因為他們將自己生命的回憶給「歐威爾化」了，這樣一來，事過境遷之後，在他們的記憶裡，在他們的腦海中，自己生命的價值竟然被貶低了，甚至乾脆一筆勾銷（「浪費掉的」四十年）。

K在自由嚴重被剝奪的時候，還能觀察到那瘦弱的女孩以及她身旁水漸注滿的水罐。所以我說，這些時刻好比乍開還閉的幾扇窗戶，外頭是遠離訴訟的景物。是什麼景物呢？我將好好解釋這個隱喻：從卡夫卡小說裡的窗戶望出去便可看見托爾斯泰的景物；在那個世界裡，人物即使身處最嚴酷的時代，還能保有決定的自由，而這自由賦予生命一種幸福的不可估算性，那是詩意的源頭。托爾斯泰那極富詩意的世界和卡夫卡的世界是截然不同的。可是因為開了一扇窗戶，一股懷舊傷感的氣息，好像一絲幾乎讓人感受不到的微風，吹進了K的故事裡面，然後一直停留在其中。

法庭和訴訟

討論存在問題的哲學家總喜歡為日常的語言注入哲學的含義。每次只要用到像「焦慮」、「閒聊」等字眼，我就很難不去想到海德格所下的定義。在這點上，小說家還算是哲學家的先驅呢。小說家在審視筆下人物所處的情境時，會發展出一套自己的詞彙，而其中的關鍵性字眼經常具有概念特質，並且超越了字典所給予的定義。因此作家小雷克比翁（Crébillon）筆下的「時刻」（moment）一詞即被當作情愛遊戲的概念字眼（女人可受誘惑的一時機會），並且將它遺贈給他的時代以及其他的作家。同樣，杜斯妥也夫思基用了「羞辱」一詞，而斯湯達爾則是「虛榮」。透過《審判》一書，卡夫卡留給我們至少兩個概念字眼，如果要了解現代世界，那麼這兩個字眼是不可或缺的：「法庭」以及「訴訟」。卡夫卡將這兩個字眼「遺贈」給後代；這意味著，他將這兩個字眼備妥，以便讓我們使用，讓我們根據自己的經驗思考再反覆思考。

法庭：這裡指的不是專門處罰踰越國家法律的人之司法機構；在卡夫卡的定義中，這意味著一股裁決的力量，而且正因這股力量所以裁決；賦與法庭合法地位的就是這股力量而非其他。當K看見兩名不速之客闖進他房間的時候，他立刻就認出這股力量並且願意屈從。

這種法庭所提起的訴訟總是「全面的、絕對的」；也就是說，它關係到的不是特別的案件，某個確定的罪行（偷竊、偽造文書、強姦）而是被告人格的整體：K回

69. Milos Forman，捷克籍導演，代表作包括《飛越杜鵑窩》、《阿瑪迪斯》、《月亮上的男人》等。
70. Bohumil Hrabal，捷克作家，著有《過於喧囂的孤獨》、《我曾侍候過英國國王》等。

顧自己一生的「全部」，試圖在「最微不足道的事情」中找出自己所犯的錯誤；貝祖訶夫可能因為崇拜拿破崙，因為憎恨拿破崙而遭指控。還有他的酗酒習性，因為這種訴訟既然是全面的、絕對的，那麼公領域和私領域都要管了。布羅赫將K判了死刑，因為在K眼裡，女人只有「最下等的肉慾」。走筆至此，我想起了發生於一九五一年布拉格的幾樁政治訴訟案件，在大量發行的公報中，被告的生平事蹟全部赫然在列；那是我生平第一次讀到色情文章，內容描述一場狂歡大會，在大會中，女性被告的身體塗滿了巧克力，（在那物質極度匱乏的年代！）然後任憑那些男性被告（後來都被判了絞刑）伸舌亂舔。在共產黨意識形態逐漸開始土崩瓦解的時候，對於卡爾．馬克思的控訴（今天，這場控訴隨著俄羅斯以及其他地方的塑像拆除而到達高潮）也是以他的私生活做為打擊對象的（第一本我讀過的反馬克思著作：《他和家裡女傭的性愛關係》）；在《玩笑》一書裡面，一個由三名學生組成的法庭負責審理路德維克，因為後者捎給他女朋友一個句子。他自我辯護道，那句子是在缺乏深思熟慮的情況下匆匆寫的；可是庭上回答他說：「不過我們至少知道你『安什麼心』。」因為一切被告所說的，所低聲呢喃的，所思考的，內心所隱藏的，將全部交給法庭參考。

我們說過，這種訴訟總是「全面的、絕對的」，它甚至不僅僅只針對被告本身而已；K的叔伯不就對他說道：「你將被社會除名，還要賠上整個家族。」一名猶太人被定有罪，便好像得肩負起所有時代、所有猶太人的罪。共產主義的教條認為階級性會遺傳，被告犯錯，那麼往上推溯，父母、祖父母想必也都有罪。沙特曾指控殖民政策的罪惡，可是他並不是指控殖民者，而是指控歐洲，「整個」歐洲，「亙古以來」的歐洲；因為「你我身上都有殖民者的影子」，因為「既然我們所有的人都從殖民剝削政策中撈到好處，只要是歐洲人就是共犯」。控訴的時候經常是不分青紅皂白的，年湮代遠以前的事竟如時事一般鮮活；甚至直到你死，還逃不過：墓園還有不少密探出沒。

控訴如果是個人物，那麼他的記憶力就強得駭人，可是這種記憶如果為它下個定義就是：忘掉一切不是罪惡的。控訴最終將被告的生平簡化成「犯罪史」；維克多・法希亞斯[71]寫的《海德格和納粹主義》即是一本犯罪史的經典範例，從海德格的幼年時期即看出他的「納粹主義劣根」，卻完全不管他的天賦起源為何。共產政權的法庭為了懲罰被控訴者的意識形態偏差，經常把他們「全部的」作品列為禁書（所以在共產國家中，例如盧卡契[72]和沙特的作品，包括一些支持共產黨的文字，全被查禁）。在一九九一年的後共產時代的陶醉期裡，一家巴黎報紙不就疾言問道：「為什麼我們的街道還要以畢卡索、亞哈貢[73]、艾呂亞[74]、沙特的名字命名？」有人

71. Victor Farias，智利籍作家，後任教於德國柏林，生於一九四〇年。
72. György Lukàcs，匈牙利文學史學家、文學評論家，一八八五～一九七一年。
73. Louis Aragon，法國詩人、作家，一八九七～一九八二年。
74. Paul Eluard，法國詩人，一八九五～一九五二年。

恨不得回答：因為他們作品的價值呀！在沙特對歐洲所做的控訴中，價值對他而言是這樣的：「我們所珍視的價值已經折斷羽翼；如果湊近去看，沒有哪個價值不是沾滿血跡的。」沾了血的價值就不算價值；控訴的精神就是把一切泛道德化，這是對一切工作、藝術、作品的絕對虛無主義態度。

在不速之客尚未進來逮捕K之前，K便已察覺到住在對面房屋裡有一對年老的看門夫妻正用「不尋常的好奇眼光」在看著他；因此，從一開始，「愛刺探別人祕密的守門人」這成分便加進情節裡了。《城堡》一書中的亞瑪莉亞從來沒有被人指控，也沒有被判刑，可是由於那不可見的法庭對她感到不滿，這點就足以使得所有的村民遠遠避開她了。如果「法庭」將一個「控訴政體」強加在一個國家之上，那麼全體國民便為那大規模的控訴操演動員起來，將它的功效增強百倍；每一個國民都知道他可能隨時被人點名批判，因此老早打好自我批判的腹稿。自我批判：是被控訴者對控訴者的屈從，棄絕自我，做為個體自我毀滅的方式。一九四八年的共產主義革命之後，有個富裕家庭出身的捷克女孩，因為有感於自己的童年實在不配享受那麼多的特權，那麼多的優渥待遇，為了贖罪，她變成一位狂熱的共產黨員，甚至公開宣佈和自己的父親斬斷父女關係；今天，在共產主義銷聲匿跡之後，她突然又要重新接受審判，再度感覺自己有罪。經過兩次控訴的折磨，兩次的自我批判，在她眼前呈現的唯有一片荒漠，生命被否定掉的荒漠；即便在那兩次控訴之間，當局將她父親（否定掉的）被充公的房屋交還給她，可是今天她只成了個被否定的人，雙重否定，自我否定。

因為提起訴訟不是為了伸張公義而是為了毀滅控訴者；就如布羅赫所說的：不能真心去愛別人，只懂得膚淺調情的，那就讓他死吧。因此K才走向被殺害的命運。布卡林（Boukharine）也被絞死了。有時控訴行為竟可加在死者身上，這是為了讓那死者再死一次，比方燒燬他們的著作，比方將他們的名字自教科書上除掉，比方將原本以他們的名字命名的街道重新命名。

對世紀的控訴

大概七十年以來，歐洲便生活在控訴的政體裡面，有多少二十世紀偉大的藝術家都橫遭指摘……我現在只談一些對我而言特別具有意義的。從二〇年代開始，那些被激進道德法庭圍剿的藝術家：布寧（Bounine）、安德烈耶夫（Andreiev）、梅耶霍爾德（Meyerhold）、皮爾尼亞克（Pilniak）、維普利克（Veprik，猶太裔的俄國音樂家，被現代藝術所遺忘的殉道者；他當年因為膽敢和史達林唱反調，為丘斯塔柯維奇〔Chostakovitch〕被禁的歌劇辯護，結果被送進了勞改營。我還記得父親很喜歡彈奏他所寫的鋼琴曲）、曼代爾史坦（Mandelstam）、哈拉斯（Halas，《玩笑》一書中路德維克最欣賞的詩人；死後因為作品的憂傷情調被聞出反革命嫌疑而遭打壓）。接著，還有納粹法庭的受難者：布羅赫（他的照片如今供在我的書桌上，嘴裡叼著煙斗，目不轉睛看著我），荀伯克、威爾費勒[75]、布雷希特[76]、托瑪斯・曼和罕利希・曼[77]、穆西勒、凡庫拉（我最欣賞的捷克文散文家）、布魯諾・舒爾茲[78]。如今集權帝國灰飛煙滅，他們的血腥控訴也已蕩然無存，可是「控訴精神」還不絕如縷被繼承下來，凡事還由它來定奪。因此，後世仍有許多的人慘遭控訴：那些對納粹有好感的人：漢孫（Hamsun）、海德格（所有捷克的異議思想，比如靈魂人物巴托卡〔Patocka〕，都源自於他）、理查・史特勞斯、歌特夫利德・班恩（Gottfried Benn）、馮・多德賀（von Doderer）、狄里厄・拉侯歇爾（Drieu la Rochelle）、賽林納（一九九二年，大戰都過去五十年了，有位縣長還難消怒氣，不肯將他的住宅列為古蹟保護）；墨索里尼的同黨：皮藍德婁（Pirandello）、馬拉帕爾代（Malaparte）、馬里內梯（Marinetti）、厄爾沙・龐德（Ezra Pound，好幾個月的時間裡，美軍將他像野獸一樣關在籠裡，任憑義大利的炎陽烤炙；克里斯強・大衛生（Kristján Davidsson）在他位於雷克雅未克（Reykjavik）的工作室裡將一張龐德的放大照片拿給我看，並且說道：「五十年來，我走到哪裡，這張照片跟著我到哪裡。」）；慕尼黑的和平擁護者：喬諾（Giono）、亞蘭（Alain）、莫杭德（Morand）、蒙戴賀朗、聖約翰・貝賀斯（Saint-John Perse，法國駐慕尼黑使節團成員，就近見證了令捷克國格斷喪的行動）；接著，還有共產主義者以及同情他們的人：麥雅考伕斯基（今天，有誰還記得他的情詩以及那些絕妙的暗喻？）、高爾基（Gorki）、蕭伯納、布雷希特（受到二度指控的戲劇作家）、艾呂亞（這位上帝使者，簽名時要兩道寶劍符號）、畢卡索、勒澤（Léger）、亞哈貢（在我生命最艱苦的時候，他曾對我伸出援手，這點我如何能忘？）、涅茲瓦勒（Nezval，他的油畫自畫像就掛在我的書櫥旁邊）、沙特。其中有些人遭受了二度指控，先前說他們背叛革命，後來又罵他們為革命推波助瀾：紀德（在以前所有的共黨國家看來，他象徵一切的惡）、丘斯塔柯維奇（為了替他自己以前所謂的艱深作品贖罪，他迎合共產當局的需要，寫了多少荒謬幼稚的作品。他曾宣稱，對藝術史而言，「不帶價值」不但不討喜而且一無是處；其實他不知道，對於法庭來講，「不帶價值」才最重要）、布賀東、馬爾侯（Malraux，昔日有人怪他背叛革命的理想，明朝可能有人罵他曾經懷抱那些理想）、提伯爾·戴希（Tibor Déry，這位共產主義作家在布達佩斯屠殺事件之後被拘禁起來，在我看來，他的幾篇散文作品是對史達林主義非宣傳性的、文學性的了不起回應）。二十世紀最精華的部分，也就是二

75. 智Franz Werfel，奧地利猶太小說家、劇作家、詩人，一八九〇～一九四五年。
76. Bertolt Brecht，德國詩人，劇作家，一八九八～一九五六年。
77. Heinrich Mann，德國作家，托馬斯·曼的哥哥，一八七一～一九五〇年。
78. Bruno Schulz，波蘭猶太作家，一八九二～一九四二。

〇、三〇年代的現代藝術甚至於受到三層控訴：首先是納粹法庭罵它是「墮落藝術」；接著輪到共產主義上場，怪它是「疏遠人民的菁英形式主義」；最後補上一刀的是處處獲勝的資本主義，說它是浸淫在革命幻想裡的藝術。

怎麼可能？像麥雅考伕斯基這樣一個蘇維埃的沙文主義者，擅長製造宣傳詩的人，一個史達林親口稱呼為「當代最偉大詩人」的人終究還算一位了不起的詩人？抒情詩這位不容褻瀆的女神，因為她那喚起熱情的能力，因為她那遮蔽視線，看不清楚外在世界的激動眼淚，難道她是注定的日子一到，就淪落為殘暴行為的化妝師，殘暴行為「心腸慈悲」的女僕？二十三年前我在寫《生活在他方》的時候，這些問題一直在我腦際盤旋，揮之不去。在這本小說裡，賈侯米勒（Jaromil）這位年紀還不滿二十的年輕詩人搖身一變成為賣力吹捧史達林政權的文人。那時的文學評論家在讚賞一番這部作品後便開始指責起賈侯米勒，說他是假詩人，甚至是混帳東西，這可讓我驚慌失措。在我看來，賈侯米勒是個真正詩人，擁有天真無邪的靈魂；如果去掉這層，我不知道這本小說還有什麼趣味。引起別人誤會，是我該負責嗎？還是我辭不達意？我想不是這樣。身為一個真正詩人卻同時支持一個千夫所指的恐怖行為其實只是一樁「醜聞」。法國人用這個詞來形容一件無法解釋得通，不能為人接受，而且有悖邏輯的事件。但不管怎樣，這件事是真實存在的。我們在下意識裡常想規避醜聞，同時對它視而不見。因此我們寧可說，那些歌頌二十世紀恐

MILAN
KUNDERA

怖政權的妥協派文化界大人物的確都是混帳東西；這種看法好像得體適切又順理成章，可是這種說法不是真的。因為這些藝術家、哲學家知道自己動見觀瞻，社會的人不停歇地審視他們、評斷他們，因此特別細心維持自己正直、勇敢的形象，靠攏他認為真的、善的那邊。這樣看來，「醜聞」現象就更不可解了。如果二十世紀末的人不想重蹈二十世紀初的覆轍，那麼就該揚棄任意控訴的這種簡單道德主義，然後思考醜聞這個謎樣現象，將它想得透徹，即便我們因此得對「人」之定義已經形成的確定共識提出全盤質疑也在所不惜。

然而，輿論的折衷本質正是形成抽象法庭的那股力量，可是法庭不是設來慢條斯理研究思想理念的，它是設來進行訴訟的。隨著判官和被告之間的時間鴻溝越挖越深，結果總是較窄較少的經驗來評斷較寬較多的經驗。一群不成熟的人來審判賽林納的積習，他們如何知道，賽林納的小說多虧有那些積習所以才能包含對存在問題的知識。要是他們能夠讀懂，應該能夠助其成熟，助其成長。因為文化的力量就在於此：它替恐怖不人道的事情贖罪，並將之轉化成存在哲學的智慧。如果控訴的心態成功地消滅了文化，那麼在我們背後留下的，就僅剩下由兒童合唱團所演唱的暴虐回憶。

指控的人在跳舞

那種被稱為（通俗說法，但不精確）「搖滾」的音樂二十年來迴響在我們日常生活的有聲環境裡；它在二十世紀懷著厭惡心情將自己的歷史嘔吐出來之際，席捲了整個世界。我的腦中老是縈繞著一個問題：這種情況究竟純屬巧合，還是在世紀的最後控訴和搖滾的醉心之間隱藏著什麼意涵？在那喧天的忘我叫嚷聲中，整個世紀是否想要遺忘自己？遺忘那些終究蒙上恐怖陰影的烏托邦？遺忘它的藝術？這種藝術是否由於它的精緻細膩，由於它那貌似無用的複雜，深深激怒了群眾，得罪了「德謨克拉西」[79]這位聖徒？

「搖滾」這詞並不精確；我寧可用曲折的方式來描述它：人聲掩蓋過樂器聲，尖銳聲掩蓋過低沉聲；充滿活力但無對比之美，而且一成不變維持極強音的狀態，把歌曲變成了叫嚷；它和爵士樂一樣，節奏強調小節裡的第二個拍子，只是它更刻板，更加吵鬧；和聲和旋律都過於簡單，因此較突顯音響特點，也是這種音樂唯一具創造性的成分。二十世紀前半葉一些久唱不衰的名曲曾使可憐的老百姓潸然落淚，這種所謂的搖滾音樂完全免除了傷感主義的罪過；它不講求傷感，只圖狂喜，是狂喜片刻的延展。既然狂喜是從時間流裡截取出來的一刻，不帶記憶的短暫時刻，被遺忘所包圍的時刻，旋律的主題根本沒有空間可以開展，因此只能不斷重複，沒有演進，沒有結尾（搖滾樂是「輕」音樂中，旋律唯一不具主宰地位的；沒聽過有誰在哼唱搖滾樂的旋律）。

很奇怪的事情：由於音效技術的提升，這種狂喜的音樂隨時隨地都在釋放熱力，連狂喜之外的情況也不例外。狂喜的聽覺意象儼然成為襯托我們疲乏的日常背景了。那麼這種庸俗化的狂喜對我們到底有何意義？因為我們並不進行狂歡，又非體驗什麼神祕經驗。就讓大家接受它吧。就教大家習慣它吧。就要大家尊重它所獲取的尊榮地位吧。就使大家遵守它所規定的倫理吧。

狂喜的倫理和控訴的倫理正好相反；在前者的保護傘下，大家愛做什麼就做什麼：每一個人從他的童年開始到高中畢業，都可以悠哉遊哉吸吮自己的拇指，這種自由任憑是誰也都不願放棄了。各位坐地鐵的時候不妨左右觀察一下，不管坐著的人，站著的人，每個人都把手指擱在臉上的哪個洞裡，耳朵裡、嘴巴裡、鼻孔裡；沒有哪一個人會感覺到別人在看自己，每一個人都在夢想寫一本書，以便能夠暢談那個無法模仿且獨一無二的自我，挖著鼻孔的自我。誰也聽不進誰的話，所有的人只懂得寫，而寫的方法竟像隨著搖滾樂起舞一樣：獨自，只為自己，意念全部集中在自己的身上，可是又和別人的動作千篇一律，沒有差別。在

79. Démocratie，即「民主」之意。

這種「劃一的自我中心」裡，罪惡感和昔日所扮演的角色已經大異其趣了。「法庭」依然運作，可是一概只醉心於過去的歷史；它只管世紀的核心，目標只放在老人和死人上面。卡夫卡的人物是被父權定為有罪；只因為他在父親身邊失寵，所以《判決》一書中的主角才去投河自盡。那個時代已經一去不復返了：在搖滾的世界裡，「有罪」的重擔輪到父輩去扛，以至於許久以來，任何行為那被允許。所以我說，現在輪到指控的人手舞足蹈起來了。

最近，有兩個少年謀殺了一位神父，我聽見電視裡的評論，是另外一位神父在說話，他的聲音因體恤而顫抖：「大家應該為這位因職責而犧牲的神父禱告；他生前專門看顧年輕人。可是，我們也該為那兩位不幸的少年禱告；他們也是受害者：是衝動的受害者。」

漸漸地，思想的自由，文字、態度、玩笑、反省、危險理念、用腦力來教唆煽動的自由減少了，那是因為受到一般慣例習俗這個「法庭」的機警監督，不過，「衝動的自由」的確越來越大了。大家大聲疾呼要嚴格對付思想的犯罪；可是同時又宣揚要原諒在激情狂喜的狀態下所犯下的罪行。

霧中道路

穆西勒同時代的人對他聰明才智的推崇遠遠勝過對他作品的喜愛；根據他們的說法，他應該寫評論文章而非小說。若要駁斥這種看法，只需提出一項反證即可：讀一讀穆西勒的評論文章吧，這些文章多麼沉重，多麼枯燥，沒有一點魅力！因為穆西勒「只能」在小說中進行思考。他的思想得要以具體情境裡的具體人物做為養分才行。總而言之，那是一種「小說式」的思想，而非哲學式的思想。

英國小說家費爾汀（Fielding）的作品《湯姆．瓊斯》共有十八個部分，每個部分的第一分章都是一篇短評。這部作品在十八世紀首度譯成法文，而譯者以不對法國人胃口為由索性將這些短評悉數刪去。屠格涅夫指責托爾斯泰在《戰爭與和平》中加入對歷史哲學的評論性文字。托爾斯泰聞言開始質疑自己的做法，然後在大家的建議之下，在小說的第三版裡，將那些段落都拿掉了。幸好後來再度將其置回原文。

就像小說有對話有情節一樣，小說也有思考反省。《戰爭與和平》裡的長篇歷史思考如果放在小說框架之外，比方置於科學雜誌裡面，根本難以想像。當然，那是因為小說的語言充滿故意顯得天真的明喻以及暗喻。不過特別是因為談論歷史的托爾斯泰並不像一位歷史學者一樣，對事件的精確描寫，對事件之於社會、政治、文化生活所引發後果的描寫，對某某歷史人物的評價等等感到興趣；他只對做為「人類生存新面向」的歷史感到興趣。

從十九世紀開始，歷史變成了每一個體自身的具體經驗（因為發生了《戰爭與和平》裡面所談的，由拿破崙所發動的戰爭）；這些戰爭冷不防地讓每個歐洲人理解到，自己周遭的世界正處於不停的變化之中，這種變化已然融入生活，驅策它行動起來。十九世紀以前，戰爭、叛變在人的觀念裡就像地震、瘟疫一樣是種天然災害。人們無法在歷史事件中看出什麼一致性或者延續性，也沒有人認為可以改變歷史的趨勢走向。狄德羅筆下的宿命論者雅克先被收編在軍隊裡，然後在戰場上受到重傷；這事在他往後的生命裡留下烙印，因為他注定要跛行度日。可是，這場對雅克而言那麼重要的戰事，小說裡卻隻字未提。即便想提，說些什麼才好？還有，提它做什麼呢？所有的戰爭反正都是一個樣子。在十八世紀的小說中，歷史時刻通常以十分粗略的方式加以決定。一直到了十九世紀初，在史考特以及巴爾札克的小說裡，戰爭不再永遠是同一個樣子，而且小說人物生活的時代背景都會精確加以說明。

托爾斯泰是以五十年的時間差距回頭去看拿破崙戰爭的。在他這個例子裡，對於歷史的新概念不僅反映在小說的結構上，一個更加足以捕捉（在對話裡，透過描寫）被敘述之事件的歷史特質；最讓托爾斯泰著迷的，是人和歷史的關係（有無能力駕馭它或逃避它，面對它時，人是自由還是不自由），他並且在小說中將它做為主題，直接來處理這個問題。他從各種方法切入這個問題，包括以小說式的思考。

托爾斯泰堅決反對，歷史是由一些重要人物的意志和理智所構成的。根據他的看法，歷史是自己構成的，遵守自己的定律，只是人類參不透那些定律而已。歷史上的大人物「是歷史下意識的工具，他們完成了一項意義不為自己所知的事件。」下文：「天意迫使這些人物一方面追尋個人的目標，但一方面卻又彼此合作無間，以便達到一個壯闊的結局，只是他們其中沒有任何一個人，就算是拿破崙也好，亞歷山大也好，或者任何一個沒有他們重要的演員也好，能夠知道一點點歷史事件背後的含義。」還有：「人有意識地為自己而活，可是不知覺地在追尋全體人類的歷史目標。」最後他得出這個可觀的結論：「歷史也就是人類群體的，普遍的，下意識的生活。」

從這種對歷史的概念出發，托爾斯泰劃出了一個抽象的空間，讓他筆下的人物得以在其中來去活動。他們不清楚歷史的意義以及它未來的趨勢走向，甚至連自己動作行為的客觀意義亦不明白（透過這些動作行為，他們不自覺地參與了「意義不為自己所知」的事件），只是在人生的軌跡中往前走去，好像在霧中行進一樣。我是說霧，不是說黑暗。在黑暗中，我們伸手不見五指，幾乎是眼盲的，我們完全被動，一點也不自由。可是走在霧中，我們是自由的，不過也只是霧中人能支配的那種自由而已：他還有五十公尺的能見度，還能清楚分辨談話對象的面貌五官，他可以津津有味欣賞道路兩旁樹形的美，甚至可以看見近處發生的事，並且做出反應。

人像行走在霧中一樣。可是當他回頭去看過去的人，以便評判他們的時候，則看不見路上有任何霧氣。「現在」是他們過去看起來的遙遠未來，回頭張望那來時路，卻發覺它異常清晰，一整條的路面盡收眼底。回頭去看，人能看見道路，看到人們往前行進，看出他們的錯，霧氣都不在了。然而，所有的人，包括海德格、麥雅考伕斯基、亞哈貢、厄爾沙·龐德、高爾基、歌特夫利德·班恩、聖約翰·貝賀斯、喬諾在內，以前一樣都在霧中行走，我們要問：那麼誰最盲目？為列寧寫詩的麥雅考伕斯基是不是不知道列寧主義的結局是什麼？還是因為我們事隔數十年回頭去評斷他，所以看不到那時圍繞在他四周的霧氣？

麥雅考伕斯基的盲目正是人類共同的永恆處境。

不去考慮麥雅考伕斯基走路時的霧氣，那就是忘了人是什麼，忘了我們的本質是什麼。

第九部

親愛的，你可不是在你自家裡頭

1

史特拉汶斯基在自己生命快走到盡頭的時候，決定要將自己所有的作品蒐集完整，並且在自己的主導下，以鋼琴演奏者或指揮家的身分，完成唱片灌製的工作，以便後世能擁有一套由他親自審定的史特拉汶斯基音樂作品的有聲版本。由於他堅持由自己擔綱演奏，因此引起了某些不快的反應：比方安塞美在一九六一年出版的專書中就挖苦他道：「每次只要一站上指揮台，史特拉汶斯基就怕跌倒，只顧把譜架抵住指揮台，慌亂得不得了，樂譜明明早倒背如流，一雙眼睛還要定定黏在上面，好像認真在數拍子！」說他詮釋起自己的音樂「照本宣科，完全被樂譜牽著鼻子走」，「身為演奏者，他並不能感受樂趣」。

為什麼會有這種冷嘲熱諷？

我打開了史特拉汶斯基的書信集：他從一九一四年開始便和安塞美書信往來；其間史特拉汶斯基總共寫了一百四十六封信給對方，信頭總是：我親愛的安塞美，我親愛的，我親愛的朋友，最親愛的，我親愛的恩斯特；完全看不出什麼緊張關係。然後，突然青天霹靂：

巴黎，一九三七年十月十四日：

草草數句，我親愛的，

在《紙牌遊戲》（Jeu de cartes）的演奏中，我看不出為何要在作品裡面加入停頓（……）這類型的作品是舞曲組，形式是嚴格的交響樂，也不用向聽眾做任何解釋，因為作品裡面並無任何描述成分，沒有任何描述會妨礙片段與片段間流暢的交響開展。

如果你突發奇想向我要求在這部作品裡加入停頓，那是因為你個人覺得，構成這作品的片段彼此間的連貫有點枯燥乏味。我只感覺愛莫能助。不過我比較驚訝的是，你居然努力要說服我，讓我對那作品動手動腳。我不久前才在威尼斯指揮這個作品，而且我不是也告訴過你，那裡的聽眾是如何興高采烈聆賞它的。可能你根本忘記我告訴你的這一件事，但也有可能你不把我的觀察，我的評論看在眼裡。容我提醒你吧，我想你的聽眾應該和威尼斯的聽眾一樣聰明。

想想看，你竟然建議我將作品切割開來，不擔心此舉會扭曲原作的精神，只憂慮聽眾能不能理解它。所以我不能讓你切割或者刪節我的《紙牌遊戲》。與其不情不願乾脆不要演奏好了。

我能說的都說了，就此擱筆。

十月十五日，安塞美回信：

我不過請你允許我在進行曲的部分加入一次小小的停頓罷了。

十月十九日，史特拉汶斯基發作了：

（……）很遺憾的，我不允許你在《紙牌遊戲》中加進任何停頓。如果讓你加了停頓，我那進行曲豈不癱瘓掉了，因為這個部分在整個樂曲裡自有它的意義以及它的結構意義，（你不是一向重視「結構意義」的嗎？）你將我的進行曲切割開來，只是因為這作品的中間部分及其開展並不像作品其他部分討你喜歡。但是這個理由不夠充分，而且我還要對你說：「親愛的朋友，你可不是在你自家裡頭。」我以前難道對你表示過：「來，拿著，這是我的樂譜，愛怎麼改就怎麼改好了。」我再向你重複一次：要麼忠實詮釋我的樂譜，要麼乾脆不要演奏。

看起來你好像不知道我在十月十四日的信裡已經把自己的立場表達得很清楚了。

從此之後，他們的書信往來只有幾封，而且都是語氣冰冷、寥寥數語。一九六一年，安塞美在瑞士出版一本很厚的音樂學專書，裡面有一章就是長篇大論指責史特拉汶斯基的音樂沒有感性（而且說他是個不稱職的指揮家）。一直到了一九六六年（爭執過後的二十九年），我們才讀到史特拉汶斯基簡短的回答了安塞美寫給他的和解信：

我親愛的安塞美，

你的信令我十分感動。我們兩個人都一把年紀了，想想能活的日子還有多少？我自己也不願在人生遲暮的階段扛著敵意的重擔。

這是一句在這種典型情況裡的典型套語：很多後來彼此辜負的昔日友人在生命快走到盡頭時常常以這種方式冷淡地試圖泯除先前的敵意，但要恢復以前推心置腹的熱絡是不可能的了。

那場造成友誼決裂的核心問題再清楚不過：史特拉汶斯基的著作權，所謂「道義上」的著作權；作者因為無法容忍別人擅自改動他的作品而發的怒火。另外一邊，是詮釋者的懊惱，因他不能承受作者的傲氣，而且想要限制對方的權力。

2

我聽了雷歐納・伯恩斯坦所詮釋的《春之祭》；其中〈春之圓舞曲〉有名的抒情段落聽起來有點可疑。於是我翻開了樂譜：

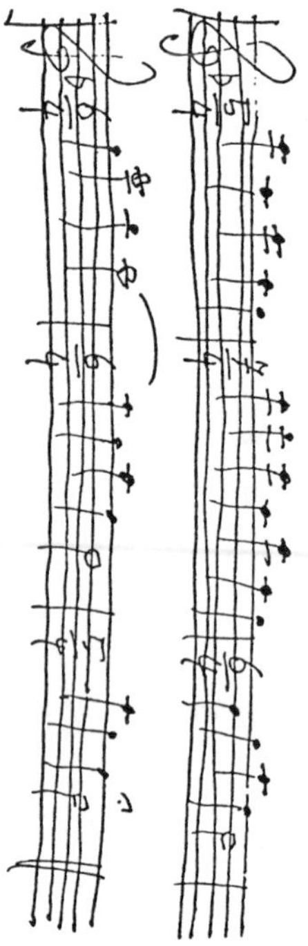

而在伯恩斯坦的詮釋下成了：

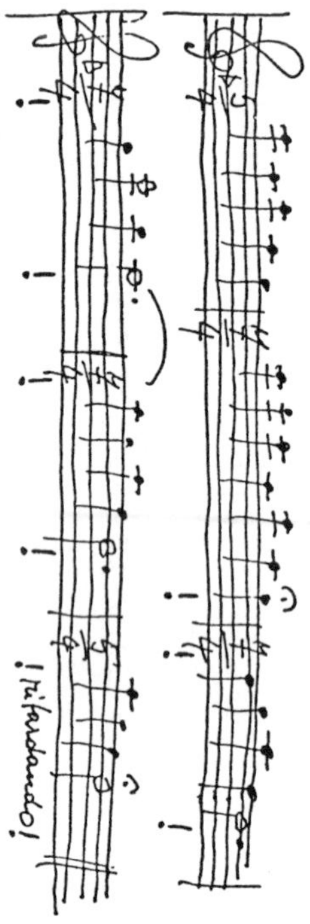

上述這個段落裡那罕見的魅力主要在於旋律抒情性以及節奏（機械性的，可是又不規則得很怪異）間的張力；如果節奏沒有嚴格遵守，以鐘錶般精準的方式詮釋它，如果演奏者以散板的方式開展它，如果每個樂句結尾都將音符拉長（伯恩斯坦的做法便是如此），那麼張力就不見了，段落就平庸了。

我想到了安塞美說的那些尖酸言語。我還是百倍地更欣賞史特拉汶斯基那種精確的詮釋方式，即使他「生怕跌倒，只顧把譜架抵住指揮台，並且認真在數拍子似的」。

3

本身即具樂團指揮身分的賈侯斯拉夫．佛葛勒（Jaroslav Vogel）在他那本有關亞納切克的專書中，曾經仔細討論柯瓦羅維奇對《葉努法》樂譜所做的改動。他贊同這種做法並且為其辯護。這是令人驚奇的態度；就算柯瓦羅維奇的改動很好，很有效，很合理，但從原則上來講則不能接受，任誰如果要在原作者的版本和經過改動者（改編者、批評家插手過）的版本間進行仲裁，他的出發點基本上是偏頗的。毫無疑問，普魯斯特《追憶似水年華》裡一定有許多可以寫得更好的句子，可是有誰瘋了，想讀改良的普魯斯特的小說？

更何況，柯瓦羅維奇的改動絕對稱不上好，稱不上合理。為了證明這些改動有多適當，佛葛勒舉出作品的最後一景做例子。在這景中，葉努法發現自己的小孩被謀殺，而她的繼母也被逮捕，此刻身旁只有拉卡陪伴著她。拉卡以前因為嫉妒斯戴瓦，所以出於報復心態，用刀劃傷了葉努法的臉部；不過，現在葉努法已經原諒他了：拉卡傷害了她，是出於愛；而她也一樣，因為愛才犯罪：

那句「就像昔日的我」，那句暗示舊時她對斯戴瓦愛情的告白，是以快速的方式說出口的，好像輕輕一聲尖叫，節節攀升的刺耳音符，唱到中途戛然中止；彷彿葉努法回想起一件她恨不得立刻能遺忘的事。可是柯瓦羅維奇卻將這段落的旋律給拉長了（套句佛葛勒的話「他讓那旋律綻放開來」），而且將它變成如下模樣：

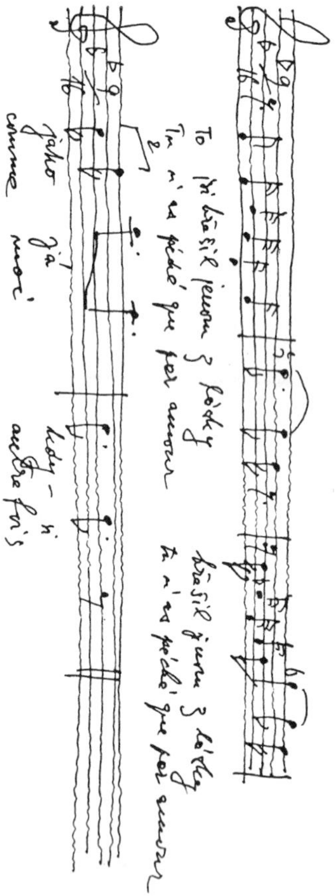

對此，佛葛勒評論道：「在柯瓦羅維奇的改動下，葉努法那段唱腔是不是更美了呢？而同時還保有亞納切克的風格？」沒錯，如果只想效顰他的作品，這種手法再好不過。可是，那加上去的旋律畢竟是荒謬得可以。在亞納切克的原意裡，葉努法忍住恐怖的感覺，迅速地回憶她的「罪行」，可是在柯瓦羅維奇的筆下，葉努法好像憶起往事，心中充滿溫馨眷戀，對它流連徘徊不忍割捨似的，甚至還對這段回憶感到動容（她的唱腔將不少字給拉長了：愛，我，昔日）。因此，在面對拉卡的時候，她好像唱出對斯戴瓦這位拉卡的情敵的眷戀，然而，她對斯戴瓦的愛正是她一切不幸的源頭，如何能有這種唱腔？佛葛勒號稱是亞納切克迷，所以怎麼可能贊成這種從心理角度來看完全荒誕不經的事？既然他深知亞納切克的美學反叛植基於對傳統歌劇做法的批判，批判那種氾濫的，不合情理的心理描寫，為何還要對亞納切克的作品做不當的挑剔？既然他對亞納切克的精神如此誤解，怎麼可能還那麼喜歡對方的音樂？

4

然而，在這上面，佛葛勒不無他的道理：經過柯瓦羅維奇的改動，那齣歌劇比較接近傳統歌劇的形式，也就是它後來能賣座的一個原因。我們彷彿聽見他對亞納切克報告：「大師，請容許我們扭曲一點您的作品，這樣就會大受歡迎的。」可是大師有時候不願付出這種代價譁眾取寵，他寧可人家恨他但了解他。

一位作者到底握有多少方法能讓自己作品的原貌真實呈現出來？對於赫曼．布羅赫而言，方法真的不多。三〇年代的時候沒有辦法，在被德國佔領，已成法西斯國家的奧地利沒有辦法，後來移居異鄉，孤獨落寞更沒辦法：最多被人邀請做個幾場演講，剖析一下自己小說的美學體系；再不然就是在寫給朋友、讀者、出版社、譯者的信裡發揮一番。他其實任何細節也不放過，比方，他就非常在意書籍出版時，出版社在書的護套上寫的有關他的簡評。有一次他寫信向出版社抗議，因為對方建議將內頁的書名《夢遊者》印在第四頁上。這種印法讓人聯想起以同樣方法印行的于荀．馮．霍夫曼斯塔（Hugo von Hofmannsthal）以及義塔羅．斯維沃（Italo Svevo）的小說。信中他還另外要求，要和喬伊斯以及紀德小說的印法相同。

讓我們審視這個建議：到底布羅赫—斯維沃—霍夫曼斯塔等人平起平坐和布羅赫—喬伊斯—紀德等人的平起平坐有何差異？第一組的背景是「文學的」，「文學」取其模糊的廣義；而第二組則特別是「小說的」（布羅赫想向紀德《偽幣製造者》（Faux-Monnayeurs）的深廣看齊）。第一組的背景是「小背景」，也就是地方性的，歐洲中心的。第二組則是「大背景」，也就是國際的，全世界的。將自己和喬伊斯、紀德擺在一起，布羅赫也強調自己的小說必須要放在「歐洲小說」的背景下來領會；他意識到《夢遊者》和《尤利西斯》、《偽幣製造者》一樣，都是革新小說形式的劃時代作品，都創造了另類的小說美學，而且這種美學只能從小說史的背景來理解。

布羅赫這種嚴格的態度是可以用在所有重要作品上面的。這個觀念不論如何重複說它都嫌不足：一件作品的價值和意義只能從國際的遠大背景來評估它。這個真理對於那些相對比較孤立的藝術家來講變得特別迫切。一位法國的超現實主義者，一位「新小說」的作家，一位十九世紀的自然主義作家，他們都是身處在一代風潮裡的，所參與的運動也是舉世皆知的，在他們開始創作時，可以這麼說，已有成熟的美學基礎等他們了。可是龔布洛維次，怎麼定位他呢？如何才能了解他的作品在美學上的價值呢？

他在一九三九年，也就是他三十五歲那年離開波蘭。做為藝術家的身分證，他只帶了一本名為《費爾迪杜爾克》（Ferdydurke）的小說，了不起的小說，在波蘭鮮有人知，在外國則聞所未聞。他遠遠離開歐洲前往阿根廷。沒有人能想像他的孤獨。那些最出色的阿根廷作家誰也沒有接觸過他。流落海外的波蘭反共產勢力對他的藝術也興趣缺缺。十四年之中，他的情況完全沒有改變，但是到了一九五三年，他開始寫作，並開始出版他的《日記》。在日記裡讀者看不到關於他的生活細節，這其實是本闡述自己立場，是本自我解釋美學、哲學的著作，是他的「策略」手冊，或是更精確地說，是他的遺囑；並不是說他已預先想到死亡；而是做為一生最後的、確定的心願，他要說明如何了解自己，如何了解自己的作品。

他以三項主要的拒絕來釐清自己的立場：拒絕加入波蘭海外移民的政治活動（並非他對共產主義具有好感，只是有政治目的的藝術，其原則讓他覺得反感）；拒絕波蘭傳統（在他看來，如要給波蘭實質的幫助，只能先反對「波蘭性」，甩掉那沉重的浪漫派遺產）；最後，拒絕六〇年代西方世界的現代主義，「對現實不忠」的、貧乏的現代主義，這種在小說藝術中無計可施，屬於大學殿堂的、冒充高雅、沉醉在自我理論化裡的現代主義（並不是說龔布洛維次比較不具現代性，只是他的現代性性質不一樣而已）。在他的「遺囑」裡，這第三條尤其重要，尤其具決定性，大家對它的誤解也是最難矯正過來的。

《費爾迪杜爾克》出版於一九三七年，比《嘔吐》（La Nausée）出版的年代還早一年，可是龔布洛維次依然沒沒無聞，而沙特已經赫赫有名。因此，在小說史上《嘔吐》可以說佔據了龔布洛維次應該享有的地位。在《嘔吐》中，存在主義哲學粉墨登場，穿上小說戲服（好像教授為了吸引頹然入睡的學生，特別以小說的形式來給他們上課），而龔布洛維次寫的則是一本真正的小說，和古代滑稽小說的傳統（師承拉伯雷、塞萬提斯和費爾汀）接續起來，以至於存在主義的問題（他對於這些問題的熱中程度不下於沙特）是以好笑，不嚴肅的方式來處理的。

《費爾迪杜爾克》可以和《夢遊者》、《無用之人》並駕齊驅，依我看來，共同開啟了小說發展史的「第三階段」，因為這些作品一起喚醒了前巴爾札克沉睡中的小說經驗，同時一腳跨進不久之前還被認為是哲學禁臠的領域。《嘔吐》取代《費爾迪杜爾克》成為這種小說新方向典範，但這事情卻產生惱人的後果：哲學和小說結合的新婚之夜可是在彼此造成困擾的情形下度過的。龔布洛維次的作品以及布羅赫、穆西勒（當然，還有卡夫卡的）都是在出版了二、三十年之後才被發掘，怎奈此時這些作品已經不再具有吸引新世代興趣的必需力量，當然也就無法造成風潮，形成運動；此時，評斷它們的已是另外的美學流派，而在許多方面，這種美學流派的觀點與它們是對立的。它們雖受尊重，甚至受到景仰，但是本質是不被了解的，以至於本世紀小說史最了不起的轉捩點就這樣不受重視地過去了。

5

上文我曾提過，亞納切克的情形亦復如此。馬克思．布羅赫曾對他鼎力相助，一如他對卡夫卡的態度一樣：這種熱情是不帶心機的。讓我們來討論一下布羅赫了不起的地方：他傾全力支持我國歷史上最偉大的兩位藝術家，卡夫卡和亞納切克；他們生前的優點被一般人低估了，兩個人的美學觀都是不易理解的，而且都是那平庸環境的犧牲者。在卡夫卡的眼裡，布拉格是個大大的障礙，因為他被隔離在德國德文的文學界及出版界之外，對他而言，這是致命的一點。德文界的出版商因為幾乎不認識這位作者，所以鮮少去理會他。卓亞欽・溫塞爾德（Joachim Unseld）是一位德國大出版商的兒子，曾經以這問題做為主題寫了一本專書。書中提到，或許因為上述那個理由（我覺得他的看法切合實際），卡夫卡極有可能因此手邊一堆沒寫完的作品（從來沒有人來催他交稿）。一位作者要是不確定知道誰會編輯並出版他的手稿，也就沒有動力來敦促他將作品收尾，他因此常會擱下未完成的作品，另起爐灶忙起別的事了。

對德國人而言布拉格不過是個邊陲城市，就好像布爾諾市在捷克人心目中的地位一樣。所以，卡夫卡和亞納切克有點鄉巴佬的身分。卡夫卡活在一個居民族群對他而言相當陌生的國家，一點名聲也談不上，而生活在同一個國家的亞納切克卻被他同胞的狹窄氣度困死了。

如果想了解布羅赫這位卡夫卡學創始者的美學底子多麼不足，那麼就去讀他為亞納切克所寫的專書好了。這本滿腔熱忱的專書當然大大提升了那位為人所誤解的大師之地位。可是這本書多麼淺薄，多麼幼稚啊！書中充斥著打高空的字眼：宇宙、愛、憐憫、受屈辱、受侵犯、超凡的音樂、極敏銳的靈魂、溫柔的靈魂、夢幻者的靈魂等等，但卻沒有任何一點基本的結構分析，完全沒有試著要捕捉亞納切克音樂具體的美學特性。布羅赫深知布拉格的音樂學界對非首都地區的作曲家懷抱什麼恨意，所以他一直要證明亞納切克的音樂是國族傳統的一支，而且名聲足以和史梅塔納這位捷克國族意識形態的偶像並駕齊驅。他的專書將議題鎖定在捷克疆界裡面，是偏執一隅的，是不成大器的，國際樂壇被那書裡的烏煙瘴氣給弄煩了，到頭來還是只推崇唯一那位史梅塔納。

啊，布羅赫呀，布羅赫！千萬不可輕率衝進敵手的地盤！你在那裡只會看到一群恨意滿盈的人以及被出賣的自由意志！布羅赫沒能善用自己非捷克籍的優勢，將亞納切克提升到寬廣的背景裡，也就是歐洲音樂兼容各種文化的國際視野裡，因為只有在那其中，他的音樂才能得到辯護，受人理解；可是布羅赫卻反而將亞納切克閉鎖在捷克國族的小框架裡，將他和現代音樂的脈絡斬斷，讓他孤立起來。一件作品最初受人詮釋的方式就注定會影響別人對這作品的觀感。日後世人評論起卡夫卡的作品時，布羅赫的觀點總是如影隨形的混在其中，同樣，這都是他的捷克同胞以及布羅赫所造成的。

布羅赫好一個謎樣人物。他欣賞亞納切克，而且毫無保留，沒有心機，只有受正義感的指揮而已。他欣賞亞納切克的藝術，喜愛它的本質。可是喜愛歸喜愛，他並不了解。

布羅赫的介入真是耐人尋味，花多長時間都說不完。而卡夫卡呢？他到底在想什麼？在一九一一年的日記裡寫過，有一天，他們兩個人一早去拜訪一位立體派畫家衛利・諾瓦克（Willi Nowak）因為他剛完成一系列布羅赫的石版肖像畫；他的手法和大家熟知的畢卡索手法差不多，第一張是忠實的具象畫，而其他的，根據卡夫卡的說法，就一張一張遠離具象，最後到達完全抽象的地步。布羅德據說當場面露窘色，因為除了第一張寫實風格的畫以外，其他沒有一張中他的意。不過那第一張畫他可愛不釋手，那是因為，根據卡夫卡溫和的嘲諷，那肖像不僅酷似本人，而且嘴巴、眼睛四周的線條還流露出高貴祥和的氣息……

布羅德不懂得立體派風格，就好像他不了解卡夫卡和亞納切克一樣。他雖然好心要將他們從社會對他們的孤立中解放出來，但卻不小心將他們關進「美學的孤寂」裡面。因為他對兩位藝術家的奉獻意味：即便是喜歡他們藝術的那個人，也就是最有可能理解他們的那個人，其實對他們的藝術還是一竅不通的。

6

我還是非常好奇，到底什麼因素促使人們對卡夫卡決定（幸好沒成功）摧毀自己所有創作的做法感到驚訝。好像這種做法多麼荒誕不經，好像一個作者沒有足夠理由將自己的作品帶往黃泉路上。

事實上，有可能在對一生成就進行回顧時，作者突然發現自己不再喜愛自己的作品，所以也不想在身後留下他認為標誌著自己失敗的淒慘證據。我知道，我當然知道，讀者要駁斥道，他錯了，他可能一時病態的沮喪發作，可是這種看法沒有任何意義。可是，只有他待在自己的作品裡像待在自家一樣，而你不是呀，親愛的！

另外一個說得過去的理由是：作者一直是喜歡自己作品的，但是他不喜歡這個世界。他沒辦法忍受一件事實：將作品留給那可憎的未來去操弄。

還有另外一個看法：作者一直是喜歡自己作品的，但對於世界的未來一點不感興趣。既然他有和大眾接觸的經驗，他也深知藝術的本質是「虛幻中的虛幻」，其命運注定是為人所不理解，而這不理解（我說的不是低估，因為這些藝術家並非虛榮之人）是他生平就活受的，所以即想死後能夠出脫。（說不定是因為人生苦短，短到無法讓藝術家徹底了悟自己作品的無用並且未雨綢繆，做好準備，讓人忘掉他，忘掉他的作品。）

上面列舉的數條，難道沒有道理？當然有道理的。可是，沒有一條可以用來解釋卡夫卡：他對自己作品的價值是有知覺的，而且他未曾顯露過憤世嫉俗的態度，再說他的年紀很輕，幾乎沒沒無聞，根本對大眾還沒有不好的經驗，別說不好的經驗了，甚至什麼經驗也沒有。

7

卡夫卡的遺囑：這裡指的遺囑並非精確司法意義上的；只是兩封私人信件。嚴格說來甚至不能算做信件，因為從來沒寄出去。做為卡夫卡遺願的執行者，布羅赫在他朋友死後，於一九二四年在一個抽屜裡找到這兩封和其他一堆文件混在一起的信件。其中一封以墨水寫成，摺疊起來，並有布羅赫的地址，另外一封內容比較詳盡，用的書寫工具是鉛筆。在他的《審判第一版的後記》裡，布羅赫解釋道：「一九二一年，我對我的朋友說道，先前我已立過一份遺囑，內容談到，我請求他幫我毀掉一些東西，複校另外一些東西云云。說到這裡，卡夫卡拿出一張以墨水寫的紙，也就是後來人家在他書桌裡發現的那一張，並且說道：『我的遺囑可就簡單多了：我請求你將一切燒掉。』我還清清楚楚記得當時我對他的回答：『（……）那我預先告知你，我絕對不那麼做。』」

布羅赫說出這段回憶，無疑是要為自己沒有忠實執行朋友的遺囑而辯護；接著他又繼續寫道：「卡夫卡知道我對他寫的每一個字是狂熱崇拜到什麼地步。所以卡夫卡知道自己的遺囑將不會如他所願般地被執行，而他『如果認為自己的心願是極度重要而且不能妥協，那麼他就該另外央求別人代為執行』。」可是事情真的如此確定？布羅赫在自己的遺囑裡委託卡夫卡「毀掉一些東西」；為什麼卡夫卡會認為請求布羅赫執行同樣的事不很正常？要是卡夫卡真的知道他的心願終將無法達成，為什麼還要在一九二一年那次對話後，又用鉛筆寫了第二封信給布羅赫，而且還進一步精確說明他的決心？這個暫且不談：我們永遠無法知道這兩位朋友到底針對這個話題真正說過什麼，何況這個問題對他們而言並非真正緊迫。

我們常說：如果卡夫卡真的執意要毀掉自己的作品，那他為什麼不親手為之就好？可是要如何做？他的信件都在與他通信的人的手裡。（可是別人寄給他的信他一封也沒保存下來。）至於日記，這倒真的，他本來可以親手將它燒掉。可是這些所謂的日記其實比較像是工作日誌、札記之類，只要他還寫作就一定用得著，而且我們知道他到死前都還一直筆耕不輟。那麼同樣的道理也可以用來解釋他那些未寫完的散文作品。這些文字幾乎是不知如何收拾的半成品，所以還算是活的有機體，本來指望後半生裡還可以慢慢加以完成。即使是他認為寫壞了的短篇小說，改天說不定還可以拿來做另一篇短篇小說的素材。所以，一個作家還沒面臨大限，根本完全沒有必要毀掉他的作品。可是等到他臨終的時候，他並不在家中，而是在療養院，所以即使想起要毀掉自己作品其實也無計可施，只能仰賴日後朋友的幫忙了。再說卡夫卡生前朋友本來就少，到臨終時更只剩下一位，那就只能依靠他了。

還有人說：這種想要毀掉自己作品的心願，其實是病態的行為。在這種情況下，不服從卡夫卡想要毀掉自己作品的遺願反而是對另一個卡夫卡的忠實，忠實於創造者卡夫卡。說到這裡，我們碰觸到了圍繞在他遺囑四周那段傳說裡的最大謊言：卡夫卡根本不想毀掉他自己的作品。其實，他在第二封信裡已經明明白白說明了：「在我所寫的作品中，只有下列幾本富有價值：《審判》、《司機》（Le Chauffeur）、《變形記》、《懺悔營》、《鄉下醫生》（Un médecin de campagne）以及一篇短篇小說：〈齋戒捍衛者〉（Un champion de jeûne）。（另外《沉思》（Méditations））的那幾冊也可以留下，我犯不著辛苦找人特地將它的原版毀掉，但也不可再印。）」所以，不僅卡夫卡從未否定過自己的作品，甚至親自做了一番篩選，把應該傳世的（可以再印行的）和那些品質未達他嚴格要求的作品分開。教人傷感的事，多苛刻的態度，但是絕非瘋狂行為，絕非出於絕望而盲目判斷：他覺得所有已經付梓的書都有價值，除了出版日期最早的《沉思》以外，或者是他認為不夠成熟（其實很難說他這個判斷為非）。至於那些尚未付梓的，他也不是全盤加以否定，比方短篇小說〈齋戒捍衛者〉在他寫那第二封信時還是一份手稿而已，但卻被他歸入有價值的著作之列。不久之後，他又將三個短篇小說（〈首度受苦〉〔Première Souffrance〕、〈小女人〉〔Une Petite Femme〕、〈歌唱家約瑟芬〉〔Joséphine la cantatrice〕）列入名單以便將它們集結成書；他在療養院的時候，在臨終的病榻上都還孜孜不倦修改它的校樣。所以，照這些推理來看，真實的卡夫卡和那個執意要毀掉自己全部作品的頑固作者根本差了十萬八千里。

其實他想毀掉的兩類作品都有清楚界定：

第一種：是他特別堅持的，私密文字：信件、日記。

第二種：根據他的判斷，自己沒能成功寫好的小說以及短篇小說。

8

我看著一扇窗戶，就在對面。到了晚間，裡面的燈亮起來了。有人走進房間。他低著頭，在那裡來回踱步，有時伸手整理一下頭髮。然後，他突然驚覺房裡已經點燈，人家可能從外面瞧見他。於是，他冷不防地扯上窗簾。可是，他又不是在印假鈔；他要藏，也只是藏自己本人，他在房間裡來去走動的模樣，他穿著邋遢的模樣，他撥弄頭髮的模樣。好像他的自在來自於不被觀看時的自由。

在現代這個講求個人主義的時代裡，我們看出一個關鍵性概念——羞恥；羞恥：維護自己私生活的反應，這反應雖不深刻但很激烈。想要在窗戶加面簾子；寫給張先生的信，李先生絕對不能看，是一個人過渡到成人階段的指標，是少年和父母衝突的來源，因為前者老是要求一個能放私人信函的專屬抽屜，要帶鎖的。透過這種羞恥心的反抗，我們堂皇邁入成年階段。

一個富有革命精神的老烏托邦，法西斯式的或者共產黨式的：沒有隱私的生活，私領域和公領域全然重疊。布賀東眼裡最珍貴的超現實主義的夢：像一座玻璃屋子，沒有窗簾的屋子，個人活在裡面，誰的眼睛都能看得真確。啊！透明有多美好！這個夢想在人類史上唯一的具體實現：被警察所完全控制的社會。

我在《生命中不能承受之輕》一書裡提過：宜安．普侯恰斯卡（Jan Prochazka）這個「布拉格之春」的了不起人物，在俄國一九六八年入侵捷克之後，就受到了嚴密監視。那時他與另一位偉大的異議分子瓦格雷夫．塞爾尼（Vaclav Cerny）教授依然過從甚密，很喜歡和他喝酒聊天。他們所有的談話內容都被錄音，而且我懷疑這兩位朋友早就心知肚明，只是不當一回事罷了。誰料到有一天，在一九七〇還是一九七一年吧，警方為了讓普侯恰斯卡聲譽掃地，於是在電台像播廣播劇似的，公開他們談話的內容。對警方來說，這是大膽而且史無前例的舉動。但是，令人驚訝的是：它差點就得逞了。起先，普侯恰斯卡的確顏面無光：因為兩位密友聚在一起，什麼事不能說？有時說說朋友的壞話，有時髒話脫口而出，沒有一句正經八百的話，有時說些低級趣味的笑話，有時為了逗弄對方，不惜托出粗魯荒謬的事，外加許多不能在公開場合發表的異端言語等等。當然，在私底下我們誰和普侯恰斯卡不同，不會批評一下朋友，說幾句粗話。人在公領域和私領域的行為模式不同，這是再明顯自然不過的事，也是每個個體生活的基礎。說來奇怪，大家對這個顯然的事實似乎沒有自覺，不肯承認，常被透明玻璃屋那抒情夢想不斷遮掩過去的事實，很少有人理解，這是所有價值中最該擁護的價值。後來慢慢地，人們才驚覺到真正的醜聞不是普侯恰斯卡的過分言語，而是對他私生活的踐踏；他們更反省到，私領域和公領域在本質上是截然不同的兩個世界，而對這種差異的尊重是一個人能自由生活不可討價還價的條件；那面分隔兩個世界的簾幕是不可侵犯的，誰要伸手去扯，誰就是罪犯。加上伸手去扯的人又是為那個受人憎惡的政權跑腿的人，他們於是被貶抑為特別可恥的罪犯。

後來，我從那佈滿竊聽器的捷克來到法國定居。當時，我在一本雜誌上看到大大一張歌手賈克．布黑爾（Jacques Brel）的照片。那時他剛步出醫院，那所為他治療末期癌症的醫院，只見他抬起手臂遮臉，以避開攝影記者的攻勢。突然之間，我似乎又看到了昔日在捷克我視之為洪水猛獸的情境。在我看來，利用電台播放普侯恰斯卡的談話或是用攝影機捕捉行將就木的歌手的表情其實是同一種性質的事。我心裡想，散播別人私生活內容的做法，「一旦變成習慣以及行為準則」，那麼我們將要進入一個奇特的時代，在這時代中，最大的得失攸關竟是個體的獨立性能否維持。

9

冰島幾乎看不到樹。有樹的話，也只有墳場裡面。好像有死人必有樹，有樹必有死人。樹不是直接種在墓旁，好像中歐那種田園詩似的美景，而是直接種在墳上，路過的人難免會聯想到樹根會穿戮屍體。我和艾爾瓦・D（Elvar D.）一起去雷克雅未克的墳場散步，他停在一座墳樹還很小棵的墓堆前面；他的朋友葬在這裡還不滿週年。他開始高談對他的記憶：生前他的私生活隱藏一個大祕密，有可能是性方面的事。「一個人的隱私常會引起別人相當的好奇，我的妻子、我的女兒們，我身旁的人全都堅持我得說出這個朋友的祕密。弄到最後，連我和妻子間的關係都因此搞砸了。我不能原諒她那咄咄逼人的好奇心，而她也無法體諒我的緘默，好像我不肯信任她似的。」他停頓一下，接著又微笑道：「我終究沒有出賣我的朋友，因為其實也沒什麼可以出賣。我不准自己窺知朋友的祕密，所以也不知道他的祕密是什麼。」他的話我聽得極入迷：從我童年以後，就常聽人告誡，朋友便是可以與他分享自己祕密的人，而他甚至可以藉著友情的名義，要求知道我們的祕密。對於我這位冰島朋友而言，「友情」的意義並不一樣：你要像個守衛一樣，站在隱藏你朋友祕密的大門前面，自己從不打開它，也不許別人這樣做。

10

我想到了《審判》一書的結尾部分：那兩位先生傾身去看那正被他們殺害的K：「在那視線逐漸模糊的視野裡，K還能看見那兩位先生臉頰靠著臉頰，在那兒觀察K

的下場，而K只虛弱地說道：『像狗一樣！』好像那恥辱還要跟著他去。」《審判》書中所用到的最後一個名詞：恥辱。最後的意象：兩張怪異的臉，靠近他自己的臉，幾乎快碰著了，在那裡觀察K最私密的狀態，他的臨終。在這最後一個名詞裡，最後一個意象裡，整本小說的基調都凝結在這裡了：別人不管在什麼時刻都可以擅闖他的臥室，早餐不經自己同意就被別人吃掉；不管白天夜裡，只要接到傳喚通知就得立刻動身；家裡窗戶的窗簾被沒收了；不能隨便與人來往；自己不再隸屬於自己；完全喪失獨立個體的地位。這種「將人從主體轉化成客體」的過程，在人的感受裡就是恥辱。

我認為卡夫卡要求布羅赫毀掉他的私人書信並不是因為怕被出版。這種想法完全不可能浮現在他腦海。出版商連他的小說都不感興趣了，怎麼可能出版他的書信？想毀掉那些文字，應該是他的羞恥感。非常本能的羞恥感，不是身為作者的羞恥感，而是單純一個個體的羞恥感，覺得把自己私密的事攤在別人眼前是很難為情的，所謂「別人」包括自己的家人，和陌生人，擔心自己被客體化，擔心羞恥會「跟著他去」。

可是，布羅赫終究還是出版了他的書信。先前，布羅赫在自己的遺囑裡提到，要求卡夫卡「毀掉一些東西」；可是他自己卻出版了朋友「所有」的東西，完全不加揀選；甚至那封他在抽屜裡發現的、語氣沉重的長信。這封信本來連卡夫卡都猶豫要不要寄給自己的父親，現在被布羅赫披露，結果除了原先預定的收信人外，誰都可以一探究竟了。在我看來，布羅赫的冒昧魯莽絕對找不到適切的藉口。他背叛了自己的朋友。他的作為反抗了卡夫卡的意志，違反了這意志的意義，明明知道這位朋友靦腆個性卻故意視而不見。

11

我想，一邊是小說，另一邊是回憶錄、傳記、自傳，兩者之間在本質上存在著極大的差異。一部傳記的價值在於揭露真實事件，強調這些事件的精確以及第一手特色。可是小說的價值卻在於展現生命裡存在的可能性，在那小說尚未寫成之時，那些可能性是隱藏的，不為人知的；換句話說，小說將深埋在你我心中的東西發掘出來。一般常聽見對小說的推崇便是：我在書中的人物身上看見自己的影子，彷彿作者談的是我，而且對我瞭若指掌；有時也會聽見讀者嘆氣：我覺得被這小說攻訐，被它羞辱，被它全身剝個精光。對於這些表面上看起來幼稚的看法我們千萬不可加以嘲笑：這就是小說被當成小說來讀的鐵證。

因此，所謂的「真人真事改編的小說」（角色皆是真人，但用假名，希望讀者猜出所指為誰）其實是假小說，從美學的角度看，含糊曖昧，從道德的角度看，不乾不淨。加爾塔是戴上面具的卡夫卡！你要向作者抗議道：這樣說不確實！作者：我不是在寫回憶錄，加爾塔不過是個想像的人物！而你會說：做為一個想像人物，他的似真性極低，描寫得極差，全無文采！作者：這個人物畢竟與眾不同，他可以讓我呈現我朋友卡夫卡不為人知的特質！你：呈現的事並不確實！作者：我又不是在寫回憶錄，加爾塔的確是個想像中的人物！……

當然，所有的小說家或多或少會從自身的生活經驗汲取靈感；有些人物完全憑空杜撰，是作者想像力的產物，有些人物是參考某個真實對象後塑造而成，有時是直接的，但大多數是間接的，另外還有一些人物是作者從真實人物身上擷取單一特點，然後再加上許多作者自省與對自我認知所合成。想像力的發揮將這些靈感和觀察加以轉換，到了後來連小說家本人都忘了這些靈感和觀察。不過，在出版自己的作品之前，小說家應該想到讓那些線索不易發現，因為這些線索可能會洩露了他的靈感和觀察。首先由於對當事人的極少尊重，讓他們驚覺在小說中居然可以發現他們生活的片段，接著，因為那些線索（真的或是假的），放在讀者手中的線索，最後只會誤導他而已。與其尋找生命普遍前所未知的面向，讀者反而去檢視作者一己生命前所未知的面向；這樣一來，小說藝術所有的意義就被破壞殆盡，就像，比方，那位美國教授一樣，仗著他身上那一大串的萬能鑰匙，寫了海明威的傳記，他正是把小說藝術所有的意義糟蹋掉了。

由於那教授的過度詮釋，所有海明威的作品已被貶低成一本本「根據真人真事改編的小說」；這些作品被他這麼判讀，好像一件外套裡外翻轉過來似的：突然之間，這些書的意義完全走樣，大家只是貪婪地想穿鑿附會出作者生平的某某件事（真實的或誤傳的），通常是微不足道的、痛苦的、荒謬的、平庸的、愚蠢的、毫無價值的小事。這樣一來，作品就解體了，書中想像出來的角色人物搖身一變成了作者生命中真實存在的人，而傳記作家就對作家進行了道德的指控。比方在一篇短篇裡，有個為人母的兇狠角色，現在成了海明威意欲撻伐的親生母親。在另一個短篇裡又出現一個殘酷父親的形象，這回又說成海明威想要藉此報復他父親，因為他父親在他小時候強迫他做扁桃腺割除手術，而且不讓他上麻藥。在〈雨中之貓〉（Un chat sous la pluie）裡，那個姓名不詳的女性角色對自己的丈夫不滿，不滿他那「自我中心且委靡不振」的性格：那個女性角色就被認定是海明威的妻子哈德麗，一位抱怨的妻子。然後，〈夏天的人〉（Gens d'été）裡的女性角色這回說是暗指名作家多斯．巴索斯（Dos Passos）的妻子：因為海明威想勾引她、染指她，吃了閉門羹以後，就在短篇小說裡以下流的方式占有她的身體。在〈河的那邊，在樹下〉（Au-delà du fleuve et sous les arbres）裡，有個陌生人穿過酒吧，他的容貌十分醜陋：這回又被影射為：海明威在描寫辛克萊．劉易斯（Sinclair Lewis）的醜陋，結果對方「被這殘酷的刻劃傷足了心，小說出版才三個月，他就一命嗚呼了」。一件又一件的雞毛蒜皮，一宗又一宗的告密行為，沒完沒了。

自古至今，小說家都想保護自己，免受這種「傳記式對號入座的狂熱」之侵擾。在普魯斯特的眼裡，最好此道的天字第一號代表人物就是評論家聖博夫（Sainte-Beuve）了，因為後者說過一句名言：「文學作品和作者無法區別，至少兩者是分不開的……」根據他的看法，要了解一本作品，非得先了解創作它的人，也就是說（根據聖博夫進一步的說明），得先知道如何回答一系列的問題，即便這些問題「看似和作品的性質毫無關聯：他對宗教的看法如何？面對大自然時，他的感受如何？他對女性、金錢的主題表達過什麼意見？他是富還是窮？他的養生之道為何？日常生活怎麼過的？他的缺點、弱點又是什麼？」普魯斯特批評他說，這種文學評論方法幾乎像是警方辦案，抽絲剝繭一樣，逼得評論家不得不「挖出和一位作家相關的所有消息，檢查核對他的書信，訪問所有認識那位作家的人」。

可是，儘管已經「挖出和一位作家相關的所有消息」，聖博夫還是無法認出誰是他那世紀最偉大的作家，巴爾札克、斯湯達爾、福婁拜、波德萊爾他都沒能看出他們的偉大之處；他鉅細靡遺研究他們的生平，可是卻遺漏了最重要的作品本身，因為，就像普魯斯特所言：「書是『另我』所作，這個『另我』和平常我們在日常生活上、在社會上、在我們過錯上所呈現的我是不同的」；「作家的我，只呈現在他的作品中」。

普魯斯特對聖博夫的批判有個根本的重點。我們強調，普魯斯特並沒有指責聖博夫誇大，他也沒有挑剔對方那方法的局限；他的批判是絕對的，直搗核心的：聖博夫的方法根本沒看到作者還有個「另我」。對作者的美學意圖不聞不問，和藝術並不相容，是反藝術的，是對藝術有敵意的。

12

卡夫卡全集的法文版共有四冊。第二冊：敘述性的完整故事以及殘篇。換句話說：所有卡夫卡生前即付梓的，還有在他抽屜裡找到的作品：尚未付梓的、尚未完成的、草稿、大綱、放棄的或是刪除的異本。那麼選取的標準是什麼呢？出版商遵循了兩個原則：（1）所有敘述性的散文，不管它的性質、文類、完成的程度，都一律平等看待；（2）以時間先後的次序加以排列，也就是先完稿的在前，後完稿的在後。

因此，卡夫卡親自結集出版的三本短篇小說集（《沉思》、《鄉下醫生》、《齋戒捍衛者》）沒有任何一本在法文版中仍舊按照卡夫卡原來選文的方式排列。原有的排列組合已經完全看不到了；原先組成那三本短篇小說集的特定作品現在完全被打散，然後和其他的散文作品（包括草稿、殘篇等等）混合起來，所遵循的原則就是作品寫作的時間先後次序而已；於是卡夫卡那八百頁洋洋灑灑的作品變成一片文字的浩瀚字海，所有東西雜七雜八混在一起，不成形的汪汪水體，席捲了所有好的、不好的，所有完成的、未完成的，所有精采的、不精采的，而且草稿和完稿並陳。

布羅赫曾說過，他是以「狂熱的崇拜」來對待卡夫卡所寫的每一個字。而卡夫卡的出版商也是懷著「絕對崇拜」的心情來編輯這位作者的所有作品。可是得進一步了解「絕對崇拜」的意義：這種心態很嚴重地，也成為對作者美學意圖的絕對否定。因為美學意圖不但從作者所寫的表現出來，也從作者所刪去的部分顯露出來。寫出一段文章是不簡單，但刪掉它，卻要求更多的天賦，更多的文化背景，更多的創造力量。所以出版作者所刪去的部分，這和刪去作者決定要保留的部分一樣，都是同樣粗暴的侵犯。

假設一本特定作品是個小世界，而一個作者的全部作品是個大世界，那麼作者在小世界裡所做的刪除和在大世界裡所做的刪除是具有相等意義的。所以，在總體評估的時刻來臨之際，作者受到自己美學嚴格標準的驅策，常常會刪除那些自己不滿意的部分。因此，克羅德．西蒙[80]並不許出版社重印他最早期的作品。福克納也明白

80. Claude Simon，獲得一九八五年諾貝爾文學獎，生於一九一三年。

宣示，「除了已付梓的，其餘一字不留」，換句話說，在他死後，去「翻找他家的垃圾桶」勢必一無所獲。福克納的要求其實和卡夫卡一模一樣，但也和卡夫卡相同，他也無法遂願：在他死後，人家把能找到的文字不分青紅皂白全給出版了。我買了小澤征爾指揮演奏的馬勒第一號交響曲。這個交響曲共分四個樂章。這個作品起先其實是分成五個樂章的，只是在首演之後，馬勒終於將第二樂章整個刪除掉了，以至於日後在所有出版的樂譜中再也沒有它的蹤跡。可是小澤卻把它重新引入交響曲中；這樣一來，大家終於了解，馬勒那時將它刪去的確是明智之舉。這類的事我還要繼續說嗎？名單上的例子多如過江之鯽。

卡夫卡全集法文版的編輯形式好像沒人感到震驚；這種做法反映了時代精神：出版商解釋道：「要讀卡夫卡，就該讀他全部；在他各種不同的表現方式裡，沒有哪一種必定比另一種強。這是我們這些後代的人對此所做的決定；既然看出來了，就該接受。甚至觀點尚可更加先進：不但拒絕相信文類之間有分高下，甚至堅持文類這個概念不應存在，有人肯定，卡夫卡只用一種言語論述。在卡夫卡的例子裡，作家生活經驗和文學表現兩者之間完美疊合在一起，這種情形是千載難逢的，是大家追求，大家企盼的。」

「生活經驗和文學表現兩者之間完美疊合在一起。」這不過是聖博夫那句名言「文學和作者密不可分」的變體，含義都是：「生命和作品的一致。」這個概念又可以回溯到錯誤歸在哥德頭上的那句名言：「生命好像一個藝術作品。」這些具有魔力的成語套句一來是路人盡知的道理（凡是人所做的，就離不開他了，這還用說！）二來是假話（不管離不離得開，創作在人死後還留下來），三來是抒情的陳腔濫調（生命與作品的一致，「總是大家追求的，大家企盼的」，好像那是一種理想狀態、烏托邦或是樂園失而復得），可是，它尤其洩漏一種心態，拒絕承認藝術能有獨立自主的地位，只願意將它推回它的原始出處，推回作者的生活裡，利用作者的生活將它稀釋，進而否定了它的存在理由。（假設生命能像藝術品，那麼還要藝術品做什麼？）大家對於卡夫卡在他那三本短篇小說集裡安排的作品次序不屑去注意，彷彿唯一可信有用的次序只有時間先後的次序而已。誰也懶得理會做為藝術家的卡夫卡，誰教他用他那晦澀難明的美學概念來給我們添麻煩？我們要的卡夫卡只是生活、書寫合一的卡夫卡，是和父親關係弄僵的卡夫卡，不知如何和女人接觸的卡夫卡。布羅赫因為人家將他和斯維沃、霍夫曼斯塔放在同一個「小背景」中就憤然抗議。可憐的卡夫卡，就連這種小背景他也無緣擁有。每次人家提到卡夫卡，有誰會同時提起霍夫曼斯塔、托瑪斯．曼、穆西勒、布羅赫？別人只肯為他保留一個窄到不能再窄的環境：菲莉雀（Felice）、父親、米雷娜（Milena）、朵哈（Dora）；他被關進了極極極小的傳記框架當中，遠離小說史，遠離藝術。

13

「現代」讓人、讓個體、讓具思考能力之我成為一切的礎石。從這個對世界的新概念出發，也激盪出藝術作品的新視野。藝術作品成為獨一無二個體的原創性表現。「現代」是藉著藝術這個渠道自我實現，自我肯定，同時也在藝術裡面找到它的表現，它的榮耀，它的里程碑。

如果藝術作品代表個體及其獨特性的外現，那麼這獨特的個體，也就是作者，即擁有只從他人格外現出來的東西的所有權，這點應是合乎邏輯的。經過幾世紀以來長時間的演進之後，這些權利在法國大革命期間變成在司法制度上具有明確的形式，也就是說，法律承認著作權是「所有形式的財產中，最神聖的，最個人的」。

我還記得自己以前對祖國摩拉維亞民間音樂癡迷不已的那個年代：旋律曲式的美，暗喻的原創性。這些歌曲到底如何誕生的呢？是群力為之？不是；這種藝術絕對是個人的創作，村莊裡的詩人和作曲家，可是，他們的創作一旦傳誦開來，他們就完全無法追蹤它，防止它走樣，永無止境地蛻變。有人認為這種沒有智慧權的世界簡直像天堂一樣美好，在這一點上我的看法幾乎是差不多的；在那種天堂裡，詩由所有人創造，為所有人創造。

我喚起這個回憶是為了說明，作者這個「現代」的大人物，是在過去的數百年間逐漸形成浮現出來的，還有，在人類的歷史中，著作權的年代是個短暫的時刻，短暫得有如鎂光燈的一閃。不過，要是沒有作者前所未有的威望以及他那被承認的權利，那麼過去那幾個世紀歐洲藝術的蓬勃發展就無法想像，而那歐洲最可觀的榮耀也無法想像。「歐洲最可觀的榮耀」，或許也是唯一的榮耀，因為（如果得要回溯歷史的話），歐洲受世人欽羨的，甚至受那些吃過它苦頭的人所推崇的，不是它的將軍，也不是它的政治家。

在著作權尚未受到法律保護以前，其實歐洲文化中已然形成一種尊重作者的心態。這種耗時幾百年才得出的寶貴精神在我看來今天似乎開始瓦解。否則，今天的衛生紙廣告怎麼會用布拉姆斯幾小節的音樂做背景。或者有人出版斯湯達爾小說的摘錄本，還普獲各界好評。要是尊重作者的傳統精神還在，人們一定會問：布拉姆斯會同意嗎？斯湯達爾會不會生氣？

我打聽了一下著作權法的新修訂版：作家、作曲家、畫家、詩人、小說家的問題在其中占的位置實在微不足道，大部分的條文都為所謂視聽這門龐大工業而擬定的。不容否認，這個巨型工業的確需要全新的遊戲規則。因為情況已然改變：那種我們還繼續稱之為「藝術」的東西已經漸漸不是「個體唯一且獨特的表現」。一部電影的製作動輒耗費數百萬，那麼它的編劇難道還能堅持保有作品完整的權利（也就是說，有權利拒絕別人修改其腳本）。而且在這種形式的藝術中，光是一部作品能稱得上作者的人有一大群，這些人的權利彼此相對受到限制。還有，面對製作人這個真正的老闆，有誰能和他處於對立地位，要這個要那個？

舊時代的藝術創作者，他們的權利不受限制，可是時至今日，藝術家突然掉進另外一個世界，在那裡面，那些權利正逐漸喪失它舊日的光環。在這種新的生態裡，凡是侵害到作者權利的人（改編小說的人。那些在垃圾堆裡東翻西找，將有名氣作者的校勘本據為己有的人。那些摧毀國家千年文化遺產的各種廣告手段。未獲同意就為所欲為，再度出版他人作品的期刊雜誌。那些干涉電影作品的製作人。對於文本詮釋過於自由的劇場導演，到頭來只剩瘋子才肯創造劇本等等）最後總獲得輿論寬容的對待，而那些太過堅持權益的作者總會失寵於大眾，連應該支持他們的司法體系也是意態闌珊，因為這些法律的執行者也受時代精神的影響了。

我想到了史特拉汶斯基。當時他費多少心力，只為自己詮釋自己作品，然後將它當做一個不可毀壞的標準傳給後代。貝克特的做法也頗類似：他在戲劇作品中加入越來越多，越來越詳盡的演出說明，並且堅持（和一般的容忍態度相反）這些指示必須嚴格受到服膺。他本人經常參與作品彩排，以便親自鑑定詮釋方式正不正確，有時甚至自己負責導演工作。他還將《遊戲結束》（Fin de partie）德文版演出的工作筆記出版，希望它在舞台上的表現形式能就此固定下來。他的出版商兼好朋友，傑俊姆．林冬（Jerome Lindon），不惜以打官司做為手段，監督他的作者權益是否受到尊重。

甚至貝克特死後，這種情況也沒改變。

這種想讓作品呈現最終形式，並由作者親自完成的努力在歷史上是沒有前例的。史特拉汶斯基和貝克特似乎不僅要保護自己的作品免受到大家已見怪不怪的扭曲，而且還要同未來那個越來越不懂尊重文本和樂譜的時代進行角力。好像他們想要提供後世一個示範，做為作者最終概念的示範，是作者要求其美學意圖完整實現的方法。

14

卡夫卡將《變形記》的手稿寄給一家期刊的編輯——穆西勒，而後者同意將它出版，唯一的條件是作者得將文本刪短一點。（啊！大師間的不愉快接觸！）卡夫卡的反應極其冷淡，態度和史特拉汶斯基對安塞美的反擊同樣斬釘截鐵。作品不出版他可以忍受，但是要對它砍上三刀才讓出版，他絕對不能苟同。他對作者一詞的概念是和史特拉汶斯基、貝克特等人一樣不能妥協的，可是雖然史氏、貝氏都成功地教人接受他們的觀念，卡夫卡在這方面卻是失敗的。在著作權概念發展的歷史過程中，這個失敗是具有關鍵性的。

布羅赫一九二五年在他的《審判第一版序言》裡附上那兩封據稱是卡夫卡遺囑

的信件，並解釋說，卡夫卡知道他的心願勢必無法達成。假設布羅赫所言非假，那兩封信不過只是卡夫卡情緒一時起伏的產物而已，還有，假設關於卡夫卡死後出版他作品可能性一事，兩個朋友已經有了共識；那麼做為遺囑的執行者，布羅赫大可以全權定奪，並且出版他認為理想的作品；那麼他也就沒有義務向讀者解釋卡夫卡的心願，因為根據他的說法，這個心願要嘛不再正當，要嘛已經過時。

可是，布羅赫還是盡快就把這些具有遺囑性質信件出版了，並使得它成為話題，讓人炒得沸沸揚揚；事實上，當時他已經開始著手寫作他一生中最重要的作品，也就是卡夫卡神話，那個作者要求毀掉自己作品的神話。經過這種包裝，卡夫卡的名字從此深深烙印在群眾的心裡。的確，在布羅赫所寫的近似神話的傳記中，作者在沒有提供任何細膩的前提下，開門見山就說加爾塔——卡夫卡一心一意要毀掉自己「全部的」作品；是對自己的藝術成就不滿意？啊，絕對不是。布羅赫筆下的卡夫卡儼然是個宗教思想家；我們該還記得：加爾塔不想高聲宣告自己的信仰，只想「默默將它在生活中實踐起來」，而且對自己的作品不再懷有太多興趣，因為這些作品只是「可以幫他登上頂峰的寒磣梯子」罷了。他的朋友諾威／布羅赫，拒絕答應他的託付，因為即使加爾塔所寫的不過是些「簡單的評論」，還是對那些「遊蕩在暗夜」裡的人極有助益，敦促他們追尋「層次高級，不可取代的」目標。

隨著卡夫卡《遺囑》的出版，聖徒卡夫卡／加爾塔的偉大傳奇於焉誕生，而布羅赫也沾親帶故，成就了預言者、先知的小小傳奇。布羅赫以他那正直無私的熱情將他朋友的遺願公諸於世，同時吐露自己為何在盱衡情勢之後，做成違拗朋友的決定。

於是，這位偉大的神話創造者贏得勝利。他所做的被抬舉成值得仿效的偉大行為。畢竟，誰會質疑布羅赫對他朋友的忠實呢？而誰又敢質疑卡夫卡遺留給人類每個句子、每個字詞、每個音節的價值呢？

因此，布羅赫做出了不必對死去朋友生前遺願言聽計從的示範；對於後世那些想要棄作者遺願於不顧，公開散播他個人最私密情事的人，那麼布羅赫的行為成了最佳的前例。

15

說到那些未完成的小說和短篇小說，那麼我倒樂意承認，那可會讓負責執行遺囑的人左右為難。因為在卡夫卡那些重要性參差不齊的未完成作品中，特別突顯的是那三本小說；卡夫卡沒寫過比這些更重要的作品了。因為還沒有完全寫完，所以卡夫卡就將其一股腦放在「失敗作品」的那一堆裡，這種決定其實自有它的標準，一點也不是異常的事。一本作品如果尚未寫完，作者很難認為它的價值已經在一個定形的框架內清晰可見。可是，當局者迷，一個作者在自己作品中無法看得真確的東西，在旁人眼中可能是昭然若揭的。那麼換成我是布羅赫的話，該如何處理卡夫卡的遺願呢？因為在我看來，朋友的遺願可比法律；一方面，我如何毀那三本自己無限尊崇的作品？因為沒有它們，我根本無法想像二十世紀的藝術。不可以，我絕對不能像遵守教條一樣，貫徹執行卡夫卡的指示。我將不會毀掉那批小說，反而竭盡所能使其付梓面世。我懷抱十分的肯定，肯定他日若能和那作者黃泉相會，必然能夠取得他的諒解，因為我一來沒有背叛他，二來沒有背叛他的作品，因為那作品的完美對他而言意義非凡。不過，我會認為自己沒能聽從遺願（完全只限於那三本小說）一事不過是個「例外」，一旦做了，我願意完全負起責任，冒著在道義上有瑕疵的危險。我說過了，朋友的遺願好比法律一般絕對，所以我的行為就像犯法，可是，那是「違反」法律，而非否定它、取消它。因此，除了這項例外，我會幫助卡夫卡實現遺囑裡其他所有的心願，忠實地、謹慎地、全面地。

16

電視裡的一個節目：三位極富聲望和眾望的女士連袂提議，說是女人也有權利死後埋骨巴黎先賢祠中。她們認為應該思考這項舉措背後的象徵意義。接著，她們提出幾位偉大女性的名字，認為應該將其移葬先賢祠裡。

當然，這是合情合理的呼籲；可是，我的心裡產生一絲不安：這些已作古的女士當然可以立刻移靈他葬，可是她們現在難道不是安眠在她們丈夫的身旁？肯定是的；而且應該也是她們自己的遺願。那麼她們的丈夫該如何呢？是不是一起跟著入葬先賢祠？這個很難；因為不是彪功偉業的人，他們只能留在原地，而那些喬遷的女士恐怕要千秋萬世過著寂寞的孀居生活了。

接著，我又想到：那麼男士們呢？對呀，怎麼沒想到男士！他們被葬在先賢祠應該心甘情願吧！可是那是他們死後人家才做的決定，決定將他們轉化成象徵，讓他們和躺在身旁的妻子分開，這恐怕也是違背了他們的初衷吧？

蕭邦死後，波蘭的愛國主義者剖開他的胸膛，剜出他的心臟。這塊可憐的肌肉被國有化了，它被葬回波蘭。

一個人兩腿一伸以後，不是被當作廢物處理，就是被當作象徵供奉。對於他已喪失的個體性，兩種做法都是不敬。

17

啊，不必服從死者，那是多麼簡單的事。如果有時人家還願意尊重他生前的想法，那不是出於畏懼，而是因為仍深愛他，不肯接受他已作古的事實。如果一位老農夫臨終的時候請求他的兒子日後不要砍掉窗前的那棵老梨樹，那麼只要兒子還懷著愛思念父親的一天，那梨樹就會完好如初。

其實這和宗教信仰裡靈魂永生不滅的想法並無關聯。道理非常簡單，一個我深愛的人在我看來永遠不死。我甚至不能說：我曾經愛他；不對，我現在還愛著他。如果我拒絕使用動詞的過去式來表達我對他的愛，那麼這就意味，死的仍然「活著」。可能，這就是人類的宗教面向吧。事實上，服從死者的遺願是件玄妙的事：它超越了所有理性和實用的考量。那位躺在墳裡的老農夫永遠不會知道那棵梨樹究竟被砍了沒有；可是他那仍舊深愛父親的兒子絕不可能違拗父親生前的心願。

以前，我常被福克納小說《野棕櫚》的結局所感動（現在依然如此）。那個女的墮胎手術沒成功，死了，她的男人被關進牢裡，得待上十年。人家給他帶進一顆白色藥丸，是毒藥。可是他很快就排除自殺的念頭，因為唯一延續他所愛女人生命的方式就是將她保留在記憶裡。

「……當她斷氣的時候，我的回憶同樣死掉了一半；現在假設我也死了，那所有的回憶就一點不剩了。」接著他想，「好，在憂傷和虛無之間，我還是選擇憂傷好了。」

不久之後，當我在寫《笑忘書》的時候，筆下經營的角色塔米娜亦復如是。塔米娜死了丈夫，急切地試圖找回、組合四散的回憶，想要在內心重建一個逝去的人，一段不可逆轉的過去。於是我開始明白，在回憶中，我們看不到死亡的「存在」；回憶就證實了它是不存在的。在回憶裡，死者不過是一段變蒼白的過去，走遠開了，不可踏入。

然而，如果我不可能將一位我深愛的人認定已死，那麼他的存在該如何呈現？那就只有順從他的意志，並對這個意志保持忠實態度。我又想起那棵窗前的老梨樹，只要那個兒子還在世，它的現狀也將不會改變。

國家圖書館出版品預行編目資料

被背叛的遺囑 / 米蘭．昆德拉（Milan Kundera）著；翁尚均 譯. -- 二版. -- 臺北市：皇冠, 2022.04 面； 公分. --（皇冠叢書；第5017種）（米蘭．昆德拉全集；10）
譯自：LES TESTAMENTS TRAHIS
ISBN 978-957-33-3870-3（平裝）

882.457 111003602

皇冠叢書第5017種

米蘭．昆德拉全集 10

被背叛的遺囑

LES TESTAMENTS TRAHIS

作　　者—米蘭．昆德拉
譯　　者—翁尚均
發 行 人—平雲
出版發行—皇冠文化出版有限公司
台北市敦化北路120巷50號
電話◎02-27168888
郵撥帳號◎15261516號
皇冠出版社（香港）有限公司
香港銅鑼灣道180號百樂商業中心
19字樓1903室
電話◎2529-1778　傳真◎2527-0904
總 編 輯—許婷婷
責任編輯—黃馨毅
行銷企劃—鄭雅方
美術設計—王瓊瑤
著作完成日期—1993年
二版一刷日期—2022年04月

法律顧問—王惠光律師
有著作權．翻印必究
如有破損或裝訂錯誤，請寄回本社更換
讀者服務傳真專線◎02-27150507
電腦編號◎044115
ISBN◎978-957-33-3870-3
Printed in Taiwan
本書定價◎新台幣 420 元/港幣 140 元